Thomas Pfenninger

Gleich, später, morgen

1. Auflage

Text: Thomas Pfenninger
Lektorat: Matthias Jügler
Korrektorat: Gertrud Germann, Zürich
Gestaltung und Satz: Anneka Beatty
Druck: Beltz Grafische Betriebe

ISBN 978-3-905574-00-5

Kommode Verlag GmbH, Zürich
www.kommode-verlag.ch

Thomas Pfenninger

Gleich, später, morgen

Kommode
Verlag

Für alle, die es gut gemeint haben.

Il senso ultimo a cui rimandano tutti racconti ha due facce: la continuità della vita, l'inevitabilità della morte.

— *Italo Calvino*

DAS PARADIES

Im Südwesten von Zürich durchkreuzten der Jakob-Peter-Weg und die Pappelstraße eine kleine, idyllische Parzelle des Paradieses.

Damals wie heute verhält es sich mit dem Paradies aber so: Es ist ein zerbrechliches Ding. Einmal nicht aufpassen genügt, und aus dem herrlichsten Paradies wird ein Erdbeerbeet im Spätfrost, ein gemähter Rasen vor einer Sichtschutzhecke oder, noch schlimmer, ein Buchsbaum mit Pilzbefall. Jeder weiß das hier, von Kindsbeinen an.

Aber zurück zur Paradiesparzelle, durchschnitten vom Jakob-Peter-Weg und der Pappelstraße: Dort standen seit 1925 Häuser mit gelbem Putz, dunkelgrünen Fensterläden und rostrot verbleichten Ziegeldächern. Jedes Haus besaß ein bescheidenes Mäuerchen aus weichgewaschenen Steinen und ein schmales Streifchen Garten, nicht mehr als ein Platzhalter zwischen Fassade und Sträßchen.

Zusammen mit den Häusern des Margarethenwegs bildeten sie eine Ansammlung von etwas mehr als fünfzig Häusern. Sie waren von Montag bis Freitag die letzte Siedlung, in die der Briefträger seine Post ausliefern durfte.

War es trocken, konnte man die Uhr nach ihm stellen. Um punkt halb elf streckte er in der Steigung der Friesenbergstraße seinen rechten Arm aus und signalisierte so, dass er in die Pappelstraße abbiegen würde. Wenn es nass war, konnte es schon mal elf Uhr werden, bis er ins Viertel einbog. Bei Regen läpperte sich diese Verzögerung einfach zusammen. Das versteht nur, wer die Arbeit eines Briefträgers kennt. Man muss schließlich dafür sorgen, dass die Post trocken bleibt. Das kostet Zeit.

Vom Bahnübergang bis zur Pappelstraße führte die Friesenbergstraße zweihundert Meter am alten jüdischen Friedhof entlang. Eigentlich, dachte der Briefträger oft, war es schade, dass der Friedhof keine Briefkästen für seine Bewohner hatte. Warum sollte man aufhören, jemandem Briefe zu schreiben, nur weil er gestorben ist? Die Backsteinmauer des Friedhofs war mit Efeu überwachsen. Dahinter ragten einzelne Bäume empor. Sie schienen mächtig und alt, waren aber irgendwann zu einem abrupten Wachstumsstopp gekommen. Die Bäume wirkten wie Baumkronen mit einem Rock aus Mauer.

Der Briefträger bog also ab, fuhr jeden Tag exakt die gleiche Route. Jedes Mal nahm der Briefträger die Kurve so eng, dass ihm fast der Anhänger kippte und die wichtigen und unwichtigen Briefe, Prospekte und Kataloge über den Asphalt verteilte wie viel zu große, eckige Konfetti. Er fuhr sein Mofa, als wäre es ein Schlachtross, mit dampfender Mähne und geblähten Nüstern, und der Anhänger mit den Briefen war sein römischer Streitwagen. Er bog in vollem Karacho ins Kolosseum ein, das man hier nur das Quartier nannte.

Die gelben Häuser im Friesenberg, das war seine Arena, und die Bewohner waren sein Publikum. In einer der Logen auf der Tribüne saß Lauriane Steinbrecher, der er in Gedanken und in seinen Träumen zuwinkte.

Der Anhänger machte ein dumpfes Geräusch, als er über die Schwelle der Einfahrt zur Pappelstraße fuhr. Helm ab, Blick in die Logen. Sie waren immer nur spiegelnde Fensterflächen. Niemand jubelte ihm zu. Nicht an der Pappelstraße 2, 4 oder 6. Und auch nicht direkt gegenüber, am Jakob-Peter-Weg 1. Niemand himmelte ihn an. Aber die Hoffnung stirbt zuletzt, und Lauriane wohnte erst ein paar Nummern weiter, am Jakob-Peter-Weg 5.

Aber der Reihe nach: An der Pappelstraße 4 wohnten seit Urzeiten die Caluoris. Ruth Caluori war die letzte im Haus verbliebene Caluori. Wenn sie sich im kleinen Zimmer im oberen Stock aus dem Fenster lehnte und nach rechts schaute, dann sah sie in die Kronen der Bäume des jüdischen Friedhofs. Hätte sie gewusst, wie gerne der Briefträger das Innere des Friedhofs einmal gesehen hätte, sie hätte ihn eingeladen, einmal bei ihr aus dem Fenster zu schauen. Da sie es aber nicht wusste, fragte sie ihn lediglich mit der Regelmäßigkeit, mit der sie Milchreis kochte, also jeden Donnerstag, ob er bei ihr zum Mittagessen bleiben wolle. Denn es gab Milchreis, und Milchreis schlug man nie aus, und sogar Kälin, die etwas weiter hinten im viel zu großen Eckhaus an der Pappelstraße 21 wohnte, musste zugeben, dass Caluoris Milchreis der beste im Viertel war. Es war wohl das Einzige, was Kälin je Nettes über jemanden aus dem Viertel gesagt hatte. Und es war auch das einzige Gericht, das jemand besser kochen konnte als sie selber. Aber das ist ein anderes Thema.

Das Haus am Jakob-Peter-Weg 5 war ein sogenanntes Mittelhaus. Es war kein zweistöckiges Einfamilienhaus wie seine Geschwister rechts und links, sondern ein dreistöckiges Mehrfamilienhaus. Es hatte allerdings die gleiche gelbe Fassade, die gleichen grünen Fensterläden und das gleiche rostrote, wunderschöne Ziegeldach, nur halt in größerer Höhe. Hier wohnte im Parterre Ernst Schweizer, der ehemalige Schalterchef der großen Post beim Bahnhof Wiedikon. Er blieb selbst mit den Nachbarn per Sie, die er seit Jahrzehnten kannte. Er bestand darauf, Herr Schweizer zu sein. Er war überzeugt, dass eine gewisse Distanz immer von Vorteil sei, insbesondere dann, wenn es eine unpopuläre Meinung zu äußern oder ein gutes Recht einzufordern galt.

Er passte den Briefträger ab und fragte, ob Frau Soundso noch in seiner Poststelle arbeite?

Er wartete keine Antwort ab und schob hinterher: »Einmal hat sie beim Sortieren auf einem Brief die Handschrift ihres Mannes erkannt.«

Der Briefträger wusste nicht recht, was er sagen sollte. Am besten nichts, denn alles kann eine Falle sein, wenn man nicht weiß, worauf der andere hinauswill. Speziell, wenn es sich um

Schweizer handelt, den ehemaligen Schalterchef. Im Kleinen beginnt das Denunziantentum, die Spitzelei, schnell hat man sich verraten, einmal nicht aufgepasst, und das Paradies ist ein Unkrautgarten, Pflicht und Moral sind verletzt, und zuletzt ist der Ruf mitsamt dem Stand ruiniert.

Schweizer sagte: »Stellen Sie sich vor: Der Brief war an eine fremde Frau adressiert!« Und aus reiner Neugier oder direkt aus Eifersucht hatte die Frau Soundso nicht widerstehen können. »Einfach an sich genommen hat sie den fremden Brief!«

Schweizer hob hervor: »Höchstpersönlich habe ich verhindert, dass die Frau sich strafbar macht, indem sie verbotenerweise einen fremden Brief öffnet. In höchstem Maße strafbar, verstehen Sie? Das ist wie damals mit Adam und Eva. Einmal den falschen Apfel gepflückt, und schwups ist's auch schon passiert!«

Schweizer fragte den Briefträger, ob er wisse, was auf Verletzung des Postgeheimnisses stehe?

Er gab die Antwort gleich selber: »Ins Gefängnis wird man geworfen für ein solches Vergehen. Und zwar absolut zu Recht!«

Der Briefträger wollte etwas sagen – kam aber nicht dazu. Schweizer fuhr fort, warf ihm vor: »Sie glauben mir nicht?«

Dann sagte er: »Das steht so im Postverkehrsgesetz vom zweiten Oktober 1924. Müssten Sie eigentlich wissen, als Briefträger. Kennen Sie das nicht auswendig? Hat man bei Ihnen wohl bei der Ausbildung gespart, oder Sie haben nicht richtig aufgepasst. Im Postverkehrsgesetz steht, ich zitiere, unter fünftens, Strafbestimmungen, Artikel siebenundfünfzig, hören Sie jetzt zu, ich zitiere: ›Eine mit postdienstlichen Verrichtungen betraute Person, die das Postgeheimnis verletzt, namentlich über den Postverkehr bestimmter Personen Mitteilung macht, eine verschlossene Postsendung öffnet, dem Inhalt einer solchen Sendung nachforscht oder deren Inhalt Dritten mitteilt, die eine Postsendung vernichtet, beiseiteschafft oder dem Empfangsberechtigten vorenthält, die irgendwem Gelegenheit verschafft, solche Handlungen zu begehen, wird mit Gefängnis bestraft!‹«

Warum erzählte ihm Schweizer das alles? Der Briefträger wusste es nicht.

»So weit wäre es also fast gekommen«, sagte Schweizer.

»Als Schalterchef hatte ich meinen Laden im Griff. Da kam so etwas nicht vor. Aber heute, ja heute, da weiß man nie!«

Er sagte: »Verstehen Sie mich nicht falsch: Auch wenn ich heute Schalterchef a. D. bin, behalte ich alles im Auge. Für nichts hat man die Gesetze nicht gemacht, und wegen nichts fliegt auch keiner aus dem Garten Eden!«

Jeden Morgen gegen zehn Uhr kippte Schweizer das Küchenfenster. Dann setzte er sich an den Küchentisch. Er schaute auf die Wanduhr und horchte auf das Scheppern des Mofa-Anhängers. Sobald er es hörte, stand er auf, ging vor die Tür und postierte sich neben seinem Briefkasten.

Er bestand darauf, dass der Briefträger ihm seine Post in den Briefkasten warf und ihm nicht in die Hand drückte, obwohl er doch direkt danebenstand. Ordentlich zugestellt sei die Post nur, wenn sie unversehrt und pünktlich und begleitet vom schnappenden Geräusch der Briefkastenklappe eingeworfen werde.

Es machte dem Briefträger nichts aus, es so zu machen. Andere hätten sich von Schweizer dadurch schikaniert gefühlt. Der Briefträger aber sah darin keine persönliche Demütigung. Ein bisschen Ordnung kann nicht fehl am Platz sein. Ein Brief gehöre in den Briefkasten, und was der Empfänger dann damit mache, das gehe ihn nichts an.

Es machte ihm nichts aus, Schweizer das Gefühl der Überlegenheit zu gewähren.

Wenn es doch immer so einfach wäre, andere glücklich zu machen.

FUSSBALL IST FÜR SCHWÄCHLINGE

Direkt über Herrn Schweizer wohnte Lauriane Steinbrecher. Von ihrem Küchenfenster aus hatte sie freie Sicht auf den Hauseingang mit den Briefkästen, auf die schulterhohe Hecke dahinter, auf die Biegung des Jakob-Peter-Wegs, bis zum Haus der Manzinis am Jakob-Peter-Weg 23. Dahinter verdeckte eine dunkle, hohe Tanne die restlichen Häuser der Straße.

Dunkle, einsame Tannen, die nicht im Wald

bei den anderen stehen dürfen, sehen immer so traurig aus.

Lauriane saß oft am Tisch und schaute hinaus. Der Tisch stand direkt vor dem Fenster. Davor: Ein knospendes Baumgerippe, wendige Schwalben.

Schwalben so früh im Jahr, dachte Lauriane. Sie beobachtete Schweizer, der inspizierte, wie der Briefträger die Post einwarf.

Vom Schlafzimmer aus hatte Lauriane Blick auf den kleinen mit einer Hainbuchenhecke begrenzten Garten hinter dem Haus. Dahinter lag die Friesenbergstraße.

Wenn die Straße nass war, hörte Lauriane den Bus schon von Weitem kommen. Im Sommer aber, wenn die Hitze dicht über dem Asphalt flimmerte, dauerte es viel länger, bis der Bus Laurianes Schlafzimmer mit Lärm anfüllte.

Früher wohnte sie mit ihrer Familie zuoberst, direkt unter dem Dach, aber nach dem Unfall war es besser, weiter unten zu wohnen. Jede Treppe weniger war ihr recht. Die Parterrewohnung wäre noch besser gewesen, aber da wohnte nun mal Herr Schweizer, und der war bereits da gewesen, als sie selbst noch ein Kind war. Ein Großvater ohne Runzeln, ohne Enkel und ohne Frau, also einfach ein Mann.

Der Briefträger hielt einen Stapel Briefe in der Hand. Mit der anderen Hand fächerte er abwechselnd mit Zeige- und Mittelfinger durch die Briefe. Es war eine flüssige Bewegung. In ihr wohnte die jahrelange Erfahrung der Wiederholung. Das ewige Üben hatte die Bewegung geschmeidig gemacht und rund geschliffen, so wie der Bach einen Kieselstein. Ebenso majestätisch wie der geborene Bankangestellte Notenbündel zählt, der Tontechniker ein Kabel aufrollt oder der Müllmann immer schon halb vom kleinen Tritt hinten auf dem Müllauto abgestiegen ist, durchforstet der Briefträger seine Briefe. Die Geste ist eines der herausragendsten Erkennungsmerkmale eines großen Briefträgers.

Der Briefträger verfügte über ein ganzes Arsenal an erhabenen Gesten und Fähigkeiten, das weit über das Sortieren von Briefen hinausging. Er fuhr sein Mofa wie ein Gott. Er kannte seine Bewohner wie der Hirte seine Schafe und konnte sich Eigenarten und Vorlieben seiner Bewohner merken, wie der Wirt die Wünsche seiner Stammgäste erriet. Briefkastenklappen schob er geräuschlos mit den Ecken der Briefe auf und knickte dabei nie ein Eselsohr.

Das Einzige, was dem Briefträger nicht lag, war das Plaudern. Es heißt, die Kunst des Plauderns sei einem gegeben oder dann eben halt nicht. Lernen könne man es nicht, das Plaudern, und vermeiden leider auch nicht, zumindest nicht, wenn man als Briefträger unterwegs ist, Tag für Tag.

Der Briefträger fächerte durch die Briefe, ein bisschen auch, weil er es so gut konnte, Zeigefinger, Mittelfinger, und prüfte, ob einer für Lauriane dabei war.

Er las: Obermatt, Lüscher-Meier, Mornar, Da Silva, Schweizer, Arikan, Wirth, Kneževic, Schmid, Keller, Thalmann, Wiederkehr, Manzini.

Schade.

Eines Tages würde er ihr einen Brief bringen, und sie stünde am Briefkasten, an der Stelle von Herrn Schweizer. Davon hatte er geträumt, und darauf freute er sich. Heute war leider nicht dieser Tag. Unter Schweizers Augen fächerte er noch ein bisschen weiter und wusste, dass er ihn damit nicht beeindrucken konnte.

Wie eine momentweise gestoppte Maschine hielt er inne. Er zog einen Brief aus dem Stapel, prüfte die Anschrift, Ernst Schweizer, alles korrekt, und warf ihn unter Schweizers strenger Beobachtung in dessen Briefkasten.

Mornar hatte wie immer viel Post.

Neun oder zehn Briefe waren es heute, alle von Hand adressiert.

Josip Mornar, oft auch Jozo Mornar, Jakob-Peter-Weg 5, CH-8055 Zürich.

Diese Buchstabenschwünge in tiefblauer Tinte. Sind sie die Schwünge eines traurigen Träumers? Oder hier: Wer das geschrieben hat, kann nur ein gebrochener Mensch sein. Er ist verzweifelt. Oder nein, vielleicht hofft er? Und dieser hier ist verliebt, unglücklich verliebt. Man sieht's an diesem Schnörkel, am wilden Komma. Jeder Schwung enthält so viele Andeutungen.

Durch viele Hände musste ein Brief, bis er bei Mornar landete. Knitter waren keine Seltenheit. Zuletzt gingen sie durch die weichen, glatten Hände des Briefträgers. Er glättete, was zu retten war, und zu retten war leider wenig.

Mornar nahm ihm die Briefe aus der Hand und sagte: »Lass doch, lass doch. Was machst du denn? Du musst doch die Briefe nicht glätten, du reibst ihnen ja das Leben aus der Haut! Deinem Großvater versuchst du ja auch nicht, das Alter aus der Haut zu streicheln! Lass doch das!«

»Natürlich, Herr Mornar, ich wollte doch nur ...«, sagte der Briefträger, und Mornar sagte: »Jozo! Alle guten Leuten nennen mich Jozo.«

Beklebt waren Jozos Briefe mit Briefmarken aus allen Himmelsrichtungen. Schweizer Marken mit Stempeln von Locarno, Lugano und Chur. Deutsche, österreichische und jugoslawische natürlich.

Heute war sogar ein Brief aus Australien dabei. Die Marke zeigte einen Leichhardt's Grasshopper. So zumindest stand es in kursiven Buchstaben unterhalb der rotbraunen Heuschrecke auf der Briefmarke.

»Ein Land, das auf die Idee kommt, Käfer und Heuschrecken auf den Briefmarken abzubilden«, sagte der Briefträger vor sich hin und wunderte sich.

Die Schweizer hatten da ein komplett anderes Traditionsbewusstsein. Sie feierten 1991 das siebenhundertjährige Bestehen der Eidgenossenschaft mit einer eigenen Briefmarkenserie. Es gab einen Bogen aus vier Fünfzigermarken mit schraffiertem, vielfarbigem Hintergrund. Darauf prangte in silberner Schrift die Zahl siebenhundert. Sie war kaum zu entziffern. Das weiße Kreuz, das sich mittig über alle vier Marken des Bogens erstreckte, war senkrecht und waagerecht von der Perforierung durchtrennt. Wenn man sie auseinanderzupfte, blieb auf jeder der vier Marken ein weißer Winkel zurück.

Zum Jubiläum gab's also quasi ein amputiertes Schweizerkreuz. War das wirklich besser als Leichhardt's Grasshopper?

Der Briefträger schüttelte den Kopf, und als wären ihm dabei die Gedanken durcheinandergekommen, hüpften sie von den Heuschrecken auf der Marke zu den Grasshoppers im Hardturm und von da weiter zu seinem FCZ, der einmal mehr gegen den Abstieg spielte, gestern wieder kein Tor geschossen, da konnte man nur abwinken, nicht mal einwerfen können die oder einen Ball stoppen.

Es ist nur Fußball. Fußball nagt an der Seele. Fußball ist für Schwächlinge. Schwächlinge können ihre Emotionen nicht verbergen.

So machten seine Gedanken Sprünge, während er vor Mornars Briefkasten stand und endlich den Brief aus Australien einwerfen sollte.

Er rollte die Augen. Das half, die Gedanken an hüpfendes Ungeziefer zu verscheuchen, die ihn von der Pflicht abhielten.

Jozo bekam täglich Briefe aus der ganzen Welt. Er korrespondierte mit seinen Landsleuten, die überall verstreut lebten. Viele davon waren bereits seit Jahren in einem der Länder mit großer kroatischer Diaspora gestrandet. So lange schon, dass sie Kinder hatten in diesen Ländern, und diese Kinder sprachen die dortige Landessprache, als wäre es die Sprache ihres Mutterlandes. Sie wurden auch nicht mehr ausgegrenzt wie die Generation davor, denn die Kraft der Ausgrenzung reichte nur für die neusten Ankömmlinge und all jene mit der angeblich falschen Hautfarbe oder jene mit irrigen religiösen Vorstellungen.

Die meisten Briefe schickten aber Landsleute, die sich erst im Ausbruchsjahr des Krieges 1991 quer über die Erdkugel hatten verwehen lassen. Viele waren ins deutschsprachige Europa gestoben. Muss etwas mit den Winden zu tun gehabt haben.

Jozo selber war 1984 mit einem Stipendium der Universität Zürich in die Schweiz gekommen. Er war geblieben. Wenn er wollte, sprach er ein reineres Hochdeutsch, als es ein Deutschschweizer mit größter Anstrengung gekonnt hätte. Er hatte imposante Koteletten, sein braunes, dickes Kopfhaar lag wie eine Matte auf seinem viel zu großen Schädel. Er bestand hauptsächlich aus Kanten. Jedes Mal, wenn der Briefträger ihn sah, trug er stapelweise Bücher unter dem Arm. In der Hand hielt er ein aufgeschlagenes Buch. Er las darin und schlenderte gedankenverloren heimwärts, ohne je nachsehen zu müssen, wohin er seinen nächsten Schritt setzte.

»Wissen Sie eigentlich, wie viel Besuch der Mornar von solchen hat?«, fragte Schweizer den Briefträger.

Seine Entrüstung war aufgesetzt und kam gleichzeitig aus tiefstem Herzen. Er sagte es laut genug, dass es Mornar hören musste. Darum ging es ihm letztlich. Und natürlich auch darum, dem Briefträger das Leben schwer zu machen.

Indem er wie viel auf dem ersten Wort betonte, war es klar, dass er damit zu viel meinte. Und mit solchen meinte er die Jugos, Jozos Landsleute.

Jozo spielte mit. Er ignorierte Schweizer. Er wusste, dass er ihn damit ärgern konnte. Zurückhaltung ist ein hinterlistiges Gift.

Dann verabschiedete sich der Briefträger und blickte noch einmal zu Laurianes Küchenfenster hinauf.

Er meinte, hinter dem Vorhang ihre Silhouette ausmachen zu können. Er wandte sich schnell ab und tat so, als denke er nach und hätte deswegen nach oben geblickt, rein zufällig in ihre Richtung.

Im Augenwinkel lag der Vorhang unbewegt und ohne jeden Schatten in gleichmäßigen Wellen, das Fenster fest geschlossen. Vielleicht morgen.

Hoffentlich morgen, denn morgen ist Freitag, und wenn der Briefträger sie am Freitag nicht sieht, dann wären das, er zählte mit den Fingern der Hand die Tage nach, als er hangwärts um die Biegung des Jakob-Peter-Wegs ging, Mittwoch,

Donnerstag, Freitag, Samstag, Sonntag ... das wären dann mindestens fünf Tage, an denen er Lauriane nicht gesehen hätte.

Am Jakob-Peter-Weg 23 wohnten die Manzinis. Marta und Luigi Manzini in ihrem Reihenhäuschen mit dem großem Garten. Was ihnen zum vollendeten Glück fehlte, waren die zwei versprochen Kinder, deren Namen sie längst ausgesucht hatten, jedes Jahr und für jeden neuen Anlauf neue.

Luigi Manzini war Maler und sah aus wie ein Bäcker. Er trug werktags eine blaue Latzhose und ein weißes T-Shirt. Kräftige Unterarme kamen aus dem T-Shirt, stets in der Beuge gehalten vom starken Tonus seines Bizepses. An den Haaren klebten weiße Farbspritzer. Sie gaben seinen Unterarmen den Anschein, als wären sie mit Kristallen gezuckert oder als wüchse ein dichter Rentnerhaarwald an Luigis noch nicht mal vierzigjährigen Armen. Er malte Zimmerwände, Gänge, Badezimmer, Heizkörper und Fensterrahmen, tünchte Keller, strich Garagenböden, verspachtelte Bohr- und Nagellöcher, verputzte Wände neu, wenn es sein musste, und ersetzte auch mal eine Silikonfuge. Von Fassaden dagegen hielt er sich fern.

»Keine zehn Pferde bringen mich auf so ein Gerüst!«, sagte Luigi, »und diese üblen Pastellfarben überall, die kommen mir an keinen Pinsel.«

Seine Hände waren weiß und rau und seine Finger dick und spröde. Sie sahen immer aus wie gepudert. Als wären sie voll Mehl. Die halbe Nachbarschaft dachte, er sei Bäcker.

Vielleicht hätte es geholfen, wenn er nicht immer nur weiße Wände gestrichen hätte. Aber er war der Hausmaler im Viertel, in dem er wohnte, und da gab es weiße Wände und sonst nichts.

Er begann früh zu arbeiten, fast so früh wie der Briefträger.

Die beiden trafen sich regelmäßig, als Luigi gegen halb zwölf zum Mittagessen nach Hause kam. Bei Sonnenschein stellte er sein Rad direkt an der Mauer vor seinem Haus ab. Bei Regen nahm er das Auto.

Luigi rief dem Briefträger jeden Tag das Gleiche zu: »Gute Briefe! Bring mir nur die guten Briefe. Die Rechnungen kannst du wieder mitnehmen. Haha! Oder schmeiß sie gleich dem Nachbarn ein! Oder noch besser: beim Schweizer vorne!«

Er strahlte bei jeder Witterung und sagte: »Hier, ich nehm dir die Briefe ab. Hast du etwas für meine Frau? Hoffentlich nicht! Und bring keine Kataloge mehr, davon haben wir mehr als genug!«

Der Briefträger nickte und war verlegen.

Er bedauerte aufrichtig, dass er auch heute wieder zwei Rechnungen dabei hatte, eine vom Elektrizitätswerk und eine von der Krankenkasse.

Er gab sie Luigi und sagte: »Sieht nach Rechnung aus. Tschuldigung. Aber vielleicht, vielleicht ... solange die Briefe zu sind, weiß man noch nicht, was drin ist. Es könnte ja auch ...«, es fiel ihm erst nichts ein, was anstelle der Rechnung im Umschlag hätte stecken können, also sagte er: »Es könnten geradesogut auch Gutschriften sein oder so etwas, wer weiß?«, und er wusste selber, wie doof und unwahrscheinlich das klang.

Luigi nahm sie und warf einen Blick in den Anhänger des Briefträgers. »Du unverbesserlicher Optimist! Haha! Gutschriften! Doch nicht von der Krankenkasse oder vom Elektrizitätswerk! Sag, da im Anhänger, die dicken Kataloge, nimmst du die wieder mit oder sind die für uns?«

Natürlich waren sie für Marta Manzini, kein Zweifel, drei Stück, jeder um die hundert Seiten dick.

»Marta!«, rief Luigi, überhaupt sprach er nie, sondern rief immer, das Laute, das Aufgedrehte war sein Naturell. »Komm raus«, rief er ins Haus, »wieder Kataloge für dich! Die trag ich dir sicher nicht ins Haus!«

Marta streckte den Kopf aus dem kleinen Küchenfenster. Das Fenster war genau über dem Herd, sie musste sich lang machen, damit sie den Kopf über die dampfenden Kochtöpfe hinweg an die Luft brachte.

Sie sagte: »Luigi! Mach vorwärts, lass ihn gehen und komm endlich rein, deine Mittagspause ist schon fast wieder vorbei!«

»Machst du auch bald Pause, Briefträger, du unverbesserlicher Optimist? Die hast du dir verdient!« Luigi rief wieder.

Dann ging er ins Haus, winkte ihm, als nähme er Abschied.

Der Briefträger war nicht immer Briefträger gewesen. Er hatte zwar seine Lehre bei der Post gemacht, dann aber eine Zeit lang als Lagerist im Farbenlager gearbeitet. Schon dort nannten ihn alle einfach Briefträger.

Im Farbenlager trug er Dosen und Büchsen und Kanister von hier nach da, er belud Laster, die ausfahren wollten, und entlud Laster, die zurückkamen, von den Baustellen, von den Malergeschäften und den Baumärkten. Nachmittageweise schlug er sich mit Gebinden herum. Gebindedienst hieß das: Gebinde füllen, Gebinde auswaschen, Gebinde zum Trocknen nach draußen stellen.

In der Pause machte er es wie die anderen. Er ging über die Brache, von der man nicht sagen konnte, ob es eine Wiese oder ein Geröllfeld war, bis zur Hecke, die das Fabrikgelände von Bord und Bach und Spazierweg abtrennte. Da war er weit genug vom Gebäude entfernt, um eine Zigarette zu rauchen. Bei all den hochentzündlichen Chemikalien in der Halle war Abstand schon sinnvoll. Der Briefträger hatte nie gern geraucht, tat es aber trotzdem. Manchmal tut man Dinge, ohne zu wissen, weshalb.

Er lehnte sich beim Rauchen am Zaun an, so wie die anderen. Hier draußen redete man nur, wenn am Wochenende ein Spiel war oder wenn Serkan dabei war. Serkan war ein Schwätzer.

»Halt die Klappe«, musste dann über kurz oder lang einer zu ihm sagen. Egal, worum es ging, man mochte ihm nicht mehr zuhören. Ständig prahlte er von Sachen, die ihm nicht mal der naivste Dummkopf abgekauft hätte.

Wie die anderen nahm der Briefträger die Hände nur aus den Hosentaschen, wenn ihm der Zigarettenrauch in den Augen brannte. Er wedelte den Rauch vor dem Gesicht fort. Mit den Lippen klemmte er die Zigarette im Mundwinkel fest. Er schwieg und starrte in den verhangenen Himmel des Limmattals. Über dem undurchdringlichen Wolkengrau dröhnte ein Flieger. Er strengte sich an, konnte ihn aber unmöglich orten. Die anderen schnipsten ihre Zigaretten über den Zaun, der Briefträger bückte sich, trat seine zwischen Stein und Schuh aus und steckte sie sich in die Hosentasche. Vorne bei der Straße gab es schließlich einen Aschenbecher.

Geschlossen marschierten sie zurück zum Tor der Halle. Serkan drängte sich in die Mitte und legte seine Arme um die Schultern zweier Kollegen. Einer schüttelte den Kopf und sagte: »Dass du wegen einer einzelnen Zigarette immer den Umweg zur Straße machst?«

Der Briefträger gab keine Antwort. Der andere erwartete auch keine.

Einer sagte: »So ...«, und ein anderer sagte: »Packen wir's an ...«

»Bis zum Mittag«, sagte einer, und der daneben seufzte.

Serkan zuckte mit den Schultern und sagte: »Hauptsache, es gibt Lohn.«

Stillschweigend stimmten sie zu.

Eines Tages fuhr der Briefträger mit dem Gabelstapler an ein Hochregal mit Hunderten Farbeimern. Das Regal brauchte nicht länger als einen Augenblick, um zu kippen. Der Krach verklang schnell an den Hallenwänden. Danach sickerte die Farbe lautlos aus den geborstenen Eimern. Lachsfarbene Fassadenfarbe ergoss sich hektoliterweise über den Lagerboden, Farbcode RAL 2012. Sie lief unter die Hochregale. Auch der Gabelstapler stand in der Farbe, der Briefträger saß darauf und war starr vor Schreck. Er versuchte zurückzusetzen, aber das machte alles nur noch schlimmer. Die Reifen spritzten die Farbe in alle Richtungen, und die RAL-2012-Lache breitete sich weiter aus. Genug Farbe, um alle vier Türme der Hardau-Hochhäuser neu zu streichen und das Triemli-Spital gleich mit dazu. In seiner Kabine im Stapler hatte der Briefträger eine Rolle Haushaltpapier. Er benutzte sie immer anstelle von Taschentüchern, denn in der Halle war es zugig, und die Nase lief ihm ständig. Er hielt die Rolle also in der Hand und blickte über die Lache, die längst keine mehr war, sondern ein ausgewachsener Teich. Er begann die Rolle abzuwickeln und legte sie in die Farbe. Sie saugte sich voll, viel langsamer, als der Teich weiter anwuchs, denn aus den Eimern floss die Lachsfarbe wie das Wasser über eine Fischtreppe. Der Briefträger wickelte weiter Haushaltpapier ab und versuchte, damit einen See trockenzutupfen. Niemand konnte ihm den guten Willen absprechen.

In der entfernten Ecke des Lagers stand der Barackencontainer des Betriebsleiters. Er hatte zwei Fenster und eine Tür mit einem einzigen Trittchen als Treppe davor. Die Farbe lief immer weiter, zum Container und noch weiter, darunter, darunter hindurch, bis zur Rückwand der Halle, zähflüssig und dick. Das Geschepper der Eimer trieb den Betriebsleiter aus seiner Baracke. Er ruinierte sich seine schönen Schuhe, als er über das einzige Trittchen direkt in die Farbe trat.

Er stellte den Briefträger mit Schimpf und Schande vor die Tür, oder, wie er es beschönigend ausdrückte: »Ich stelle Sie hiermit frei. Fristlos.«

Dem Briefträger nützte weder, dass er beteuerte, das Ganze völlig unabsichtlich verursacht zu haben, noch, dass er nie auch nur einen Tag bei der Arbeit gefehlt hatte, oder dass er hoch und heilig versprach, er würde das schon wieder hinbiegen, den Schaden abarbeiten, egal, wie lange es auch dauere.

Sein Flehen verlor sich unter dem hohen Hallendach. Die Kollegen standen erhöht auf Leitern oder saßen auf leeren Regalen, und keiner kam ihm zu Hilfe. Wie auch, überall war Farbe. Der Briefträger und der Betriebsleiter standen schuhsohlentief im Lachsbrei.

Der Betriebsleiter packte ihn am Kragen und schob ihn durch das Tor.

»Fertig jetzt!«, schrie er ihn an. Er schubste ihn auf den Vorplatz.

Davongejagt lief der Briefträger mit hochgeklapptem Kragen aus dem Farbenlager, ohne sich ein einziges Mal umzublicken. Er stierte beim Fortgehen in die Rauchschwaden, die brusthoch über der Asphaltbrache zwischen Materiallager, Fertigungsfabrik und dem Tramdepot hingen.

Es war ein Dienstag, so gegen halb zehn Uhr. Über ihm lagen unausgeschlafene Wolken. Sie wogen schwer wie ein Bauch voller Sorgen. Sie stießen wie ein zu kurz geratener grauer Mantel gegen den Hönggerberg auf der einen und den Uetliberg auf der anderen Talseite.

Für einen Moment blieb er stehen und schaute dem Quellen des Nebels zu. Die Tram war ihm soeben vor der Nase weggefahren, die Gleise in der Tramschleife zitterten noch. Er beobachtete, wie der Nebel herabsackte und wuchs, knapp oberhalb der Bodennarbe. Er suchte ein Muster im Nebel, das es doch geben musste. Ein Zeichen oder einen Wegweiser, irgendwas.

Wenn man plötzlich, einfach so, am Dienstagmorgen, wo man doch sonst immer Farbeimer von A nach B manövrierte oder den Wareneingang kontrollierte, plötzlich nirgendwo hinzugehen und nichts zu erledigen hat, dann kommt man ins Grübeln. Wenn man einfach nur draußen steht und zusieht, wie das Wetter seinen Dienst tut, kommt man sich dann nicht automatisch so schrecklich klein und unverständig vor? Und dann sieht man den Nebel sacken und die Wolken hängen, und man spürt die Kälte kriechen und an der Haut nagen, und man denkt: Bestimmt hat das alles etwas zu bedeuten.

Aber was? Darauf kommt man beim besten Willen nicht. So ging's auf jeden Fall dem Briefträger.

EIN BRIEF AUS KANADA

An all das musste der Briefträger heute denken, Jahre später. An die verdammte lachsfarbene Fassadenfarbe. An die Eimer und Büchsen und Kanister. An den Gebindedienst und an Serkan, der alle zuquatschte, an den Betriebsleiter, der ihm den letzten Lohn nie ausbezahlt hatte. Er musste an diese aufdringliche Präsenz der Gegenwart denken, die ihn überkam, als er an der Tramstation stand und nicht wusste wohin, nicht verstand, was soeben passiert war, und keinen Schimmer hatte, was er als Nächstes tun sollte. Er musste an das diffuse Licht dieses Tages denken, an den Wolkenhimmel, den es so nur in Zürich gibt.

Auch heute lagen auf dem Zürcher Himmel dieselben unausgeschlafenen Wolken. Sie wollten nicht wach werden und fortziehen.

Es hat mir im Grunde nicht wirklich geschadet, dachte der Briefträger. Der Regen setzte ein, stärker als damals. Er trieb sein Mofa die Friesenbergstraße hinauf und zog den holpernden Anhänger hinter sich her.

Keine zweihundert Meter weiter schüttete es wie aus Eimern. Die Jacke klebte ihm an den Schultern, und das Visier des Helms beschlug, er musste es aufmachen und die Augen zusammenkneifen. Die Regentropfen waren kalt und hart und kitzelten nicht, sondern stachen wie Nadeln.

Die Post hatte ihn mit Handkuss zurückgenommen. Keiner hatte verstanden, weshalb er nach dem Lehrabschluss nicht geblieben war. Als Jahrgangsbester, als geborener Briefträger.

Mit neunzehn wollte er halt mehr sein als ein geborener Briefträger.

Der Wind kam aus Nordnordost. Schwarzer Rauch zog von Altstetten herüber und verdunkelte erst Albisrieden, dann Wiedikon. Der Briefträger zog sich sein Halstuch über Mund und Nase, zum Schutz vor dem beißenden Rauch. Dieser kratzte ihn trotzdem in der Kehle.

Er bog in die Pappelstraße ein. Mit jedem Meter wurde die Sicht schlechter. Er hielt an und zog den Schlüssel ab. Er nahm den ersten Stapel Briefe in die Hand und deckte den Anhänger fest mit der grauen Plane zu. Zum Glück hielten diese Gummiriemen etwas aus. Er zog sie straff über die Halterung an der Außenseite des Metallkastens seines Anhängers.

Heute hatte er einen Brief aus Kanada für Frau Caluori dabei. Regen, schwarzer Rauch und eine Anschrift, der nach der Hälfte die Kugelschreiberfarbe ausging, das konnte nichts Gutes verheißen.

Frau R. Caluori; Pappe stand in blauem, schwächer werdendem Strich, dann, mit neuem Kugelschreiber: *lstrasse 4, CH-8055 Zürich,* und dann in Großbuchstaben mit riesigen Abständen zwischen den einzelnen Zeichen *SWITZERLAND (SUISSE).*

Er ging durch den Garten des Eckhauses, an der Haustür vorüber bis zu Ruth Caluoris Briefkasten. Hinter Caluoris Küchenfenster bewegte sich der Vorhang. Sie sah ihn mit aufgerissenen Augen an.

Der Briefträger zog sich das Halstuch von der Nase, denn es gehört sich nicht, so die Post zu verteilen.

Sie gestikulierte wild und zeigte mit dem Finger auf den Himmel hinter ihm, als öffne sich da gerade das Tor zur Hölle. Wer Radio hörte, wusste, dass das Farbenlager in Brand geraten war.

»Halten Sie Türen und Fenster geschlossen, und bleiben Sie zu Hause«, hieß die Anweisung.

Caluori deutete auf ihr Ohr, mit dem Zeigefinger, und sagte etwas in die Scheibe. Ihre Lippen bewegten sich übertrieben, so als spräche sie lautlos und versuche, jemandem, der nicht lippenlesen kann, auf die Sprünge zu helfen. Sie wiederholte Gestik und Lippenbewegung, aber es half nichts. Der Briefträger konnte kein Wort entziffern, das ihre Lippen formten. Er war halt nur ein Briefträger und kein Lippenleser. Er zeigte ihr den Brief und hielt ihn wie ein Geschenk in die Höhe.

Caluoris Gesicht flammte vor Erregtheit und unverständiger Wut auf, und sie zeigte mit Vehemenz auf die Rauchwolke hinter dem Briefträger. Dann gab sie auf und riss die Haustür auf. Sie packte den Briefträger am Arm und zog ihn ins Haus.

»Ja sind Sie denn übergeschnappt?«, fuhr sie ihn an.

Sie standen im kleinen Windfang zu nah beieinander. Sie konnte nichts anderes tun, als mit aufgerissenen Augen an ihm vorbei in den schwarzen Himmel zu schauen.

»Was meinen Sie, zieht mir das durch den Türspalt ins Haus?«, fragte sie.

Sie schloss die innere Tür zwischen Windfang und Gang. Zu zweit standen sie auf weniger als eineinhalb Quadratmetern, in dicker Luft neben gebauschten Jacken.

»Ach das, das macht doch nichts«, sagte der Briefträger, »davon ist noch nie keiner gestorben.«

»Nie einer«, korrigierte ihn Frau Caluori, und im selben Moment tat es ihr leid. Manchmal fallen einem die Worte von der Zunge, bevor man sich entschlossen hat, etwas zu sagen. Caluoris Worte hingen jetzt untilgbar im Windfang. Sie harrte der Wirkung ihrer Worte, aber der Briefträger hatte ihre Korrektur überhört.

Er lächelte nur und meinte: »Machen Sie sich keine Sorgen! Dunkle Wolken verheißen kein Unheil. Dunkle Wolken machen sich nur über die lustig, die am Morgen die falschen Kleider angezogen haben!«

Der Briefträger und Redewendungen, das passte wie die Faust aufs Auge: Sie passten überhaupt nicht zusammen. Sie passten wunderbar zusammen. Beides gleichzeitig. Er verdrehte die Redewendungen und Sprichwörter immer so, wie er annahm, dass sie seinen Zuhörern gefielen.

Als ihm Caluori von ihrer Tochter erzählt hatte, der es in Kanada so wahnsinnig gut gefiel, hatte er gesagt: »In der Fremde ist's am schönsten.«

Er wollte ihr schmeicheln, es fiel ihm nichts Besseres ein, und er traf sie damit tief. Wie hätte er denn wissen sollen, dass Sarah Caluori Hals über Kopf nach Kanada abgereist war und auch gleich für immer dort bleiben wollte? Wie hätte er denn wissen sollen, dass da etwas vorgefallen war zwischen Mutter und Tochter? Etwas, das ihn nichts anging und ihn jetzt doch tangierte, weil ihn als Briefträger alles tangierte, was in seinem Viertel passierte, und gleichzeitig doch wieder nicht.

Aus »man will immer das, was man nicht hat« hatte er vorletzte Woche »man will halt immer auch das, was man hat« gemacht. Und erst letzte Woche versuchte er sich in einer Plauderei mit Caluori, und anstatt zu sagen »man bekommt, was man verdient«, sagte er, ohne Überzeugung vorspielen zu müssen: »Man bekommt, was man will.«

Caluori entgegnete: »Aber Herr Briefträger, Sie verdrehen da etwas! Es ist doch sonnenklar, dass das nicht stimmen kann!«

Wo andere debattierten, hörte der Briefträger zu. Und da der Briefträger zuhörte, wartete er, bis Caluori weitersprach.

Caluori biss sich auf die Zunge und wünschte sich, der Briefträger würde debattieren anstatt zuhören.

Sie hütete sich, auszusprechen, was ihr auf der Zunge lag. Es hatte mit dem Briefträger und mit Lauriane Steinbrecher zu tun. Es war Caluori aufgefallen, wie der Briefträger immer genau vor Lauriane Steinbrechers Briefkasten eine Pause einlegte und mit größter Sorgfalt seine Briefe sortierte. Er fuhr sich kurz durchs Haar. Er machte einen geraden Rücken. Er blickte zu Steinbrechers Fenster hinauf, und Caluori beobachtete ihn dabei. Gibt es etwas Peinlicheres, als beim Schmachten ertappt zu werden?

In Bezug auf Lauriane hielt Caluori es für ausgeschlossen, dass der Briefträger bekommen würde, was er wollte. Lauriane würde sich nie auf ihn einlassen. Sie war viel zu hübsch für ihn.

Caluoris Nähe im engen Windfang war dem Briefträger unangenehm, und er tropfte mit seiner Jacke den Boden voll. Er wollte weiter, er musste weiter. Pünktlichkeit lässt sich nicht verschieben, und sowieso: Wer zu spät kommt, zwingt andere zur Geduld und verdammt sie zum Warten. Das gehört sich nicht.

Es fiel ihm ein, dass ihn Luigi einen unverbesserlichen Optimisten genannt hatte. Er war kein Optimist. Er wollte nur, dass die Sachen gut ausgehen. Er glaubte nicht, dass alles automatisch gut werden würde, das tun nur Optimisten. Er bekam Herzweh, wenn andere Leid oder Unfairness traf. Das ist an und für sich eine gute Eigenschaft. Wie wäre die Welt, wenn ein solcher Charakterzug nicht nur ab und zu einen Menschen wie ein zufälliger Streifschuss träfe?

Als Kind litt er unter dem Maß an Mitleid, das ihm angeboren war. Wurde jemand gehänselt, stiegen ihm die Tränen in die Augen. Wie gerne hätte er die Hänselei auf sich gelenkt, aber er brachte keinen Ton heraus. Scham, Wut und Ekel kamen hoch. Das Unrecht lähmte ihn. Ständig taten ihm alle leid, außer wenn es um ihn ging – er tat sich nie selber leid.

Draußen am Himmel türmte sich die schwarze Wolkenwand. Die Luft war mittlerweile milchig und grau geworden, die dickste Nebelsuppe.

Caluori nahm den Brief und ging zurück in den Flur. Sie nahm den einseitigen Brief aus dem Umschlag und las ihn mit zittrigen Händen. Der Briefträger beobachtete sie.

Eigentlich müsste er schon lange weiter, aber er blieb, weil er musste.

Caluori schob ihre linke Hand unbewusst vor ihren offenen Mund. Ihre Augen wurden wässrig. Der Briefträger sah es und wandte sofort seinen Blick ab. Auch ihm kamen die Tränen. Caluori schluckte mehrmals leer.

Sie sagte: »Es tut mir leid.«

Sie war ein wenig geschminkt. Es fiel deshalb auf, weil Caluori mit dem Handrücken etwas davon verschmierte.

Der Briefträger sagte: »Aber das macht doch nichts.«

Weil er nicht wusste, was er mit seinen Händen anstellen sollte, steckte er sie in die Hosentaschen.

»Es ist nur«, sagte Caluori, »... meine Tochter ist nach Kanada ... und ... sie schreibt mir immer seltener. Ich habe nicht mal eine Telefonnummer, unter der ich sie anrufen könnte.«

»Warum schreibt sie denn so selten?«, fragte der Briefträger.

»Sie sagt, sie wolle über das Leben nachdenken. Und wenn man über das Leben nachdenken will, dann geht man am besten möglichst weit weg, weil einen zu Hause eben doch wieder alles davon abhält.«

Das leuchtete ihm ein, aber trotzdem verstand er nicht, was sie damit meinte. Er legte es nicht darauf an, ihr noch mehr zu entlocken, dafür fielen ihm auch keine passenden Fragen ein, deshalb nickte er einfach.

»Sie schreibt mir, dass sie jetzt einen Freund habe, und der habe ihr davon erzählt, dass man in Kanada Grundstücke kaufen könne mitten im Wald mit einem eigenen kleinen See, und dahin komme man nur mit einem Wasserflugzeug. Können Sie sich das vorstellen?«, fragte Caluori.

Er konnte nicht.

»Hier schreibt sie, dass sie Hütten besichtigen wolle. Sie wandere von Hütte zu Hütte, sicher zwei oder drei Monate, weil Kanada ja groß sei«, sagte Caluori.

Kanada ist größer als zwei, drei Monate.

»Das können wir uns hier gar nicht vorstellen, wie groß Kanada ist«, sagte der Briefträger. Caluori nickte. Ihr Körper war da, der Geist abwesend, ihr Blick, die Augen irgendwo dazwischen.

Sarah wollte wandern und nachdenken und herausfinden, was das alles eigentlich soll. Alleine sein. Heilung finden für die Unruhe all der offenen Fragen, die sich in ihrem Kopf drehten. Die großen und die kleinen. Herausfinden, wieso ihre Arme weich und ihre Hüften rund sind, egal, wie viel Sport sie treibt. Herausfinden, wieso auf dem Balkan ein Krieg ausbricht, weshalb am Platzspitz die Menschen am goldenen Schuss oder einer Infektion sterben, herausfinden, weshalb einige Leute den Vorsatz gefasst haben, das Leid von den Menschen fernzuhalten.

Caluori sagte: »Ich fürchte mich bei jedem Brief davor, dass es der letzte gewesen sein könnte.«

Aus dem Obergeschoss tröpfelten Klavierklänge herunter, mit Fehlern durchzogen wie ein Spickbraten mit Fett. Sie waren dem Briefträger vorher nicht aufgefallen.

»Das ist sicher nur eine Phase«, sagte er und hörte sich dabei altklug an.

»Sie schreibt bestimmt bald ausführlicher. Machen Sie sich keine Sorgen, Frau Caluori.«

Er erschrak über seinen Tonfall fast mehr als über seine Worte. Worte kann man so dahersagen, der Tonfall aber, der verrät immer, ob man es wirklich so meint.

Wieso hatte er, einfach so, mir nichts, dir nichts, etwas versprochen, was er nicht beeinflussen konnte?

Im Obergeschoss erwischten Fettfinger in einer solchen Regelmäßigkeit direkt nebeneinanderliegende Tasten, dass man vermuten musste, es stecke böse Absicht dahinter.

»Die Zwillinge üben«, sagte Frau Caluori dazu.

»Ich möchte Ihnen so gerne glauben«, sagte sie dann, »ein ausführlicher Brief, in dem steht, wann sie wieder nach Hause kommt, das würde mir so viel bedeuten.«

Die Zwillinge waren die einzigen beiden verbliebenen Klavierschülerinnen von Ruth Caluori.

Draußen hatte der Regen plötzlich aufgehört. Die regenlose Stille kam dem Briefträger wie eine aufdringliche Leere vor.

Caluori fragte: »Kennen Sie Bouvier? Bouvier hat das abrupte Aufhören eines Regengusses mit dem Bild einer Sichel beschrieben, die durchs Gras fährt.«

Dann war Ruhe. Regen fehlte. Herzschläge fehlten.

Der Briefträger kannte Bouvier nicht.

Er war froh um die Ablenkung und sagte: »So, jetzt muss ich aber weiter.«

Caluori versuchte, ihn zum Mittagessen einzuladen. Sie gab aber schnell auf, als sie einsah, dass es ein aussichtsloses Unterfangen war, ihn zu überreden. Wenn nicht mal dunkle Wolken und stechender Rauch ihn davon abhielten hinauszugehen, dann bestimmt auch kein Mittagessen.

Der Briefträger machte sich auf den Weg. Er stellte gedankenversunken seine Post in die restlichen Briefkästen der Pappelstraße zu. Sein Versprechen, dass Sarah ihrer Mutter bald ausführlicher schreiben würde, ließ ihn an nichts anderes denken.

Abends rauchte er eine Zigarette. Er zog ein, zwei Mal daran, ließ dann die Asche herunterbrennen, bis sie ihm neben den Aschenbecher auf das Tischtuch fiel. Er fluchte über das Brandloch und öffnete das Fenster zum Lüften. Anstatt frischer Luft drangen üble säuerliche Dämpfe ins Zimmer. Der Regen hatte wieder eingesetzt. Das verdammte Farbenlager brannte mittlerweile zwar nicht mehr, aber es mottete und stank und rauchte, während der Regen auf das eingestürzte Dach und die verrußten Grundmauern des Farbenlagers fiel. Tropfen verdampften zischend.

Er schloss das Fenster wieder, füllte sich am Wasserhahn ein Glas voll und stand von einer nagenden Unruhe geplagt in der Küche.

Vor Sarah hat er niemanden gekannt, der über das Leben nachdachte. Auch Sarah kannte er nicht wirklich, er wusste einfach, wer sie war.

Ziemlich sicher hätte er sie auf der Straße nicht erkannt.

Über das Leben nachdenken. Es wurde ihm schon schwindlig dabei, wenn er den Einstieg in dieses Nachdenken in seinem Kopf suchte.

DER KIRSCHBAUM UND DIE TRAUERKARTE

Alten Leuten die Post zu bringen, hat etwas Beklemmendes, dachte der Briefträger. Hatte er keine Post dabei, taten ihm die Alten leid, weil sie umsonst warteten. Und hatte er Post dabei, waren es doch nur Rechnungen, Reklame oder Bettelbriefe. Er stellte sich vor, dass jemand im letzten Brief seines Lebens um Geld angepumpt wird.

Heute Morgen bedrückte ihn dies umso mehr, als ihm beim Sortieren ein Brief mit einem schwarzen, vertikalen Strich auf dem Umschlag auffiel.

Er las: »In stiller Trauer.«

Ein schwaches, graues Kreuz schimmerte auf dem Umschlag. Die farbige Briefmarke wirkte schäbig und unpassend, wie eine farbige Krawatte auf einer Beerdigung.

Er las: »Fräulein E. Kälin, Pappelstraße 21, 8055 Zürich.«

Wieder ein Trauerbrief für Kälin. Die Neugier und das Mitleid juckten ihn, beides gleichzeitig.

Frau Kälin war ein Fräulein, weil sie in ihren

82 Jahren nie auch nur in die Nähe eines Traualtars gekommen war.

Kälin schaute feindselig und mürrisch aus dem Fenster und behandelte die Nachbarn abschätzig. Für niemanden hatte sie ein nettes Wort übrig. Zu den Kindern war Frau Kälin gerne gemein. Im Garten hatte sie den prächtigsten Kirschbaum. Im Juli bereitete es ihr besondere Freude, den Kirschen am Baum beim Verfaulen zuzusehen.

Jahr für Jahr das gleiche Spiel. Die schwarzvioletten Früchte wurden im Frühsommer reif, und eine Kinderschar machte sich daran, in der Abenddämmerung in Kälins Garten zu schleichen, um die Kirschen vom Baum zu stehlen.

Jedes Jahr hatten die Kinder einen neuen Anführer. Einmal war es Rafael, dann war es Matteo, und dieses Jahr war es ein viel zu breit gewachsener Bub, den alle James Bond nannten. Er hatte die kleinsten Ohren der Welt am Schädel und im Schädel ein Hirn in Walnussgröße. In seiner Truppe redeten sie ständig davon, diesen oder jenen windelweich zu hauen. James Bond redete nie. Dafür schlug er ohne zu zögern zu, ohne dabei ein Wort zu sagen. Drei blaue Augen, zwei gespaltene Zähne und eine gebrochene Nase, das nannte er seine Titelsammlung. James Bond behauptete, es brauche Mut zum Zuschlagen. Seine Freunde schworen ihm ewige Treue. Sie hielt nicht einmal bis Pfingsten. Und als es darum ging, die Kirschen von Frau Kälins Baum zu stehlen, war er nicht mal mehr Teil des Einsatzkommandos.

»Um Kirschen vom Baum zu holen, brauchen wir seine Fäuste nicht«, sagte Cédric. Er war seit Tagen daran, einen Plan für sich und seine Bande auszuhecken. Das Problem war, dass der Kirschbaum in der Ecke von Kälins Garten stand und von allen Seiten gut einzusehen war. Kälin konnte den Baum von insgesamt vier Fenstern aus sehen: aus dem Wohnzimmer unten und den Schlafzimmern oben.

Das wussten die Burschen und legten sich auf die Lauer. Pünktlich zwischen halb acht und acht dröhnte der Lärm der Tagesschau aus dem Stubenfenster. Danach war es ein paar Minuten ruhig. Um viertel nach acht lehnte sich die Kälin mit ewig grimmiger Miene aus dem Schlafzimmerfenster und streckte sich im Nachthemd nach den Riegeln der Fensterläden.

»Siehst du ihre furchigen Runzeln?«, flüsterte Cédric hinter dem Gebüsch versteckt seinem Kompagnon zu, »sehen aus wie Mondcanyons oder so etwas.« Der hielt die Luft an und sagte nichts.

Auf dem Platz hinter Kälins Garten war eine steinerne Tischtennisplatte. Jugendliche saßen darauf, quatschten und kicherten.

Kälin rief hinüber: »Geht endlich nach Hause!« Dann zog sie die Fensterläden zu und justierte die Lamellen.

Cédric hörte zu, wie die anderen Ideen wälzten. Einer schlug vor, zu warten, bis sie das Haus verließ.

»Aber die geht doch nie raus!«, sagte ein anderer.

»Na, irgendwann muss sie mal raus, einkaufen oder so.«

Sie verwarfen die Idee. Wenn's blöd läuft, wartet man da tagelang. Und sowieso: Tagsüber ist Schule.

»Wie wärs, wenn wir während der Tagesschau zuschlagen würden?« Die Jungs waren unentschlossen. Der, der es gesagt hatte, wirkte schüchtern und glaubte selbst nicht an seinen Plan. Er hatte es gesagt, damit er auch etwas gesagt hatte, und gehofft, niemand würde darauf einsteigen. Cédric war sowieso dagegen.

»Zu hell«, sagte er.

In der Tat. Aber in der Nacht zuschlagen? Jemand brachte die Bedenken auf den Punkt: »Aber wir müssen doch spätestens um neun zu Hause sein, und da ist es doch noch hell!«

Cédric machte ein schmatzendes Geräusch mit seiner Zunge und seinen Zähnen. Die anderen hielten sich still und ließen ihn nachdenken. Schließlich war er der Anführer, und den Anführer soll man nicht beim Denken stören.

Dann sagte er: »Klar, um neun ist es noch nicht dunkel, aber wenigstens setzt dann langsam die Dämmerung ein. Es könnte sogar ein Vorteil sein. Denkt doch mal nach! Die erwartet doch nie, dass wir uns bei Tageslicht trauen, auf den Baum zu klettern. Wir müssen also zwischen halb neun und neun Uhr zuschlagen. Dann ist die Hexe im

Bett, und wir haben fünfzehn Minuten, den Baum zu plündern. Dann verstecken wir die Beute in den Büschen über der Einfahrt der Tiefgarage.«

Um die Aufteilung wollten sie sich dann am nächsten Tag kümmern. Die nächsten Tage machten die Jungs einen großen Bogen um Kälins Garten. Woher sollten sie wissen, dass Unauffälligkeit der beste Weg ist, Misstrauen zu wecken?

Cédric ließ einen der Gehilfen einen Plan des Gartens zeichnen. Er erklärte ihm im Flüsterton: »Durch die Hecke kommen wir nicht durch. Die hat darin einen Zaun einsetzen lassen. Keine Chance. Wir müssen durch eines der Gartentörchen.«

Er nahm dem anderen den Bleistift aus den Fingern, machte ein Kreuz auf den Plan und sagte: »Es gibt eines hier, Hinterseite. Von hier ist es zwar nur zwei, drei Meter bis zum Baum, aber wir sind komplett ohne Schutz, voll im Blickfeld aller vier Fenster. Vom anderen Gartentörchen aus ist der Weg zwar weiter, dafür sind da weniger Fenster. Man müsste nur am Küchenfenster vorbei. Das sollte zu schaffen sein: Schnell das Tor auf, ich und noch jemand schlüpfen hinein, schließen das Tor wieder und rennen so schnell wir können zur Hauswand unter dem Fenster. Dann schleichen wir uns der Hauswand entlang und bewegen uns dann exakt auf der Höhe der Hausecke in gerader Linie unter den Baum. Das müsste genau im toten Winkel aller Fenster sein. Wir gehen beide rauf in den Baum und verschwinden so schnell es geht in der Krone.«

Cédric zeigte auf Andreas und Stefan: »Ihr zwei postiert euch im Sichtschutz der Gartenhecke und fangt die Kirschen auf, die wir euch hinauswerfen!«

Die beiden waren froh, Schmiere stehen zu dürfen.

Emil wollte protestieren.

Cédric sagte: »Nix da, du kommst mit. Du bist der beste Kletterer.«

Sie stimmten also ihre Flik-Flak-Uhren aufeinander ab und hockten still in ihrem Versteck. Es war immer noch heiß. Henry Thalmann kam mit seinem Hund vorbei, der sie beschnüffelte. Zum Glück zog ihn Henry weiter, bevor sie aufflogen.

Mit der Zeit im Versteck ist es so wie mit dem Ketchup in der Flasche. Die längste Zeit scheint sich nichts zu bewegen, und plötzlich geht alles viel zu schnell.

Aus Kälins Fenster plärrte der Fernseher. Der Tagesschau-Sprecher sprach von unhaltbaren Zuständen am Platzspitz, die der Stadtrat nun wirklich nicht mehr tolerieren könne. Dann sagte er trocken und mit scharrendem R, dass jetzt die Panzer aufgefahren seien. Nicht am Platzspitz, aber auf dem Balkan. Und dieser Balkan wurde abwechslungsweise ein Pulverfass, eine Hölle oder ein Relikt des Kalten Krieges genannt.

Wenn man jetzt nicht reagiere, hieß es, steuere man auf eine unermessliche Tragödie zu.

Keiner der Jungs wusste, was ein Relikt oder was der Kalte Krieg war. Die Worte des Nachrichtensprechers waren für ihre Ohren nur eine Klangkulisse. Sie bestand nicht aus Wörtern und Sätzen geschweige denn aus Sinn und Realität. Ihre gesamte Konzentration galt der anstehenden Mission. Keiner rührte sich. Immerhin atmeten sie.

Kälin machte den Fernseher aus, noch mitten im Abspann. Sie warf die Fernbedienung auf ihr gläsernes Salontischchen, dass es klirrte. Die Bande wartete weiter, die Nerven bis zum Zerreißen gespannt.

An den Dachrinnen begann es zu dämmern. Der Friede des Stadtrands raschelte in der Hecke. Vielleicht war es nicht der Friede, sondern ein Spatz, der Körner pickte. Die Scheinheiligkeit des Familienquartiers lag auf jedem Garten. Jemand machte einen Sonnenschirm zu und dachte an die Arbeitskollegin, in die er heimlich verliebt war. Der Stoff des Schirms war viel wärmer als die Abendluft drumherum.

Die Abenteuerlust der Burschen steigerte sich mit jedem Farbton, um den die Luft blauer und dunkler wurde. In den Nasen hatten sie den süßlichen Duft reifer Kirschen. Kälin spähte aus dem Fenster. Die Burschen im Gebüsch sahen sie durch Ast und Blatt. Kälin schaute grimmig. An den Wangen war zu viel Haut, sodass sie wie zwei schlaffe Säcke vom Schädel hingen und die Mundwinkel herunterzogen. Kälin kniff die Augen zusammen, um besser zu sehen. Sie schaute geradewegs zum Gebüsch.

»Kann sie uns sehen?«, fragte Emil so tonlos,

wie er konnte. Auf Kälins Gesicht war die Antwort auf die Frage nicht zu lesen. Sie sahen eng zusammenstehende böse blickende Augen. Drei der vier hätten am liebsten den Schwanz eingezogen. Aber abgemacht ist halt abgemacht.

Andreas war der größte Hasenfuß. Gerade jetzt sehnte er die Langweile seines Zimmers herbei. Stefan wünschte sich einen Platzregen. Die Zweige kratzten ihnen die Arme auf, stachen sie bei der kleinsten Bewegung in den Rücken. Kälin sah kein Haar der Burschen durchs dichte Blattwerk und ging vom Fenster ins Zimmer, Gott weiß, wohin.

Eine Viertelstunde später wagten sie den Angriff. Es lief alles nach Plan. Cédric und sein Gehilfe überwanden das Gartentor mühelos und krochen auf allen vieren unter dem Küchenfenster der Hausmauer entlang.

Cédric wagte als Erster den Spurt über den Rasen. Er erreichte den Stamm, fühlte dessen rotbraune Rinde, sprang hoch und bekam den untersten erreichbaren Ast zu fassen, als hinter ihm mit einem lauten Scheppern die Kellertür ins Schloss fiel.

Kälin stampfte die enge, steinerne Kellertreppe hoch. Sie war mit einem Besen und einem Metallrechen bewaffnet. Sie keuchte. Orange und rostrote Striemen zierten Cédrics Unterarme und Schenkel, Abrieb des Kirschbaumes. Der Gehilfe stieß einen Schrei aus und machte sich aus dem Staub. Er rannte um sein Leben. Er sprang über die Hecke direkt auf die Pappelstraße, lief runter zum Margarethenweg, stoppte nicht mal am Bahnübergang, sondern rannte, ohne sich links und rechts umzuschauen, über die Gleise und weiter Richtung Schwimmbad. Wäre in diesem Moment die Bahn vorbeigefahren! Man darf nicht dran denken.

Kälin zeterte und ging im Nachthemd auf den Kirschbaum zu.

Cédric saß rittlings auf einem Ast und hatte keine Kirsche angerührt. Ohne Vorwarnung schwang Kälin den Besenstiel nach ihm. Cédric konnte nur noch die Beine anziehen. Er war so verdattert, dass er nicht auf die Idee kam, sich auf einen höheren Ast zu retten.

Kälin warf den Besen ins Gras und schwang den Rechen nach Cédric. Mit den Metallspeichen kratzte sie ihm die Schienbeine blutig. Jetzt begann Cédric zu klettern.

Kälin krächzte: »Komm runter, du. Aber sofort!«

»Nie im Leben«, sagte Cédric.

»Wenn du jetzt nicht kommst, kannst du was erleben«, sagte Kälin.

Cédric war nicht dumm. Er würde sowieso etwas erleben, ob er runterkäme oder nicht. Er spielte auf Zeit. Auf den Baum kommt sie nicht. Er strengte sich an und dachte nach. Von seinem Platz im Baum aus sah er über die Nachbargärten. Sein zerkratztes Schienbein brannte. Schweiß lief in die Wunde.

Um halb zehn saß Cédric immer noch auf dem Kirschbaum. Die anderen zwei, die die Kirschen hätten auffangen sollen, hatten sich längst davongemacht. Cédric und Kälin waren patt. Sie unten mit dem Rechen in der Hand, er oben zwar außer Reichweite des Rechens, aber auch zu hoch oben, als dass er sich mit einem Sprung vom Baum hätte retten können. Kälin war unerbittlich und stur und geduldig.

Sie sagte: »Wenn du wüsstest, dass ich schon mein Leben lang warte, du hättest längst aufgegeben!«

Es bedurfte vereinter Kräfte, um das Kind vom Baum zu retten. Als Erster entdeckte ihn Cédrics Vater, der seinen Sohn suchte, weil er bis um zehn Uhr noch immer nicht nach Hause gekommen war. Mit dem Auftauchen des Vaters war die Sache allerdings noch lange nicht ausgestanden. Fräulein Kälin war nie nachsichtig.

Sie sagte: »Keinen Schritt weiter! Wehe, Sie wagen es, einen Fuß in meinen Garten zu setzen!«

Er musste ihr den Rechen mit Gewalt aus den Händen reißen und kam auch nicht ohne Schrammen davon. Das Gekeife hatte auch die Nachbarn nach draußen gelockt. Am Schluss stand die halbe Nachbarschaft in Kälins Garten und redete wild durcheinander.

Schweizer war als einer der Ersten da.

Sofort ergriff er Partei für Kälin. »Es geht hier nicht um Kirschen«, sagte er, »es geht um Respekt vor dem Alter, das ist Hausfriedensbruch, was dieser Bengel hier praktiziert, und überhaupt, wo kämen wir hin, wenn ...!«

Schweizer und Kälin standen beide unter dem Kirschbaum, ihnen gegenüber Cédrics Vater mit hochrotem Kopf, daneben die Arikans und die Da Silvas aus der Pappelstraße 15.

Kälin und Schweizer standen mit dem Rücken zum Stamm, und der Junge saß noch immer in der Baumkrone. Am Schluss riss Pedro Da Silva der Geduldsfaden. Er versuchte, zum Baum zu gelangen, es kam zum Handgemenge.

»Was fällt Ihnen ein!«, kreischte Kälin.

Schnell wurde die Situation unübersichtlich. Kälin kämpfte auch ohne Rechen und Besen wie eine Löwin. Sie hatte scharfe Fingernägel und trug ein ärmelloses Nachthemd. Sie blieb damit an einem Ast oder an der Baumrinde hängen. Der Stoff riss mit einem ratschenden Geräusch. Es war das Zeichen für einen sofortigen Waffenstillstand. Cédrics Vater und die Arikans und die Da Silvas wichen zurück. Sie starrten auf die schrumplige Brust, die der Kälin bis zur Hüfte hing. Sie war durch den langen Riss im Hemd gut zu sehen.

Kälin hatte nicht mitbekommen, dass ihre Brust baumelte. Vor ihr im Gras lag der Rechen. Sie nutzte die Gunst der Stunde und bückte sich blitzschnell danach. Ihr Nachthemd verschob sich dabei noch unglücklicher, und zwar so, dass ihr jetzt auch die zweite Brust herausfiel.

Wie zwei graue Schwanenhalsschläuche, dachte Luigi, ohne dass er sich diesen Gedanken gewünscht hätte. Er bekam das Bild nicht mehr aus dem Kopf. Kälins hängende Brüste. Und wie die Wiese dabei vom Stubenlicht beschienen war.

Die Kinder in Pyjamas rissen die Augen auf, und ihre Eltern hielten sie ihnen zu. Was ist so schlimm an alter nackter Haut?

Kälin schimpfte und fluchte, dass man neidisch werden konnte. Sie schwang den Rechen mit beiden Armen. Das Nachthemd trug sie jetzt als Rock. Schweizer stellte sich ungeschickt an, als er versuchte, Kälins Nachthemd zu richten. Als seine Hand von ihrer schwingenden Brust gestreift wurde, schreckte er erstarrt zurück.

Cédric hielt sich vor Schreck die Hand vor den Mund. Er starrte wie gebannt die Kälin an, tastete ohne hinzusehen wieder nach dem Ast, an dem er sich festgehalten hatte, fand ihn aber nicht, griff ins Leere, erschrak, stieß einen Schrei aus. Das Gleichgewicht hatte er schon lange verloren. Er ruderte trotzdem mit den Armen, um es zurückzugewinnen. Es blieb ein aussichtsloses Unterfangen. Er fiel vom Baum wie ein überreifer Apfel. Als er unten ankam, gab es ein dumpfes Geräusch.

Zu allem Unglück tauchte genau in diesem Moment auch noch Dave Steinbrecher auf, Laurianes kleiner Bruder. Er war nicht gern gesehen im Viertel. Die Leute schlossen die Haustür doppelt ab, sobald er auftauchte. Später suchten sie ihre Kellerschächte in Stiefeln und dicken Gartenhandschuhen nach gebrauchten Spritzen ab, wurden aber nie fündig. Man scheißt auch nicht in den eigenen Garten.

Dave war ein armer Teufel. Er konnte sich noch so viel Mühe geben, vorzutäuschen, als hätte er es im Griff, aber niemand kaufte es ihm ab. Bis im letzten Sommer war er noch mindestens einmal in der Woche vorbeigekommen, um nach Lauriane zu sehen, sie auf einen Spaziergang mitzunehmen, für sie einzukaufen, so was. Dann kam er immer seltener. Er verlor Pfund um Pfund, als werfe er sie am Platzspitz in die Limmat.

Dave lief in den Garten, schnurstracks an den Leuten vorbei, die mit offenen Mündern dastanden und ihm Platz machten. Cédric lag gekrümmt auf der Seite im Gras und schnappte nach Luft. Es hatte ihm schlimm den Atem verschlagen. Sein Arm stand unnatürlich seitlich weg. Neben dem Ellenbogen ragte ein Knochen aus der Haut. Dave kniete sich nieder und beugte sich über ihn.

»Fass ihn nicht an!« Cédrics Vater schrie Dave an.

Kälin tastete immer noch halbnackt nach dem Rechen.

Schweizer verschaffte sich mit Lautstärke Autorität: »Lass den Jungen in Ruhe und mach, dass du davonkommst!«

Dave schien nichts davon zu hören. Er schob sanft seine Arme unter Cédrics Schultern, um ihn umzudrehen und aufzurichten.

»Nicht anfassen, du Junkie!«, schrie jemand hysterisch.

Dave schaute auf und sah, wie ihn die Runde in einer Mischung aus Angst und Ekel und Abneigung und Hass anstarrte. Seine Pupillen füllten die Iris aus, ein monochromes Spiegelei aus Augenweiß und kreisrundem Tintenschwarz.

Dave wollte etwas sagen. Er stand auf mit Cédric in den Armen, hielt ihn an Kniekehlen und Achseln. Woher nahm dieses dürre Männchen aus Haut und Knochen die Kraft dafür?

Cédric war in der Zwischenzeit zu etwas Atemluft gekommen. Er stöhnte, halb aus Dank, halb im Delirium. Als Dave in seinem Kopf endlich den Satz gebildet hatte, den er sagen wollte, knallte ihm mit voller Wucht Kälins Besenstiel ins Gesicht. Die Besenspannung entlud sich derart direkt auf seinem Jochbein, dass es ihm einen lauten Knall ins Ohr gab. Aber auch so ließ er Cédric nicht los. Sein Auge tränte, die Haut spannte unter der wachsenden Beule. Er ließ Cédric behutsam herunter und prüfte mit den Fingerspitzen die Kontur seines Jochbeins.

Die Eltern schickten die Kinder nach Hause. Da keines von selbst ging, nahmen die Mütter sie an den Händen und zerrten sie davon. Die Väter blieben.

Cédrics Vater hielt seinem Sohn den Arm still und rief: »Schnell, Frau Kälin, wir brauchen einen Krankenwagen. Der Arm ist gebrochen.«

Da Dave Steinbrecher involviert war, bestand Schweizer darauf, die Polizei zu verständigen.

Cédric weinte heiße Tränen, still und ohne

Schluchzen, die Aufmerksamkeit war ihm peinlich und Schwäche kein Zeichen eines Anführers.

Kälin machte keinen Wank und sagte: »Der Bengel ist doch selber schuld, dass er vom Baum gefallen ist. Es kann doch nicht sein, dass man mir zuerst meine Kirschen stehlen will und dann soll ich auch noch den Krankenwagen rufen!«

Notdürftig hielt sie die Träger des Nachthemds im Nacken zusammen. Jemand hatte ihr eine Strickjacke zum Überziehen angeboten. Sie hatte sie mürrisch abgelehnt.

Sie fluchte: »Schert euch weg. Alle zusammen!«

Mit einem lauten Knall ließ sie die Haustür hinter sich ins Schloss fallen. Drinnen machte sie alle Lichter aus, ging ins Obergeschoss und schloss die Fensterläden.

Auf einen Schlag war es still.

Im Garten standen die Nachbarn verdutzt im Kreis. Der Junge saß am Boden, den Baumstamm als Rückenlehne, und niemand sagte etwas.

Schweizer schaute sich um, ob es etwas zu versorgen oder auf etwas zu zeigen gebe, fand aber nichts und steckte deshalb die Hände in die Hosentaschen. Schlimm, wenn es nichts zu tun gibt.

Cédric hatte sich den Ellenbogen gebrochen. Er biss auf die Zähne. Die Burschen seiner Bande waren längst zu Hause. Emil, der am nächsten wohnte, konnte nicht einschlafen. Er starrte mit offenen Augen an die Zimmerdecke, auf der die Schatten der Eibe wogten, die vor seinem Schlafzimmerfenster stand. Als der Krankenwagen angefahren kam, fiel das blinkende Blaulicht durch die schräg gestellten Lamellen der Fensterläden und leuchtete die Schattenmuster der Eibenäste an der Decke aus.

Es war ihm jetzt noch mulmiger zumute als vor dem Blaulicht. An Schlaf war nicht zu denken. Er ging ins Wohnzimmer, um sein schweres Gewissen zu erleichtern. Mit der Beichte kam auch die Müdigkeit, und Emils Vater brachte ihn wieder ins Bett.

Dave ließ sich in der Zwischenzeit vom Erdboden verschlucken. Wenn er etwas konnte, dann das. Plötzlich untertauchen und plötzlich wieder auftauchen. Er schlief diese Nacht bei Lauriane auf dem Sofa.

Als der Briefträger am nächsten Morgen seine Post austrug, deutete nichts mehr auf den Vorfall des vergangenen Abends hin. Der Krankenwagen war fort und mit ihm das Blaulicht, Cédrics gebrochener Arm und die ausgekugelte Schulter. Die Burschen waren in der Schule, unkonzentriert und mit Augenringen zwar, aber sie waren da und schrieben mit.

Der Kirschbaum stand unberührt und unbewacht in der Morgensonne.

Bald sind die Kirschen überreif, dachte der Briefträger, die muss man jetzt nehmen. Wäre doch schade um die schönen Kirschen.

Kälin stand mit verschränkten Armen im Türrahmen und sah den Briefträger kommen. Sie sah, wie er seine Briefe sortierte, wie er bei einem zögerte und ihn etwas länger betrachtete und dann zu ihrem Haus herübersah. Eine Trauerkarte war für sie dabei, unverpackt, ohne Umschlag. Eine nackte Trauerkarte ist eine Zumutung für jeden Briefträger. Insbesondere wenn die Empfängerin vor ihrer Tür steht, die schmalen Lippen in perfekter waagerechter Linie aufeinander gepresst, dünn, weißlich und trocken, an beiden Enden zwei nach unten auslaufende Mundwinkel.

»Was lungern Sie auf der Straße herum, Briefträger! Bringen Sie mir meine Post. Wenn Sie so weiter trödeln, erfinden die Ihretwegen noch die C-Post. Das können Sie mir glauben!«

Eine Trauerkarte ist aufdringlich, dachte der Briefträger.

Man kann sich ihr nicht entziehen. Die Todesanzeige in der Zeitung, die kann man überblättern, wenn man damit nichts zu tun haben will, aber die Trauerkarte ist unabwendbar. Die legt sich schwer in den Briefkasten, unangenehm wie eine Rechnung, aber dauerhafter.

Ein schwarz geränderter Umschlag, eine graue Schattierung. Vögel, Nebelbäume, skizzierte Blüten, Fußstapfen, ins Endlose gehende Wege. Linien, alles verschwindend klein werdend, verschwindend überhaupt, unbunt, schwarz-grau-weiß, höchstens pastellig. Wer will so etwas erhalten, und was stellt man damit an?

Wenn ich sterbe, dachte der Briefträger, dann will ich keine solche Trauerkarte. Wenn, dann etwas Farbiges, etwas Grelles! Das ist wie bei einer Beerdigung. Da tragen alle Schwarz und heulen und haben Klöße im Hals.

»Gleich, gleich, Frau Kälin ... Moment, Moment«, sagte der Briefträger.

Er konnte nicht anders und überflog neugierig die Trauerkarte. Überflog die Worte wie der Vogel, der auf der Vorderseite der Karte aus dem Geäst aufstob und die Strichbäume am Kartenboden überflog.

Da stand etwas von aufrichtiger Anteilnahme. Da wird behauptet, jemand zöge aus, jemand gehe ein, ins Paradies.

Hans Paulin sei gestorben.

Er war ebenso alt wie die Kälin, geboren anno 1909. Der Briefträger stieg die Stufen zu Frau Kälins Haustür hinauf, setzte ein betrübtes Gesicht auf. Nur kurz, dann blickte er zu Boden und übergab ihr mit dem feierlichsten ihm möglichen Murmeln die Karte.

Kälin knurrte etwas, und der Briefträger drehte sich um, schob seine Arbeit vor, C-Post gebe es bei der Post nicht, deshalb müsse er weiter. Er wünschte ihr einen schönen Tag, immer noch im Murmelton, quasi unter seiner eigenen Stimme.

»Endlich!«, rief Kälin. »Endlich ist der Hansi unter der Erde! Was für eine Freude!«, rief Kälin. »Kommen Sie doch herein, Herr Briefträger. Darauf stoßen wir an. Ich habe einen vorzüglichen Kräuterschnaps.«

»Aber ich trinke doch nicht im Dienst, Frau Kälin. Tut mir leid.«

Natürlich nahm es ihn wunder, weshalb Kälin so erfreut war über Hans Paulins Tod. Noch mehr nahm es ihn aber wunder, wer Hans Paulin gewesen war, und noch mehr, was dieser Paulin mit seinem Leben angestellt hatte. Ist es nicht das, womit wir prägen, was von uns in Erinnerung bleibt? Das, was wir mit unserem Leben anstellen?

Wahrscheinlich nicht. Wahrscheinlich bleiben von uns nur die Gesten in Erinnerung, die uns eigen sind. Eine Haltung des Kopfes, eine Handbewegung, ein Räuspern, so was.

Und was tun die Leute, wenn jemand stirbt? Sie stülpen ihm ein geistreiches Zitat von Jean Paul, Honoré de Balzac oder Khalil Gibran über. Anstatt anzugeben, sollten sie dem Toten lieber bescheidenere Worte anheften, solche, die zu ihm passen.

Man trägt auch Stubenfinken, wenn man wohl sein will.

Über Hans Paulin war nichts aus der Trauerkarte zu erfahren. Kälin stand noch immer leicht gebückt in der Tür und hielt ihre Einladung zum Kräuterschnaps aufrecht.

Der Briefträger wiederholte: »Tut mir leid. Mein Beileid, Frau Kälin.«

Lauriane erhielt eine Postkarte aus Kreta. Sie hatte lange keine Postkarte mehr erhalten. Das wusste der Briefträger genau. Wann hatte er selbst zum letzten Mal eine geschrieben? Er nahm sich immer vor, welche nach Hause zu schicken, aber dabei blieb es dann auch.

Sowieso machte der Briefträger kaum Ferien an Orten, mit denen Postkarten-Empfänger zu beeindrucken waren. Er ging ins Engadin oder ans Wattenmeer. Da konnte man Bergauflaufen oder Radfahren im Gegenwind und im Seitenwind und im Nieselregen, und es fühlte sich ein bisschen so an wie Arbeiten.

Die Leute verschickten Postkarten von warmen Stränden, Postkarten mit weißen Rändern und einem Raster, der die Karte in vier Bilder unterteilte: Strand mit Sonnenschirmen, gebräunte Leute, ein ortstypisches Tier, stereotypisches Essen. Rot-weiß oder blau-weiß oder gelb-weiß gestreifte Sonnenschirme, völlig fahruntaugliche Holz-Katamarane am Strand, auf denen ein Bademeister rotbraun gebrannt halb dösend lehnte, ein Hintern von so nahe fotografiert, dass man darauf Poren und blonde Härchen entdeckte. Darüber Orts- und Ländernamen in dicken Buchstaben, farbig, umrandet, geschwungen.

Vom Wattenmeer wollte doch niemand eine Postkarte erhalten. Dann noch lieber von der Ostsee, mit den Strandkörben und blonden Frauen, die sich den Strohhut mit einer Hand auf dem Kopf festhielten und denen das Kleid im Wind flatterte.

Die etwas schräg aufgeklebte Briefmarke zeigte eine Schildkröte, die vom Sand ins Meer robbt. Auf der Marke stand ihr Name: *caretta caretta*. Karettschildkröte.

Mit Wehmut musste der Briefträger an seine Großeltern denken. Ihnen hatte er immer geschrieben, solange sie lebten, weil er wusste, dass sie sich darüber freuten. Er stellte sich seine alte Großmutter vor. Sie versuchte, mit ihren schlechten Augen den Text zu entziffern, und achtete nicht darauf, wo die Karte herkam. Sie würde die Karte nicht umdrehen, würde das Wattenmeer nicht sehen, wie es hinter einem flachen Sandstrand liegt, graugelb der Strand, grünbraun das Meer, weißlich der Himmel und die Luft, zu einer endlosen Weite verschmolzen, des Horizonts beraubt. Oder die Flanke des Piz Corvatsch, ein träger, geschliffener Buckel, oben Stein, am Saum letztes Gras.

Sie freute sich. Das Sujet war ihr egal. Hauptsache, die Karte kam vom Enkel.

Großmutter sagte zu Großvater: »Der Enkel hat eine Postkarte geschickt.«

Der Großvater nickte, wie er immer nickte, mit der ihm eigenen unendlichen Gutmütigkeit, aber mit einer solch distanzierten Abwesenheit in der Bewegung, dass man nicht wissen konnte, ob er überhaupt zugehört hatte. Das war die Geste, die von ihm blieb. Das war seine Geste.

Er sagte nichts, sondern schnaufte unbeteiligt vor sich hin, die Hände locker im Schoss, abwartend, aber ohne auf etwas zu warten. Vielleicht stand er über der Banalität des Postkartenschreibens.

Großmutter fragte: »Soll ich dir vorlesen, was der Enkel geschrieben hat?«

Großvater antwortete: »Wenn du magst!«

Er war der Einzige, der sagen konnte »wenn du magst« und es dann auch genau so meinte, ohne Unterton, ohne Beiklang.

Der Briefträger hielt noch immer die Postkarte mit der *caretta caretta* in den Händen, viel zu lange für eine Postkarte, die nicht für ihn war. Er stand vor dem Dreierbriefkasten des Jakob-Peter-Wegs 5. Im ersten Stock ging ein Fenster auf. Lauriane schaute heraus, die Arme angewinkelt auf dem Fensterbrett aufgestützt.

Sie rief ihm zu: »Ist die Karte nun für mich oder für Sie?«

Der Briefträger wollte vor Scham im Boden versinken. Er versuchte es mit Lässigkeit. Das Problem mit der Lässigkeit ist, dass sie einem nie gelingt, wenn man angespannt ist.

Er sagte: »Sie ist natürlich für Sie. Soll ich sie einwerfen?«

Seine Ohren glühten. Er hätte sich am liebsten geohrfeigt, weil ihm keine schlagfertige Antwort eingefallen war, aber was hätte das gebracht, sein Gesicht war eh schon rot wie eine Tomate.

Lauriane fragte: »Von wem ist denn die Karte?«

»Michael. Oder Michaela. Ich kann es leider nicht so gut lesen, jedenfalls, aus Kreta ist sie, *caretta caretta*«, sagte der Briefträger.

Er stammelte. Er schämte sich, weil er stammelte. *Caretta caretta*, so ein Blödsinn!

»Wollen Sie damit sagen, die Karte sei schludrig geschrieben?», fragte Lauriane und wusste genau, dass sie ihn damit necken konnte.

Es tat ihr auch gleich ein bisschen leid, ihn so in Verlegenheit gebracht zu haben, aber gleichzeitig auch wieder nicht, denn sie wollte nur etwas Witziges sagen, und sie meinte es nur gut mit ihm, und sie wollte nur mal sehen, wie er reagieren würde, und es schossen ihr so viele Gedanken alle im selben Moment durch den Kopf, und sie wusste nicht, weshalb sie ihn aufzog, wahrscheinlich tat sie es nur, um überhaupt etwas zu sagen, denn etwas wirklich Gescheites fiel ihr auch nicht ein.

Dem Briefträger wollte keine Antwort einfallen.

Jetzt tat er ihr leid.

Sie versuchte, ihn zu retten.

Sie sagte: »Die Karte muss von meiner Cousine sein, die war nämlich gerade in Kreta, und eine Sauklaue hat die, die könnte sich die Postkarten sparen, kann eh keiner lesen, was die da draufkritzelt.«

Schweizer kam dazu. Er knurrte wie ein Hund, als er durchs Gartentörchen trat.

»Kein Wunder!«, rief er dermaßen ernst, dass man denken musste, er übertreibe, aber Ernst Schweizer, Ex-Schalterchef der Post Wiedikon, übertrieb nie.

»Kein Wunder, sind Sie so langsam auf Ihrer Tour, wenn Sie herumstehen und meiner Nachbarin schöne Augen machen, anstatt pflichtbewusst Ihre Arbeit zu erledigen, wie es sich für einen Briefträger gehört. Wenn ich noch da wäre ... das kann ich Ihnen sagen ... wenn ich noch da wäre ...«

Schweizer baute sich direkt vor ihm auf und drückte seine Brust raus. Ihm musste heute etwas über die Leber gekrochen sein.

Der Briefträger blieb wie angewurzelt stehen. Nicht, weil er Schweizer Paroli bieten wollte, sondern weil er nicht wusste, wie er der Konfrontation ausweichen konnte. Er hielt einen Stapel Briefe in seinen Händen, die Postkarte aus Kreta zuoberst.

Schweizer keifte ihn an: »Wird's heute noch?«, und griff nach der Post in seinen Händen. Der Briefträger schreckte instinktiv zurück wie ein Kind, dem man ein Spielzeug wegnehmen will.

»Was ist jetzt?«, sagte Schweizer ungeduldig.

Er hatte keine Post für Schweizer heute, nur eine Karte für Frau Steinbrecher und Briefe für Mornar.

Zwischen Mornar und Schweizer herrschte immer entweder Krieg oder Waffenruhe. Wann immer es möglich war, ging Mornar Schweizer aus dem Weg. Er hielt Schweizer nicht aus.

Schweizer hielt es gegenteilig. Ihm behagte die Reibung. Lief alles glatt, war ihm langweilig. Mit all seiner Lebenserfahrung war ihm unzweifelhaft klar geworden: Harmonie ist eine Fassade, die verdeckt, was wirklich wahr ist. Manchmal kamen Schweizer und Mornar wochenlang aneinander vorbei, ohne über mehr als einen kargen Gruß zu stolpern, und alles blieb ruhig. Dann aber trafen sie sich in der Waschküche oder im Treppenhaus oder beim Briefkasten, und ohne den geringsten Auslöser fingen sie an, sich zu streiten. Schuld daran war Mornar, denn er konnte schlicht und einfach Schweizers Autorität nicht akzeptieren.

Schweizer verfügte über hervorragende Überwachungsmethoden und eine nie endende Ausdauer, denn er schaffte es immer, Mornar im Treppenhaus abzupassen, wenn ihm der Sinn danach stand. Da half kein Schleichen und kein Flüstern.

Schweizers Wohnung war wie ein Wärterhäuschen, an dem Mornar vorbei musste, wenn er in seine eigene Wohnung wollte. Wie ein Jäger lag Schweizer tagein, tagaus auf der Lauer.

Jozo versuchte sich vorzustellen, wie Schweizer mit dem Rücken gegen die Wohnungstür gelehnt nach Geräuschen horcht, wie er den Timer seiner Armbanduhr stellt, sodass sie alle fünf Minuten leise piepst, wie er das Piepsen mit unglaublicher Reaktionsgeschwindigkeit abstellt und sich auf einen Kontrollgang von Fenster zu Fenster begibt, erst zum Küchenfenster mit Sicht auf den

Hauseingang und die Briefkästen direkt bei der Hecke, dann wirft er einen Blick auf das Eckhaus gegenüber, geht weiter zu den beiden Fenstern im Wohnzimmer, schaut auf die Friesenbergstraße, und dann, zum Abschluss des Rundgangs, nach exakt fünfundvierzig Sekunden, späht Schweizer durch den Türspion in den Gang. Nichts regt sich. Der Gang liegt fischäugig und leer da.

Nur so, dachte Jozo, ist es möglich, dass Schweizer es jedes Mal schafft, meine Wege im Treppenhaus zu kreuzen, wenn ich gerade hinein- oder hinauswill.

Schweizer hatte immer etwas auszusetzen.

»Sie sind ja nie zu Hause!«, warf er Mornar vor.

»Arbeiten Sie denn überhaupt etwas?«, fragte er ihn beim nächsten Mal, »Sie gehen ja nie aus dem Haus!«

Er störte sich an dem orientalischem Gedudel, das durch das offene Küchenfenster nach draußen dröhnte.

Jozo versuchte, es ihm zu erklären: »Kroatische Volksmusik, Herr Schweizer. Das ist kroatische Volksmusik. Wir spielen sie mit wundervollen Instrumenten wie der Bisernica, der Brač, der Bugarija oder dem Akkordeon. Sie hilft mir ein bisschen, das Heimweh zu lindern. Wissen Sie, wie's meinem Land jetzt geht? Die Spannungen, die Spannung, es zerreißt mich fast! Ich wüsste nicht, was ich ohne diese Musik ... «

»Warum gehen Sie denn nicht dahin, wo

diese Musik nicht den Leuten in den Ohren weh tut«, fiel ihm Schweizer ins Wort, »bei Heimweh ist nach Hause gehen eh das Beste.«

Jozo sagte: »Wissen Sie denn nicht, was sich in Jugoslawien zusammenbraut? Wenn wir nichts tun, dann endet das übel!«

»Ach was!«, sagte Schweizer. »Würden die da richtig gestimmte Instrumente wie den Kontrabass oder das Hackbrett zur Begleitung des Akkordeons benutzen, dann wäre auch die Stimmung etwas harmonischer!«

»Verstehen Sie mich doch, Herr Schweizer«, sagte Jozo, »ich will doch nur helfen, deshalb doch auch die viele Post, die der arme Briefträger immer für mich bringen muss. Wissen Sie, ich habe ein kleines Hilfswerk gegründet, für meine Brüder und Schwestern in Kroatien, lieber früh als spät, sage ich mir, denn sie werden es nötig haben.«

Das Pflichtbewusstsein des Briefträgers erwachte schlagartig ob Jozos Worten. Er fasste sie als Aufforderung auf, endlich die Briefe in seiner Hand einzuwerfen Er fächerte durch den Briefstapel, las schnell die Nachnamen der Empfänger, die zwischen den Briefen hervorblitzten, und tatsächlich, Mornar, Mornar, Mornar. Überall stand Hilfswerk Mornar auf den Briefen, in allen möglichen Formaten. Nur einmal blitzte ein anderer Name auf. Auf einem ödgrauen Umschlag, der in Schriftsatz und Briefkopf vor Behördentum strotzte, stand in fettgedruckten Grossbuchstaben EINSCHREIBEN, darunter der Name des Empfängers: Herr Ernst Schweizer.

Der Briefträger sortierte und hörte Schweizer ausrufen: »Sie können doch nicht einfach ein Hilfswerk gründen!«

Schweizers Stimme war je zur Hälfte empört und herablassend.

Lauriane schaute aus ihrem Fenster herunter und sah auf die Köpfe von Schweizer, Jozo und dem Briefträger. Auf Schweizers Glatze zeigten sich erste braune Altersflecken, das graue Haar wuchs im Kranz von Schläfe zu Schläfe um die Glatze herum. Jozo hatte schwarzes Haar. Es war gewellt und voll, und Jozo hatte viel zu viel davon um die Ohren. Es glänzte, und der Glanz kam davon, dass seine Haare fettig waren, und das kam davon, dass er in seinem Stress um den Aufbau des Hilfswerks keine Zeit mehr zum Haarewaschen fand. Der Briefträger trug wie immer seine Kappe, darunter, daneben, daraus: rosafarbene Ohrkuppen.

Jozo hörte hin.

Selektiv entschied er sich dazu, nur die empörte Hälfte in Schweizers Stimme zu hören.

»Wie kann es sein«, sagte er zu Schweizer, »dass Sie sich über die Gründung eines Hilfswerks empören? Heißt es nicht, die Schweizer, die sind besser als die anderen Nationen? Die sind offen und tolerant und mitfühlend und erreichen den Zusammenhalt in ihrer Nation allein durch ihren Willen, wo andere dafür eine einheitliche Sprache, eine gemeinsame Herkunft für das Ausfüllen ihrer Identität brauchen? Die Schweizer aber nicht, die sind besser, die haben das Rote Kreuz und auch gleich noch die humanitäre Tradition und vielleicht sogar das Mitgefühl selber erfunden.«

Lauriane hingegen hatte die herablassende Hälfte in Schweizers Stimme gehört.

Sie streckte ihren Kopf weiter aus dem Fenster. Sie sagte: »Genau! Er hat recht. Zum Glück gibt es nicht nur Leute wie Sie, Herr Schweizer.«

»Kommen Sie gefälligst herunter, wenn Sie etwas zu mir sagen wollen. Aber das kriegen Sie ja nicht hin, was?«

Und zu Jozo sagte er: »Wer soll denn für dieses Hilfswerk spenden? Es gibt in Jugoslawien keine unterernährten Kinder. Da gibt es nur Leute wie Sie, die jammern und unser Geld wollen.«

Irgendwann ist genug. Jozo packte Schweizer am Hemdkragen und zog ihn zu sich heran.

»Aufhören! Sofort aufhören!«, schrie Lauriane.

Der Briefträger wich ein paar Schritte zurück. Jozo spielte seine physische Überlegenheit gegenüber Schweizer aus. Schließlich war Schweizer alt und Mornar ein Jugo. Er ließ ihn noch etwas zappeln. Er meinte, ein verunsichertes Flackern in Schweizers Augen zu erkennen. Erstaunlich schnell erlangte Mornar seine Beherrschung zurück und lächelte überlegen.

Er sagte: »Herr Schweizer. Sagen Sie zu mir, was Ihnen als Erstes einfällt und halten Sie von mir, was Sie wollen. Das ist mir egal. Aber Frau Steinbrecher lassen Sie in Ruhe. Überlegen Sie doch! Ob Sie gegenüber Kroatien mitfühlend sind oder nicht, können Sie als politische Gesinnung abtun und werden auf Verständnis stoßen. Fies zu ihr zu sein«, er zeigte auf Lauriane, »und sich über sie lustig zu machen aber verrät mehr über Sie, als ich wissen muss.«

Jozo ließ Schweizer los. Sie standen einander noch einen Moment lang im Vorgarten gegenüber.

Schweizer setzte eine sarkastische Miene auf.

»So weit ist es gekommen«, sagte er leise vor sich hin.

Er schnaubte abschätzig durch die Nase.

»So weit ist es also gekommen«, wiederholte er immer wieder und schüttelte den Kopf. Schweizer ging wortlos ins Haus, an Mornar vorbei, der Briefträger starrte auf seine Briefe. Er zählte sie durch und gab Jozo wortlos dreizehn Stück.

Nur einen behielt er in den Händen, den Behördenbrief für Schweizer. Ein Einschreiben. Lauriane beobachtete von oben, Jozo atmete durch, hielt die dreizehn Briefe in beiden Händen und schien ihr Gewicht abzuwägen.

»Und dieser Brief?«, fragte Lauriane herunter.

Der Briefträger schaute sich die Adresse nochmals an, als wolle er sich vergewissern, ob der Brief wirklich für Schweizer war.

»Falsch sortiert«, sagte der Briefträger und wandte sich um, um zu gehen.

Er traute sich nicht, noch einmal zu Lauriane hochzusehen.

DAISY

In seiner wasserdichten Packtasche versteckte er Schweizers Brief zuunterst. Bis zum Ende seiner Schicht musste er daran denken. Er wog bestimmt zehn Kilogramm. Man müsste schon ein abgebrühter Dieb sein, um seiner Arbeit mit frischem Diebesgut in der Tasche nachzugehen, als wäre nichts passiert.

Aber es ist etwas passiert!, musste er immerzu denken. Nichts ist passiert. Nichts, was sich nicht ausbügeln ließe, beruhigte er sich. Er warf Briefe ein. Der Anhänger leerte sich. Er schaute auf die Uhr. Die Auseinandersetzung vor Schweizers Haus hatte ihm eine Verspätung auf den Zeitplan eingebrockt. Er ärgerte sich darüber. Den Zeitplan einhalten ist im Grunde einfach.

Nicht trödeln, nicht tratschen, nicht träumen.

Der Briefträger war einer der verlässlichsten auf seiner Tour. Schnell, hohe Qualität, nie Reklamationen. Nun war der Anhänger leer. Man konnte es genau hören, wenn er damit vom Bordstein fuhr. Er war eine Stunde hinter Plan. So lange kann ihn die Auseinandersetzung vor Schweizers Haus gar nicht aufgehalten haben. Wo war die Zeit abgeblieben? In der Packtasche lag ein Backstein. Wer schwer trägt, kommt nur langsam voran.

Ich werfe ihn morgen ein. Nichts ist passiert, nichts, was sich nicht ausbügeln ließe. Morgen werfe ich ihn ein, dann wird nichts passiert sein. Nichts, außer einer klitzekleinen Verzögerung.

Zu Hause nahm er den Brief aus der Tasche und warf ihn auf den Küchentisch. Er starrte ihn an. An der Garderobe hing seine nasse Jacke, am Henkel die Tasche, jetzt leicht und leer.

Er wärmte sich in Socken und Unterhosen das Abendessen auf und köpfte eine große Flasche Bier. Draußen dunkelte es. Das Etikett der Bierflasche leuchtete ihn an, weiße Schrift und goldene Ähren auf rotem Grund, in der Mitte ein Stern wie ein funkelndes Navigationszeichen.

Morgen stelle ich den Brief zu. Das merkt doch niemand, und wenn doch, dann sage ich, dass ich ihn in der Packtasche übersehen hätte. Ein blödes Missgeschick. In Zukunft passe ich besser auf. Versprochen.

Er schabte an der Bieretikette. Sie faserte am Rand. Neugierig drehte er den Brief in den Händen, mit der spitzen Ecke des Umschlags in der Beere des Zeigefingers, wie von einem kleinen Motor angetrieben. Der Brief kam vom Bezirksgericht. Einschreiben.

Briefträger-Ehrenwort, erinnerte er sich: »Ich bringe die Post, zuverlässig, pünktlich, ehrlich, pflichtbewusst.«

Ein einziges Mal hatte er eine Abmahnung bekommen, weil ihm Post verloren gegangen war. War doof gelaufen. Nicht die geringste böse Absicht hatte dahinter gesteckt. Briefträger-Ehrenwort.

Die Bieretikette lag in Fetzchen auf dem Tisch, größtenteils immerhin. Unten in der Flasche war noch ein wenig Schaum.

Doof gelaufen war das, auf seiner früheren Tour, damals noch im Kreis 9, in Albisrieden, da hatte er sich ein einziges Mal auf ein Gläschen Schnaps einladen lassen.

Das kam so: In der letzten Straße seiner Tour gab es ein Haus mit drei Stockwerken und sechs Wohnungen und insgesamt sieben Briefkästen, je einen für jede der sechs Wohnungen und einen für die Bar im Erdgeschoss.

Die Bar gehörte einer Frau, die alle Daisy nannten. Niemand heißt Daisy. Rechnungen waren das Einzige, was Daisy mit der Post reinflatterte. Daisy hatte Fenster mit Flaschenbodenscheiben und vom Rauch vergilbte Vorhänge, sie hatte sechs Tische, zwanzig Stühle und vier Stammgäste. Sie versuchte nicht, so zu tun, als käme sie damit über die Runden.

»Muss ich was unterschreiben?«, fragte sie den Briefträger jedes Mal, denn Pfändungen kamen per Einschreiben.

Die Stammgäste kamen nicht vor fünf oder sechs Uhr, dafür blieben sie dann auch, solange Daisy blieb und sie nicht hinauswarf.

Der Briefträger füllte die paar Briefkästen und sagte: »Heute nichts zu unterschreiben.«

Mit einer Hand versuchte sich Daisy das Gesicht zu glätten oder wenigstens die Sorgen daraus zu streichen. Den Briefträger plagte das schlechte Gewissen. Immer nur Rechnungen brachte er der armen Frau. Daisy aber war immer wahnsinnig nett zu ihm. Sie stand jetzt ungeschminkt hinter dem Tresen und stellte ihm ein Glas Wasser hin. Mit einem dreckigen Lappen putzte sie das Metallgitter der Kaffeemaschine. Der Briefträger rührte sich nicht von der Stelle. Er spielte mit dem Wasserglas. Daisys Zigarette qualmte im Aschenbecher.

»Nichts zu machen«, sagte sie und bot ihm einen Schnaps an.

Sie riss die Couverts auf und faltete Papier auseinander.

Er blieb sitzen und hörte ihr zu. Nicht, weil sie ihm leidtat, sondern weil es anständig war, ihr Gesellschaft zu leisten. Sie dankte es ihm, indem sie Schnaps verschenkte, den sie besser verkauft hätte.

Als die Stammgäste kamen, hatte der Briefträger bereits eine halbe Flasche Raki geleert und längst vergessen, dass draußen im Anhänger noch ein paar Briefe lagen.

Es regnete. Das Mofa des Briefträgers stand mitten auf dem Trottoir und tropfte und versperrte den Weg. Er hätte nicht mehr fahren sollen, aber der Sattel war eh durchnässt und seine Schultern im Regenguss auch, und es war nicht weit. Er fuhr ohne Helm. Viel zu eng war der.

Am nächsten Morgen stand er gereizt auf. Er reihte sein Brot stückchenweise auf dem Rand eines Suppentellers auf. Dann versenkte er es in der lauwarmen Milch und rührte mit dem Löffel darin. Mit dem Ballen der anderen Hand versuchte er, sich die Kopfschmerzen aus der Schläfe zu streichen.

Bevor die Dämmerung einsetzte, sah er, dass er sein Gefährt schräg übers Trottoir vor seinem Wohnhaus geparkt hatte. Der Anhänger mit Packtasche hing mit aufgeschlagener Plane daran und stand halb in der Wiese. Im Anhänger hatte sich Wasser in einer Lache gesammelt. Eine Handvoll Briefe lag darin. Auf keinem war noch etwas zu lesen.

Er leerte den Inhalt des Anhängers aufs Trottoir. Die tropfnassen Briefe wickelte er in Zeitungen ein. Auf dem Weg zur Post saugte seine Hose das Wasser aus seinem Sattel. Ein unangenehmer nasser Fleck reichte ihm vom Gesäß bis zu den Kniekehlen.

Der nasse Hintern schien ihm eine gerechte erste Strafe für sein gestriges Verhalten zu sein. Im Grunde war es unentschuldbar. Und was unentschuldbar ist, muss man eben beichten. Je schneller, desto besser.

Sein Chef saß ihm gegenüber und wartete, bis der Briefträger so weit war, ohne selber einen

Ton zu sagen. Beichten ist der Weg des geringsten Widerstands.

Der Briefträger überlegte sich, ob die Wahrheit eine kleine Notlüge vertrage. Ihm gegenüber hatte sein Chef die Hände ineinander verschränkt.

Er suchte einen Moment nach einer Ausrede und gab dann alles zu.

Mit keinem Wort erwähnte er sein Mitleid mit Daisy und sein schlechtes Gewissen wegen der vielen Rechnungen, denn was hätte es geändert?

So war das gewesen, damals, als er sich ein einziges Mal auf ein Gläschen Schnaps hatte einladen lassen. Vor ihm auf dem Tisch lag das Einschreiben für Herrn Schweizer. Auf der Bierflasche war nur noch der Kleber der Etikette. Seinen Teller mit Käsenudeln hatte er halb stehen gelassen. Schweizer ging ihm nicht aus dem Kopf. Und wie er sagte, Mornar könne doch hier nicht einfach so ein Hilfswerk gründen! Lauriane hatte gefragt, wieso denn nicht? Ja, wieso denn eigentlich nicht?

Der Briefträger nahm sich einen Zettel und wollte etwas aufschreiben.

»Wieso kein Hilfswerk?«, schrieb er. Darunter: »Was soll falsch daran sein, Gutes tun zu wollen?« In Großbuchstaben schrieb er »EXOTISCH, EXOTISCH« dazu.

Er hörte Schweizers hämisches »exotisch, exotisch«, seine foppende Art, mit Jozo zu sprechen, und er konnte nichts dagegen tun, dass ihm die Galle in den Hals stieg und sich seine Unterarme verspannten, so wütend wurde er.

Er legte den Brief wieder vor sich auf den Tisch und sagte laut vor sich hin: »Schweizer, du Arsch.«

Als er dann mit dem Finger in die Öffnung zwischen Falz und Klebstelle fuhr und die Oberkante des Briefs in einem Zug aufriss, kribbelte es ihn im Nacken. Er hielt den Atem an wie jemand, der glaubt, der Atem wäre das, was beim Einbruch Spuren hinterlässt. Es war eine Vorladung des Bezirksgerichts. Eine Vorladung als Zeuge. Auf der zweiten Seite stand die Rechtsmittelbelehrung. Er überflog sie. Der Vorladung muss Folge geleistet werden. Der Zeuge muss die Wahrheit sagen.

In seinem Kopf spottete Schweizer immer weiter: »Orientalisches Gedudel« und: »Warum gehen Sie denn nicht dahin, wo diese Musik den Leuten nicht in den Ohren wehtut.«

Er las den Brief nochmals und nochmals und wusste nicht, was er damit anstellen sollte. Dann zerriss er ihn in kleine Stücke und warf sie in den Abfallkübel. Zerrissen gab es für diesen Brief kein Zurück mehr. Die Zustellung war unwiderruflich vereitelt.

Später in der Nacht war die Wut über Schweizer verraucht. Jetzt plagte ihn ein Alptraum. Der kriminell geöffnete Brief weckte ihn auf, er war schweißgebadet. Er stieg auf der falschen Seite aus dem Bett, so traumvernebelt war er.

Sein Gewissen lotste ihn im Halbschlaf zum

Abfallkübel unter dem Spülbecken in der Küche, wo er die Schnipsel aus dem Sack fischte, und von der Vorahnung geleitet, dass er den Brief noch brauchen würde, befreite er ihn von den eingetrockneten Nudeln, die daran klebten.

DAS OZONLOCH

Im Mai konnte es vorkommen, dass in Zürich eine Hitze glühte wie sonst Ende Juli, wenn Sommerferien sind. Die Katzen tapsten den Mäuerchen entlang, mit den Pfoten im Schatten der Büsche. Sie trugen die Trägheit wie einen schweren Sonnenschirm mit sich. Keine wirbelnde Vogelfeder und kein knatterndes Briefträger-Mofa konnte sie aus ihrer Lethargie wecken.

Beim Bahnübergang flimmerte die Luft wie ein scheckiges Aquarell aus Straßenbelag und versengter Wiese. Man glaubte, die Bahnschienen wölbten sich vor Hitze, und wenn sich die Schranke senkte und wieder hob, dann tat selbst sie das mit knarzender, widerwilliger Anstrengung.

Bereits seit mehr als einer Woche schob sich staubiger Wind über Westeuropa. Er wehte angeblich direkt aus der Sahara herüber.

Durch eine runtergekurbelte Autoscheibe hörte man im Anschluss an die Nachrichten Phrasen übers Wetter. Die Hitze hielt die Schweiz im Schwitzkasten. Man zog Vergleiche zu einem Backofen, sprach von Hundstagen und von Mittelmeer-Feeling. Es hieß: Dieses Jahr brauche niemand nach Kreta oder an die Adria zu fahren.

An den Stammtischen und in der Tram redete man über das Ozonloch. Das Ozonloch an sich war eine bemerkenswerte, aber auch eine ziemlich abstrakte Sache.

Luigi sagte: »Das Ozonloch ist ein von Wissenschaftlern zum Dings erklärtes Dings.« Dann nickte man und sagte, das kommt vom FCKW. Dann redete man wieder über Fußball.

Wie das Klaffen des Ozonlochs war auch die offene Drogenszene am Platzspitz im Frühsommer 1991 ein Problem, mehr eine Tragödie im Grunde. Dazu kam, dass im Herbst erstmals ein Mädchen beim Knabenschießen Schützenkönig werden durfte.

»Schützenkönigin eigentlich«, sagte man sich beiläufig im Gespräch, mehr aus politischer Korrektheit, denn niemand befürchtete ernsthaft den Verlust des männlichen Vorrechts auf den Titel des Schützenkönigs bereits in diesem Herbst.

Neben all dem hatten die Zeitungen kaum mehr als eine Randspalte dafür übrig, dass Kroatien mittels Referendum die Trennung von Jugoslawien verlangte.

Obwohl man es mit bloßem Auge nicht sehen konnte, ließ man die Sekundarschüler quer durchs Land Aufsätze über das Ozonloch schreiben.

»Das Ozonloch ist das Mündungsfeuer einer riesigen UV-Schrotflinte. Es versengt die Erdoberfläche und sät Hautkrebs«, schrieb einer.

Ein anderer schrieb: »Das Ozonloch ist ein Unglück, das sich langsam, aber mit Vorankündigung anschleicht. Wir als Gesellschaft müssen ihm entschieden und geschlossen und mit Vehemenz begegnen.«

Alle Zeiten eint, dass am Stammtisch gepoltert wird.

»Das Ozonloch ist ein Ablenkungsmanöver, reine Panikmacherei, der nächste böse Wolf nach Atomtests und Waldsterben, nach Ölkrise und saurem Regen.«

Darauf stieß man an. Dazu ließ es sich grölen und rülpsen.

Die Mimosen fühlten sich fürs Ozonloch verantwortlich. Sie gingen jeden Tag mit einem Rucksack voller Schuld zur Arbeit. Das war nicht schön. Andere setzten sich sonntags auf die Kirchenbank, auf der einen Straßenseite in ihrer Kirche die Katholiken und direkt gegenüber die Reformierten. Abends um halb acht begannen die Glocken der beiden Kirchen um wenige Sekunden versetzt zu läuten. Das gegeneinander verschobene Geläut schallte arhythmisch und disharmonisch durchs Viertel. Auch der Pfarrer hatte zum atmosphärischen Riss in der Ozonschicht etwas zu sagen.

Es war einer dieser vorgezogenen Hochsommertage mitten im Mai. Es war mehr als windstill. Die Luft war regelrecht unbeweglich. Der Briefträger versuchte, sich Luft zuzufächeln, aber es war nichts zu machen. Heute konnte kein Kampf ausgefochten werden. Weder gegen das Ozonloch noch gegen sonst etwas. Dafür war es zu heiß. Das Einzige, was existierte, war das Nichts, und es war ummantelt von Hitze.

Die Sonne brannte in unbeweglichen Flecken auf den Nacken des Briefträgers. Die Katzen im Schatten des Gebüsches dachten nicht mal daran, eine Maus zu erjagen, so rein zum Spaß. Eine Unebenheit hatte sich aufgetan im Straßenbelag, dahinter lag ein längliches Schlagloch.

Schwüle und Stumpfsinn gehen in Harmonie, Hand in Hand. Wenn es wieder kühler wird, ist alles möglich. Über den Kehrplatz schlich ein ungutes Gefühl.

Der Briefträger hielt, so, dass er im Schatten einer mächtigen Birke seine Post sortieren konnte. Zuerst nach Straße, dann nach Hausnummer und dann nach Nachname. Wullschleger hatte heute Morgen den Sack für seine Tour bereit gemacht und die Briefe so sortiert, als kenne er weder die Reihenfolge der Buchstaben noch jene der Zahlen.

Den Wullschleger, dachte er sich, den Wullschleger müsste man mal zu Schweizer in die Lehre schicken, da käme er auf die Welt!

Kaum hatte er den Gedanken zu Ende gedacht, biss er sich auf die Lippen und nahm ihn wieder zurück.

Der Jakob-Peter-Weg war fast sortiert, und jetzt spürte er dieses mulmige Gefühl im Bauch. Es wuchs, und zwar mit jedem weiteren sortierten Brief. Dafür wich sein Ärger über Wullschleger. Er tat ihm ein bisschen leid, weil er schielte und ein komischer Vogel war und nie eine Frau finden würde.

Dann rutschte ihm das Herz in die Hose. Der flaue Magen, das ungute Gefühl, das sich angeschlichen hatte. Es war nicht die unfaire Wut auf Wullschleger. Es war ein Brief des Bezirksgerichts an Schweizer. Er hielt ihn in den Händen. Ihm war heiß, noch mehr als zuvor. Der Brief vom Bezirksgericht hob ihm seinen Puls in den Hals. Der Wullschleger tat ihm leid, und auch Schweizer tat ihm leid, dem jetzt mit diesem Brief Ungemach drohte. Ungemach, das er allein verursacht hatte, weil er ihm die Vorladung nicht zugestellt hatte.

Vor ziemlich genau einem Monat war das, dachte er.

Er überlegte hin und her. Allerdings nur kurz, denn es war wirklich zu heiß, um hin und her zu überlegen, und er wusste, dass er mit allem Hin-und-her-Überlegen trotzdem nicht darauf kommen würde, was er mit dem zweiten Brief des Bezirksamts für Schweizer anstellen sollte.

Er blickte von Haus zu Haus. In allen offenen Fenstern lag nur der Schatten der Zimmer. Die Gärten lagen in Erholung und Erwartung, frei von Mensch und Tier und Bewegung. Wenigstens das.

Das Gewissen plagte den Briefträger. Jedes Problem löst sich von selbst, wenn man ihm genug Zeit dafür lässt. Irgendwer hatte das mal gesagt. Der Briefträger verstaute das Schreiben des Bezirksgerichts für Schweizer in seinem Anhänger. Er legte einen Bund Prospekte darauf, um den Brief unsichtbar zu machen. Niemand außer Marta freute sich über Prospekte.

Der Briefträger ließ sein Mofa im Schatten stehen und ging zu Fuß den Jakob-Peter-Weg hinab. Wullschleger hatte schlecht sortiert. Der kleine Brief für Keller klebte im Falz eines anderen Briefes. Und hier ein Brief für Marta, ein einziger Brief heute nur. Klar, wenn die Prospekte im Anhänger liegen.

Er stand unten an der Treppe vor Martas Haus. Es war unmöglich, unbemerkt vor Martas Haus stehen.

»Bringen Sie mir die Post an die Tür heute?«, fragte sie.

Die Nachbarn beobachteten, versteckt hinter den Vorhängen, nebenher, während sie Staub von der Treppe kehrten.

»Die hat halt keine Kinder, die zum Mittagessen nach Hause kommen«, hieß es, »da hat sie Zeit für einen Schwatz.«

Es wurde behauptet, sie könne keine Kinder haben. Niemand will es als Erster gesagt haben, alle haben es irgendwo gehört.

Die Namen waren längst ausgesucht. Daran änderte nichts, dass es Winter und wieder Sommer wurde, Herbst und dann wieder Frühling. Auch zwei Jahre später gefielen ihr die Namen Alvaro und Alma, als seien sie ihr gerade erst eingefallen. Der Briefträger hielt die unangenehme Berührtheit kaum aus, die ihn überkam, wenn Marta wieder von Alvaro und Alma sprach. Ein unerfüllbarer Traum ist ein lebensumspannendes Leid. Was soll man dazu sagen? Und nur dastehen und warten und nichts sagen? Das geht doch auch nicht.

Er ging Marta aus dem Weg, so gut es eben möglich war. Heute ließ sich eine Begegnung nicht vermeiden.

»Heute ist Donnerstag«, sagte sie, »und Donnerstag ist Prospekte-Tag.«

Der Briefträger dachte an die Prospekte in seinem Anhänger.

»Nennen Sie mich doch Marta«, sagte Frau Manzini und bat ihn hinein.

»Marta, gut«, sagte der Briefträger, »Marta.« Er wollte nicht, wollte weiter, ging hinein. Marta erzählte ihm irgendwas von einer neapelgelben Jacke, und er wusste nicht mehr zu sagen als: »Ich wusste nicht, dass es ein Neapelgelb gibt.«

Als Briefträger fragt man sich nicht, weshalb einem die Leute erzählen, was sie erzählen. Also saß er mit Marta am Tisch, sah auf seine Uhr und auf den Stapel an Briefen auf dem Tisch vor sich. Er nahm sich vor, das Bier auszutrinken, das ihm Marta hingestellt hatte, und dann zu gehen. Marta blätterte in Prospekten und fand auf jeder Seite etwas, was ihr noch fehlte. Der Briefträger nippte und nickte. Marta erzählte ihm Dinge, von denen der Briefträger überzeugt war, sie gingen ihn nichts an. Sie erzählte ihm von Luigi, wie er mit ihr war, körperlich, und der Briefträger brauchte ein nächstes Bier, um das peinliche Gefühl loszuwerden. Es war noch vor zwölf Uhr. Er hörte ihr zu und gleichzeitig auch nicht, und das Bier stieg ihm in den Kopf, machte ihn leicht, den Kopf. Was Marta erzählte, war ihm nicht egal, nur unangenehm.

Sie sagte: »Die Einsamkeit ist etwas, was stetig in mir wächst.«

Der Briefträger versuchte, sich daran zu erinnern, was Marta gerade vorhin gesagt hatte. Lag es am Bier oder an der Hitze? Er hatte das Magenknurren überwunden, ohne etwas zu essen. Dafür schwirrte ihm eine aufgeregte Mücke ums Gesicht. Er sah es ihr nach. Irgendwo musste auch sie sein.

Marta sprach mit ihm, als führte sie ein Selbstgespräch. Der Briefträger wollte nicht unhöflich sein, versuchte aber trotzdem, die Maserung der Tischplatte zu entschlüsseln. Mit den Ellenbogen stützte er sich auf dem Tisch auf. Marta erzählte jetzt von einem Traum, den sie immer wieder hatte. Seine Schultern ragten auf, während sein Kopf einsank, bis er mit der Stirn den Rand des Bierglases berühren konnte. Es war körperwarm, inwendig klebte getrockneter Schaum.

Marta sagte: »Du kannst dir nicht vorstellen, wie sehr ich mir ein Mädchen wünsche.«

Er wusste, dass es Zeit war, sich auf den Weg zu machen. Seine Zunge, schwer und geschwollen, war wie ein baumelnder Fuß.

»Was soll ich denn mit Luigi?«, fragte Marta. »Ich liebe Luigi, aber ich würde ihn sofort gegen eine eigene Familie eintauschen. Gegen eine richtige Familie.«

Jedes ihrer Worte suchte sich einen Nistplatz in seinem Gedächtnis.

Marta sagte: »Wenn du damit konfrontiert bist, dass du kein Kind bekommen kannst, dann bist du mit einer unendlichen Einsamkeit konfrontiert.«

Der Briefträger brachte eine Gebärde zustande, ein Nicken. Dann ließ ihn Marta vom Haken. Sie wechselte das Thema, sprach von einem Boot, von einem Ferienhäuschen, auch das kann man sich wünschen. Er hörte an der Art, wie sie sprach, dass das die harmlosen Träume waren. Sie taten niemandem weh.

Er war gerade aus Martas Haus gegangen, als Luigi um die Ecke bog. Eigentlich lag der Jakob-Peter-Weg im Fahrverbot, aber Luigi hatte einen Vierkantschlüssel und montierte kurzerhand den Pfosten ab, wenn er bis vors Haus fahren wollte. Er ließ die Fenster auf Fahrer- und Beifahrerseite herunter und sagte: »Muss nur schnell was ausladen.«

»Geht's noch?«, wetterte Schweizer und reckte seinen Arm in die Höhe. Luigi war schon hinter der Kurve verschwunden.

Zwischen den Zähnen blieb Schweizer ein Zischen hängen, ein Fluchen, niemand hörte es außer er selbst, zum Glück, denn es gehört sich nicht, andere hinter ihrem Rücken zu beleidigen, und fürs Karma ist es auch schlecht und sowieso: Flüche, die man sich in den eigenen Schnauzbart zischt, fächeln nur der eigenen Unzufriedenheit Luft zu.

Dann war Schweizer mit seiner ungeteilten Aufmerksamkeit beim Briefträger, der benommen dastand. Er war Schweizer dankbar, dass er ihn am Ärmel festhielt, denn ihn drehte es wie in einer Zentrifuge.

»Ja, es geht noch«, sagte er, als ihn Schweizer danach fragte.

Er konnte nicht leugnen, dass es ihm auch noch nie untergekommen war, dass einer die Post abends um siebzehn Uhr verteilte. An Martas Küchentisch hatte er ein paar Mal hin und her überlegt, wie er die Mahnung an Schweizer doch noch hätte zustellen können, ohne aufzufliegen, aber es war ihm kein göttlicher Einfall gekommen. Jetzt fiel ihm ein, dass er schrecklichen Durst hatte und eine Kehle aus Sand.

Schweizer schimpfte. Am Hals stand ihm eine pralle Ader, und es sah aus, als wolle er in seinem Schädel etwas garen.

»Der schlechteste Briefträger aller Zeiten!«, blökte Schweizer. Der Briefträger schämte sich ein bisschen, und die Scham tat gut, denn er hatte sie verdient. Der Briefträger ließ die Beleidigung über sich ergehen, ohne zu protestieren. Sich beleidigen lassen, das ist gut fürs Karma. Mit jeder Beleidigung konnte er sein Karmakonto um ein paar

Punkte aufbessern, da stand er im Moment tief in der Kreide, das hatte ihm alles der nicht zugestellte Befehl des Bezirksrichteramts eingebrockt.

Schweizer erklärte ihm jetzt mit einer ausschweifenden Anekdote, was Pflichtbewusstsein bedeute, erzählte ihm, dass er sich letzte Woche beim Postchef über ihn beschweren wollte. Schweizer spulte seine Geschichte ab. Der Busfahrer war zwei Minuten zu früh losgefahren. Deshalb habe es ihm nicht mehr gereicht, ein Ticket zu kaufen. Er hatte es erst bemerkt, als er schon wieder zu Hause war. Schwarzfahren, das gehe doch nicht. Das musste wieder hingebogen werden. Aber wie? Schriftlich musste er schlussendlich den Verkehrsbetrieben seinen Fall darlegen. Was jetzt daraus werde? Wer könne das wissen? Im Grunde sei der ganze Ärger ihm zu verdanken, denn täte er seine Arbeit, dann hätte er sich nicht über ihn zu beschweren brauchen, dann hätte er gar nicht aus dem Haus gemusst, dann wäre alles ...

Der Briefträger schwieg und sah seinem Schuldkonto beim Schmelzen zu. Es verlief wie Eis im Schatten, langsam, aber trotzdem. Gegenüber setzte ein Rasensprenger ein. Er klackerte rhythmisch. Schweizer schüttelte den Kopf. Viel zu früh. Der Sprühnebel lebte nicht mal lang genug für einen Regenbogen.

»Und was haben die Verkehrsbetriebe geantwortet?«, fragte Lauriane Steinbrecher. Sie sah aus ihrem Küchenfenster. Schweizer fuhr herum und ließ den Briefträger los. Er hatte ihn die ganze Zeit über am Ärmel festgehalten.

»Noch nichts, noch nichts«, sagte er, »die Antwort müsste aber jeden Tag kommen, wobei, es würde mich nicht überraschen, wenn unser Briefträger hier auch diesen Brief verloren hätte.«

»Zeig her«, sagte er zum Briefträger und wollte ihm die Briefe aus der Hand nehmen. Der Briefträger wich reflexartig zurück.

»Nichts für Sie dabei, Herr Schweizer«, sagte er bestimmt, ging noch ein paar Schritte retour, machte einen geraden Rücken und schaute zum Fenster von Lauriane rauf.

Sie winkte ihm und fragte ihn: »Und für mich?«

»Leider nicht, vielleicht morgen«, antwortete der Briefträger und winkte zurück. Mehr traute er sich nicht.

EINKAUFEN GEHEN

Ausgeschlossen, dachte der Briefträger. Komplett ausgeschlossen, Lauriane während meiner Tour um eine Verabredung zu bitten, nein, das ist ausgeschlossen. Die Arbeit und das Private, das muss man trennen. Das sagte sein Chef, das sagte Schweizer, das sagte er selbst. Das Problem war nur, dass er Lauriane privat nie antraf. Nachts lag er wach, machte sich Sorgen, und zur Beruhigung dachte er an sie. Schweizers Vorladung ließ ihn nicht schlafen. Er versuchte, sich ihr Gesicht vorzustellen oder sich an Gesprächsfetzen zu erinnern. Und so sehr er sich auch anstrengte, er konnte sich nicht daran erinnern, Lauriane je außerhalb ihres Fensterrahmens gesehen zu haben. Immer war sie in diesem Viereck gefangen, immer blickte sie aus ihrer Küche herunter. Um die Augen saß schelmischer Spott, aber gutmütig und freundlich, mit Grübchen zum Verlieben.

Er brütete, schlug die Bettdecke zurück, sie staute die Hitze um seine Beine. Nie hatte er sie am Briefkasten gesehen, nie im Hauseingang. Wie sahen ihre Hände aus? Wie ihre Finger? Wie ging sie? Sicher leichtfüßig und elegant, aber nicht übertrieben vornehm oder affektiert, nein, das sicher nicht.

So zu schmachten, ist lächerlich.

Bei den anderen Bewohnern des Viertels ließ es sich nicht vermeiden, etwas über ihre Leben, ihren Bewegungsradius und ihre Verbindungen herauszufinden. Diejenigen beispielsweise, die er nie zu Hause antraf, Da Silva, Wirth oder Schmid, die arbeiteten werktags. Um das zu wissen, musste man kein Sherlock sein. Arikan und Luigi Manzini sah er bei den Spielen. Der eine in der Südkurve, der andere beim Eingang zur Osttribüne. Der Briefträger selbst stand bei jedem Heimspiel in der Kurve. Bei den Seitenfenstern, fast unter dem Dach. Da war die Sicht zwar etwas schlechter als in der Mitte, dafür zog es kaum.

Wenn die Post zurückbehalten wurde, im Sommer für zwei Wochen, dann waren die Leute in den Ferien. Andere Beispiele gab es zuhauf, sie offenbarten dem Briefträger Privates, dem er sich nicht entziehen konnte.

Denn die Post, die jemand erhält, verrät viel: Absender, Interessen, Verstrickungen. Ohne es darauf anzulegen, fand er mit der Zeit über alle Bewohner des Viertels dies und das heraus, nur Laurianes Gewohnheiten blieben ihm verborgen. Und so versuchte der Briefträger, den Zufall zu erzwingen.

»Irgendwann muss sie ja einkaufen gehen«, sagte er sich.

Er versuchte es zu verschiedenen Zeiten, kurz vor dem Mittag, wenn er ausnahmsweise zeitig fertig war, am frühen Nachmittag, kurz vor Ladenschluss. Den Frühsommer über hatte er kein Glück. Sie musste ohne Fußabdruck wandeln. Lauriane war ein Phantom, eine im Fensterrahmen eingesperrte Theaterfigur. Einmal wollte er ihr winken, aber der Mut verließ ihn mitten in der Bewegung. Danach beschränkte er sich aufs Schmachten.

Laurianes Gesicht verharrte stets in einer Rolle. Es blieb hübsch und anziehend, ohne dass der Briefträger Lauriane mit seiner Wortwahl auf die Hübschheit ihres Gesichtes reduzieren wollte.

Er dachte es und wollte den Gedanken gleich wieder ungedacht machen. Sie war das Objekt seiner Begierde, wie man so sagt, und das durfte er keinesfalls zulassen, so durfte er nicht denken, denn wen man begehrt, darf man unmöglich zum Objekt machen.

Laurianes Gesicht erinnerte an ein perfektes Ei. Ein Ei mit einer harten, weißen, zerbrechlichen Schale. Eine braune Haarsträhne kitzelte ihren linken Kieferknochen. Lauriane im Küchenfenster, gerahmt von weißen, schlichten Vorhängen, gebauscht links und rechts, verschwindend hinter den ins Zimmer ragenden Fensterflügeln, die Hand unter dem Kinn.

Das Bild begleitete den Briefträger in den Schlaf. Der Traum, in den er schlüpfte, verriet ihm auch nichts über Lauriane.

Er beschloss, damit aufzuhören, die Lebensmittelläden im Friesenberg abzuklappern. Noch einen letzten Versuch wollte er wagen, im Supermarkt an der Friesenbergstraße. Er hatte schon zwanzigmal vergeblich dort eingekauft. Der Laden hatte eine bediente Fleischtheke. Dort war es immer kühl, als stünde sie in einem Kältesee. Hinter der Theke stand weiß geschürzt und prall bebaucht der Fleischverkäufer. Er trug den sinnigen Namen Emil Speck. Er war der einzige ehemalige Klassenkamerad des Briefträgers, der das wurde, was er als Drittklässler werden wollte. Die Kalbfleischwurst hatte es ihm angetan.

Er, der immer einen Kopf größer war als alle anderen, wurde beim Fußballspielen auf dem roten Platz immer als Erster gewählt, obwohl er weder Gefühl im Fuß noch Gefühl für den Raum hatte. Es waren seine schiere Wucht, seine Masse, sein Körpergewicht und seine Freude am Raufen und Rempeln, die dafür sorgten, dass ihn alle in der eigenen Mannschaft haben wollten.

»Wenn ich einmal groß bin«, schrieb Emil im Aufsatz in der dritten Klasse, »möchte ich Metzger werden. Und wenn ich einmal Metzger bin, dann gibt's nicht nur für die Kinder gratis eine Scheibe Kalbfleischwurst, sondern immer auch eine für den Metzger.«

Nach seinem Bauch zu urteilen, hatte er Wort gehalten.

»Lange ist's her«, hatte er gesagt, als er den Briefträger vor einigen Wochen zum ersten Mal wieder gesehen hatte, »aber du bist doch der, das gibt's doch nicht, der, sag's mir, nein warte, sag's mir nicht, mir fällt's gleich ein, der, nein, das gibt's doch nicht, lange ist's her, na sag, wie geht's dir?«

Als Emil heute aus seiner tranchierenden Konzentration aufsah, sah er den Briefträger vor der Fleischtheke stehen. Er blickte auf, ohne den Kopf zu heben. Die Bewegung der Augen reichte, dunkelbraun unter gekniffenen Augenbrauen, die mehr aus Hautwulst als aus Haar bestanden. Emil Speck hatte kein Hackbeil und kein Fleischermesser, sondern eine lange Spießgabel mit zwei Zinken und einem schwarzen Griff, sicher dreißig oder vierzig Zentimeter lang. Er pikste damit einen großen Fleischbrocken und zerteilte ihn mit dem Tranchiermesser.

Dann wischte sich Emil die Hände an seiner

weiße Schürze ab und fragte: »Was darf es denn sein?«

»Nichts, nichts«, entgegnete der Briefträger, »heute nichts.«

In Gedanken war er immer noch gefangen vom harmonischen Tranchieren und Rollen und Anrichten. Er sagte: »Ich war nur gerade in der Nähe und wollte mal«, und Emil sagte, »das trifft sich gut.«

Er band sich den Knoten seiner Schürze auf, der sich irgendwo unter seinem Bauch, irgendwo über dem Hosenbund versteckt hatte.

»Wollte eh gerade Pause machen«, sagte Emil.

Er fuhr sich mit dem Unterarm über die Stirn, als wäre sie voller Schweiß.

Er fragte: »Hast du Zeit?«, und zog sich das Nackenband der Schürze über den kurzgeschorenen Schädel, »komm zum Hinterausgang, wir rauchen dort eine.«

Der Briefträger schlich mit leeren Händen an der Kasse vorbei. Die automatische Glasschiebetür öffnete sich zögerlich. Draußen auf dem kleinen Platz rasselten die Einkaufswägelchen aus Metall ohrenbetäubend übers Kopfsteinpflaster, wurden mit einem Ruck in die Kolonne der anderen Wägelchen gestoßen und verhakten sich in eine wartende Stellung.

Der Briefträger ging ums Haus herum, wo geschrien und gestritten wurde. Emil stand da auf der Rampe, massig, einsneunzig groß und hundertdreißig Kilo schwer. Zwischen Zeige- und Mittelfinger steckte eine Zigarette, Gauloises Rot, viel zu klein wirkte der Stängel in seiner fleischigen Hand.

Das Gekreisch kam von unterhalb. Da hing ein Mann. Emil hatte ihn am Kragen gepackt. Aus seinem kurzärmligen Hemd ragten graue, knochige Arme wie Birkenäste, daran Hände wie die eines toten Pianisten. Sie wirkten lächerlich schwächlich im Vergleich mit Emils kräftigen Pranken.

Emil hielt den Mann am Kragen. Dem anderen ruderten die Beine zehn Zentimeter über dem Boden. Rings um ihn lagen Lebensmittel auf dem Boden verstreut. Zerschlagene Eier auf dem Teer, Milchschokolade, Nudeln, die billigste Sorte, alles war ihm aus dem Hemd gefallen, als er von Emil gestellt wurde. Nicht mal die Pausenzigarette fiel diesem aus dem Mund.

Emil packte den Dieb an beiden Schultern. Nicht unfreundlich, sondern beherzt. Er setzte ihn auf eine niedrige Mauer neben dem verstreuten Diebesgut. Zum Stillstand gekommene Äpfel, gemahlene Mandeln, ein Hefewürfel, zertrampelt im Fluchtversuch.

Kampflos und schlaff war der Dieb jetzt. Er hatte seine Energie auf einen Schlag verloren. Wie eine ausgeknipste Glühbirne. Ein stacheliges immergrünes Gebüsch dornte ihn in den Rücken. Es schien ihm nichts auszumachen. Er ergab sich, ohne den Kopf zu heben. Der Gurt saß im letzten Loch. Das lange, dreckige Ende des Ledergurts stand steif ab und zeigte in Richtung weiterer verlorener Beute, in Richtung grellgrüner gezuckerter Apfelringe, in Richtung Hackfleisch dreierlei, in Richtung Volumen-Shampoo für normales Haar, definitiv ein Frauen-Shampoo.

Der Briefträger stand auf der Rampe, als Emil den Dieb zur Rede stellen wollte. Er konnte ihm aber nichts als abwechselnd ein Schluchzen, ein Wippen des Oberkörpers und ein ekliges Hochziehen der Nase entlocken.

Emil schnippte seine Zigarette ins Gebüsch.

»Das ist mein erster Fang«, sagte Emil, »der erste auf frischer Tat jedenfalls. Da will man doch ein paar Fragen stellen dürfen!«

Aber es half nichts.

Der Dieb löste sich auf, in Tränen, trug die Haare wie eine Kapuze. Er stöhnte, als hätte er Schmerzen.

»Nur am Kragen habe ich dich gepackt, tu nicht so«, sagte Emil.

Emil konnte dem Dieb nichts abringen, weder einen Blick aufs Gesicht noch ein Wort, keinerlei Begründung und noch weniger eine Entschuldigung.

Auf dem Mäuerchen saß ein graues Häufchen Elend. Vor dem Stachelgebüsch saß ein Gerüst mit schlaff-loser Hose, löchrigen Turnschuhen, die Sohlen schräg abgewetzt. Im Gebüsch hopste ein Vögelchen über Erdkrümel und trockenes Reisig.

Davor hing der fettige Kopf des Diebes mit den Händen über dem Hinterhauptbein des

Schädels verschränkt. Seine Hände waren porig und enthaart. Ein Geflecht aus bläulichen Linien schimmerte wie ein Flusssystem, gesehen aus dem Orbit, durch papierdünne Haut. Die Fingernägel waren bis in die Hälfte des Nagelbetts weggekaut. Weißliche Hautfetzen standen ab. Die Finger waren dünn und lang und grau, sie wippten und wogten im Takt des wankenden Elendsbündels. Die Beschreibung muss vereinzelt erfolgen, in Beobachtungsparzellen. Zusammengefügt ergeben sie ein Bild der Körperhülle, die mal ein Mensch gewesen sein musste.

Emil gab auf. Er steckte die Hände in seine Hosentaschen und starrte auf den Dieb, der keine Anstalten machte, davonzulaufen, der apathisch wartete, dass man ihn fortjagte oder schlug oder schubste. Er strahlte eine geradezu einladende Widerstandslosigkeit aus.

Der Briefträger stand auf der Rampe und sagte zu Emil: »Und jetzt?«

Emil sagte: »Der ist hinüber. Mal sehen, was Kellenberger will.«

Den Briefträger hieß er aufpassen. Mit einem Satz war er auf der Rampe. Wie ein übergewichtiger Tiger, dachte der Briefträger. Emil riss die Hintertür auf, dass sie fast aus der Wand gerissen wurde, und verschwand im Dämmerlicht. Der Briefträger sah ihn verschwinden zwischen weiß gestrichenen Backsteinmauern, Paletten, grünen Gemüsekisten, leer bis auf die Reste trockener Lauchblätter und Zwiebelschalen, daneben deckenhohe Vorräte an Toilettenpapier, Striemen auf dem Zementboden.

Die Tür fiel zu. Dahinter hörte der Briefträger Emil noch rufen: »Herr Kellenberger, wir haben einen.«

Der Briefträger stieg zum Dieb hinunter, um Wache zu stehen, wie auch immer das ging. Er hoffte, dass Emil bald zurückkam, dachte: Hoffentlich ist der Kellenberger freundlich mit ihm.

»Weißt du, ob Cédrics Arm gut verheilt ist?«, fragte ihn das Häufchen Elend und strich sich eine braune Strähne aus dem Gesicht, klebte sie sich hinters Ohr, legte sein eingefallenes Gesicht frei.

Der Briefträger erkannte Dave Steinbrecher, magerer denn je. Er sah aus, wie er roch. Seit Wochen nicht gewaschen. Sein Kinn und seine Oberlippe waren unrasiert. Fleckig, nicht dicht von Stoppeln bewachsen. Sein Zustand war erbärmlich, seine körperliche Erscheinung furchteinflößend, und es fiel dem Briefträger schwer, sich zwischen Mitleid und Abscheu zu entscheiden.

»Ist ja alles nicht für mich«, sagte Dave zum Briefträger.

Dave sah diesem an, dass er keine Rechtfertigung von ihm erwartete, fuhr aber trotzdem fort: »Für mich ist das Essen gar nicht, ich brauche nur einen Schlafplatz. Weißt du, ich kaufe für Lauriane ein, so der Deal. Ich falle sowieso aus dem Leim. Der Deal ist der, einmal einkaufen, dafür schlafe ich einmal pro Woche bei ihr auf der Couch.«

Einmal pro Woche.

Er hatte seine Arme erhoben und zeichnete beim Wort einkaufen Gänsefüßchen in die Luft. Nicht nur seine Hände waren haarlos, auch seine Unterarme waren es. Dem Briefträger fiel es auf, als sie zusammen die am Boden verstreuten Lebensmittel zusammenlasen.

Wie ein toter Pianist, ging es ihm wieder durch den Kopf.

Er trieb Dave zur Eile an: »Kellenberger kann jeden Moment auftauchen.«

Dave hob sein Hemd, formte damit eine Kuhle, auf seinem fettlosen Bauch prangten Punkte wie Mückenstiche. Eine Art Hemdsack entstand. Der Briefträger legte ihm die Lebensmittel darin ab, unten die schweren, gut verpackten, oben die, die leicht Druckstellen bekamen. Überschlagsmäßig rechnete er den Einkauf zusammen. Mehr als zwanzig Franken konnte das kaum machen. Die Hefe und zwei Eier waren nicht mehr zu retten. Der Briefträger schob die Reste davon mit dem Fuß zusammen. Wortlos, nur mit einer Kopfbewegung gab er Dave zu verstehen, er solle verschwinden. Und wenn Dave etwas konnte, dann einfach von der Bildfläche verschwinden, sich in Luft auflösen, als wäre er nie da gewesen.

Kellenberger kam mit einem Taschenrechner in der Hand und Emil im Schlepptau um das Gebäude herum. Er weigerte sich, durchs Lager zu gehen.

»Der Chef geht nicht durchs Lager«, pflegte er zu sagen.

»Ist das der Dieb?«, fragte er Emil und zeigte auf den Briefträger.

»Ist mir entwischt«, sagte der Briefträger kleinlaut.

Seine Verlegenheit musste er nicht mal spielen.

»Ist mir entwischt, weiß auch nicht, wie«, sagte er.

Der Briefträger stand vor dem Häufchen Eierschale, vor dem grau-beigen Hefepapier, dahinter die Reste der Hefe, streifig und krümelig, eintrocknend auf dem Boden, die ehemals wilde, zufällige Anordnung des Fangs verschwunden. Der Briefträger zog eine Zwanzigernote aus der Hosentasche und hielt sie Kellenberger und Speck entgegen. Sie starrten ihn ungläubig an.

»Die hat er dagelassen«, sagte der Briefträger, »das sollte etwa hinkommen, hat er gemeint.«

Die Schwindelei trieb ihm das Tomatenrot auf den Hals und ins Gesicht.

Kellenberger nahm ihm den Zwanziger ab, tippte auf seinem Taschenrechner und sagte: »Nichts da zwanzig, hundertzwanzig! Hundert Franken kosten alleine die Umtriebe, und wer weiß, was wirklich alles gestohlen wurde. Das weiß man erst bei der Abrechnung, nicht mal dann, das weiß man erst bei der Inventur.«

Der Briefträger kramte sein Portemonnaie hervor. Es war dick und ließ sich kaum zuklappen. Im ersten Fach lagen je einmal gefaltet die Einzahlungsscheine, Rechnungen, er war auf dem

Weg zur Post, Einzahlungen machen, Monatsende, Lohn war da und bald wieder weg.

Emil schüttelte den Kopf. Im zweiten Fach lagen die Scheine, grüne und blaue, Fünfziger und Hunderter, genug für Miete und Strom, für Telefon und Zeitungsabo, für Kinderjacken, in Diamantblau und Neapelgelb.

Dave beobachtete die Szenerie aus seinem sicheren Versteck. Das beste Versteck ist oft näher, als man denkt. Niemand wühlt im Stachelgebüsch auf der Suche nach einem Junkie. Er sah, wie der Briefträger einen Hunderter herausnahm und ihn, ohne zu zögern, Kellenberger gab.

Emil drehte sich weg, seine Pause war vorüber, es war ihm peinlich, er war froh, konnte er grußlos zurück hinter die Fleischtheke.

Neben der Hintertür hing an einem Haken ein Handbesen mitsamt Schäufelchen, in Plastikblau und mit einer abgebrochenen Ecke. Der Briefträger nahm das Kehrbesteck entgegen, ging in die Knie und kehrte Eierschalen und Hefepäckchen zusammen, so gut es eben ging. Kellenberger war bereits um die Hausecke verschwunden, als der Briefträger wieder aufgestanden war.

Aus dem Busch ließ sich Dave anstatt eines Dankeswortes eine Bitte abknöpfen. Er schälte sich mühsam aus dem Gesträuch. Er hatte die Hände nicht frei, denn sie hielten sein Hemd mit den Sachen vor dem Bauch. Das Dornengekratze an seinen Armen nahm er kaum wahr. Vielleicht ließ er es sich auch einfach nicht anmerken. Manchmal ist es besser, so zu tun, als spüre man nichts. Er stand hochaufgestellt und mit einem unverständlichen Stolz vor dem Briefträger. Dann drehte er sich nickend weg. War das eine scheue Geste des Dankes?

Er sagte im Gehen: »Sag meiner Schwester bitte nicht, dass ich es gestohlen habe.«

Der Briefträger blieb zurück, mit dem Kehrzeug in der Hand, auf der Suche nach einem Eimer, den er nicht erspähen konnte.

»Muss ich nicht«, rief er Dave hinterher, halblaut aber nur, »es ist ja bezahlt. Es ist ja bezahlt.«

MANCHMAL TUT MAN DINGE, OHNE ZU WISSEN, WESHALB

Jeden Monat erhielt derjenige Briefträger mit den wenigsten Reklamationen einen kleinen Bonus. Das war nichts Offizielles, nur so eine kleine Geste vom Chef. Reklamationen gab es für Post, die zu spät geliefert wurde, es gab Reklamationen für unerwünschte Werbesendungen, für zerknitterte Briefe, für verlorene Sendungen und sogar dafür, dass ein Briefträger zu viele Rechnungen bringe. Der Briefträger hatte die Auszeichnung noch nie gewinnen können. Ein paar alte Hasen standen ihm vor der Sonne, und nach dem Fauxpas letzten Monat, als er sich zum Trinken bei Marta Manzini hinreißen ließ, war der Mai in dieser Hinsicht sowieso gelaufen.

Diesen Monat hatte ein Springer gewonnen. Félix Ruiz hieß er und strahlte den Briefträger von einer Fotokopie in Schwarz-Weiß an. Félix hatte die rundesten Augen und riesige Schaufeln als Schneidezähne. Sie standen meterweit auseinander. Das machte ihn sympathisch. Mitarbeiter der Monats Mai: Félix Ruiz.

Der Briefträger legte das Blatt auf eine Kommode, wo er Rechnungen, alte Zeitungen, Briefe hinlegte. Er stutzte, konnte es sich selbst nicht erklären. Auf seiner Kommode lagen plötzlich zwei Rechnungen für Marta Manzini, genau da, inmitten seiner eigenen Rechnungen. Félix grinste immer noch.

Manchmal tut man Dinge, ohne zu wissen, weshalb.

Der Briefträger trug die Rechnungen zur Post und beglich sie, als wären es seine eigenen. Zurück bekam er den abgetrennten kleinen Abschnitt, sauber gestempelt, einen über 57 Franken, dann einen über 124 Franken, später dann einen über 202 und einen über 328 Franken 50.

Er legte die Einzahlquittungen in seinem Buchhaltungsordner ab, unter Sonstiges. Er konnte nicht einmal sagen, was Manzinis alles bestellt hatten, sondern bezahlte die Rechnungen und legte die Quittungen im Ordner ab. Sechs Rechnungen allein im Juni. Mehr als 700 Franken.

Luigi und Marta merkten davon nichts. Sie hatten vor Monaten den Überblick über Bestellungen, Mahnungen und Rechnungen verloren.

Sie stapelten die Rechnungen wie Altpapier auf einem Haufen. Einmal im Monat nahm Luigi die obersten Rechnungen vom Stapel, zählte zusammen und hörte wieder auf damit, wenn erreicht war, was er zahlen konnte. Dann schob er am Einzahlungsschalter einen Großteil seines Lohnes als dünnes Notenbündel durch den Schlitz am Schalter und bekam dafür gestempelte Papierschnipsel. Die waren gut für ... nichts. Und zu Hause wurde der Rechnungsstapel niemals kleiner.

Jede nicht zugestellte Rechnung stachelte das Pflichtbewusstsein des Briefträgers an. Er wusste, nur weil er die Rechnungen bezahlte, vermochte das die Verstöße gegen seine Briefträgerpflichten nicht aufzuwiegen. Und trotzdem gab er in diesen Tagen, wie man so sagt, immer hundertzwanzig Prozent. Er fuhr seine Tour, als wäre sie ein Rennen auf der Rundstrecke. Jeden Tag versuchte er, seine Bestzeit zu unterbieten. Im Geist folgte er einem Fahrplan und konnte auf die Minute genau sagen, wann welcher Briefkasten gefüttert werden sollte. Er hielt Plaudereien so kurz, wie es das Gebot der Freundlichkeit erlaubte. Ein Nicken ist das mindeste. Besser ein Lächeln, eine Spur davon, ein Anflug, eine Ahnung davon in den Mundwinkeln reicht schon, ein Lachfältchen und ein dazu passendes Zwinkern; es braucht so wenig, und man kann mit gutem Gewissen weiter zum Nachbarhaus, weiter, das Klacken der nächsten Briefkastenklappe im Takt des vorbestimmten Fahrplans. Dann hatte er sich vorgenommen, die

Sendungen besonders vorsichtig zu behandeln. Sauber gestapelt, ohne Knicke und schmutzige Ränder. Obwohl es viel zu warm dafür war, trug er schwarze, feine Baumwollhandschuhe zum Verteilen. Am Morgen noch hielt er sie in seinen Jackentaschen versteckt. Es ist einfach, sich blöde Sprüche zu ersparen. Er fuhr sein Mofa besonders gefühlvoll. Er beschleunigte und bremste geschmeidig, vermied das Geschepper, wenn er mit seinem Anhänger über einen Bordstein fuhr. Er blinkte frühzeitig, setzte ein freundliches Gesicht auf, auch unter dem Visier. Solche Sachen halt. Und doch: Wenn er darüber nachdachte, unter der Dusche oder beim Sortieren, konnte er sich das alles nicht erklären.

So viel tut man, ohne, dass man weiß, weshalb.

Er massierte sich die Kopfhaut und kam nicht aus dem Nachdenken heraus. In Gedanken strich er mit Wollhandschuhen über Briefumschläge. Luigi und Marta und ihre Rechnungen fielen ihm ein, und mit ihnen machte sich ein Fünkchen Unruhe in ihm breit, wie eine Idee, die sich wehrt, ins Bewusstsein zu kommen. Weshalb zahle ich denen die Rechnungen?, fragte er sich. Bin ich denn noch bei Trost? Und dann kam ihm das Herzklopfen, weil ihm Lauriane einfiel, und er stellte gleich das Wasser auf kalt, um gegen die Erregung anzukämpfen, die ihn erfassen wollte, wie ihm Lauriane in den Sinn kam, während er, den Bauch seifig, die Hände überall am Körper, sich nicht erklären konnte, weshalb ihm sogar das ein schlechtes Gewissen machte.

Marta winkte aus dem Fenster, als wäre nichts. Dabei bezahlte er doch ihre Rechnungen, teilweise wenigstens! Sie war freundlich, wie immer. Aber heute lag es doch auf der Hand: Eine solche ahnungslose Heiterkeit, das konnte nur eine Maskerade sein.

Weiß sie es?, fragte sich der Briefträger und hob die Hand zum Gruß, aus sicherer Distanz. Zu fragen traute er sich nicht. Abends kam er nach Hause und legte eine neue Manzini-Rechnung auf seine Kommode, zahlbar innerhalb von zehn Tagen. Noch diese eine, dachte der Briefträger, wer hilft den Leuten denn sonst?

Eines Morgens passte Luigi den Briefträger ab.

»Briefträger, wie geht's dir?«, sagte er und wartete keine Antwort ab.

»Du sag, hast du mir meine Rechnungen gestohlen? Hahaha!«

Luigi hatte das breiteste Grinsen der Welt im Gesicht. Es war unmöglich, zu wissen, ob er es ernst meinte oder Spaß machte.

Der Briefträger stand wie versteinert und suchte in jedem Winkel seines Hirns nach einer Notlüge. Luigi wartete und wurde selber verlegen, da ihm der Briefträger nichts antwortete. Schweigen bringt nicht nur die in Verlegenheit, die etwas verbrochen haben. Aber die besonders.

Luigi räusperte sich und sah zu Boden. Dann setzte er neu an und sagte, wie wenn er sich zu einer Beichte zwingen würde, wie wenn er erklären müsste, weshalb er flapsig gefragt hatte: »Hör zu, es ist eben so: Ich habe da was gekauft bei einer Firma. Da hätte längst eine Rechnung kommen sollen, und meine Frau soll davon nichts erfahren. Verstehst du? Und jetzt finde ich diese Rechnung nicht, die ist nicht angekommen, glaube ich.«

Ein freundlicher Klaps auf die Schultern, nochmals sein schallendes Lachen, das war's für heute. Der Briefträger kam davon, ohne ein Wort zu sagen. Luigi hatte es so gewollt.

Schnell weiter, schnell die Tour beenden, schließlich ist Freitag, dachte der Briefträger. Abwechselnd regnete es und brannte die Sonne, ein Apriltag im Juni, das ist wie Lachen und Weinen gleichzeitig, zum Schluss ist man komplett durcheinander.

Vor dem Dreierbriefkasten des Mehrfamilienhauses Schweizer, Steinbrecher, Mornar rutschte dem Briefträger ein Umschlag mit dem Stempel *2. Mahnung* zwischen seinen schwarzen Wollfingern hindurch. Er landete auf einer Steinplatte. Sie war vom Regen tropfnass, in den Vertiefungen des Steins lag Wasser wie in Teelöffeln.

Stempel und Adresse schauten in die Wolken. Jeder, der hinsah, konnte es lesen: *Wichtige Aufforderung* an den Adressaten Herrn Ernst Schweizer, Jakob-Peter-Weg 5, 8055 Zürich.

Der Brief lag auf der nassen Steinplatte, zwischen ihr und der Nebenplatte spross das Unkraut, gestutzt und wieder gestutzt, trotzdem. Der Brief hatte schon Nässe aufgesogen. Er bückte sich und hob ihn auf. Die Birke spiegelte sich in den vormittäglichen Fensterscheiben vor blau-weiß gewolktem Hintergrund. Das sah aus, als wohnte der Himmel persönlich am Jakob-Peter-Weg 5, und zwar in jeder Wohnung und in jedem Zimmer. Der Briefträger hoffte, dass ihm aus dem Himmel gerade niemand zusah, und steckte sich den Brief in die Innentasche seiner Jacke. An seiner Brust trocknete er. Durch das Hemd wurde die Haut feucht. Das Briefpapier hinterließ Fasern auf dem Stoff, verwaschene schwarze Abdruckspuren einer Stempelschrift.

Schweizers *Wichtige Aufforderung* legte er zu Hause auf seine Kommode. Er las sie in der Nacht, als er aufwachte und nicht schlafen konnte, weil er glaubte, die Briefe auf der Kommode starrten ihn an. Das Bezirksgericht wies Schweizer an, sich unverzüglich zu melden und zu bestätigen, dass er sich zur Zeugeneinvernahme im Bezirksgericht Zürich-Wiedikon einfinden werde. Sanktionen wurden angedroht, käme Schweizer dieser Pflicht nicht nach. Melden müsse er sich. Da stand, in welchem Büro er vorstellig werden müsse. Um welche Uhrzeit er erscheinen, welche Unterlagen er dabeihaben müsse.

Der Briefträger legte den Brief in seine Küchenschublade, wo er mittlerweile mehrere an Schweizer adressierte Briefe aufbewahrte. Er nahm den Kalender von der Wand, der für jeden Monat eine Seite zur Verfügung hatte. Er machte einen Eintrag: *Zeugeneinvernahme S.* schrieb er, geistesabwesend. Er umkreiste das Datum eine Woche vorher. Bis dann wollte er das Problem beseitigt wissen.

Dann legte er sich wieder ins Bett, es war schon weit nach Mitternacht, die paar Sterne, die es in Zürich zu sehen gibt, leuchteten ihm ins Gesicht und hielten ihn wach, so lange, bis er es leid wurde und aufstand, den Kalender von der Wand nahm und hinter dem Sofa verstaute.

SARAHS BRIEF

Beim Vorsortieren fiel dem Briefträger ein Brief von Sarah Caluori in die Hände. Der Rand des Umschlags war blau-weiß-rot gestreift wie ein Barbierpfosten. In der unteren Ecke prangte ein dünn gerandeter, roter Par-avion-Stempel. Wie unfassbar leicht diese Umschläge sind. Das Papier hat etwas von Falterflügeln, von Insektenhaut. Trotz der Textur ist es zart. Und dieser blau-rot-weiße Rand hat etwas von Kaugummi.

Der Briefträger erinnerte sich, dass er Caluori gut zugeredet und einen Brief ihrer Tochter aus Kanada versprochen hatte. Sarahs Brief war hauchdünn und fühlte sich an wie Backpapier.

Er hatte versprochen, dass alles gut werden würde. Und da der Briefträger zu seinem Wort stand, nahm er den Brief nach Hause, kochte in einem weiten Topf Wasser auf, bis es sott, und hielt den Brief mit einer Zange über den Dampf. Die Lasche des Couverts öffnete sich wie von selbst. Er nahm das Couvert von der Zange in die Hand. Das Papier war feucht zwischen seinen Fingern. Er drehte sich vom Herd weg. Das Wasser kochte weiter. Wütender, dichter Dampf stieg auf und verschwand im lärmenden Keuchen des Dampfabzugs. Vorsichtig nahm er den Brief aus dem Umschlag. Luftpost-Briefpapier, dünn wie das Couvert, aber ohne den farbig markierten Rand. Es war steif, zweimal gefaltet, so wie Amerikaner und Kanadier Briefe knicken, nicht so wie hier, in der Mitte halbiert, sondern gedrittelt, und der Briefträger sah, dass Sarah keine Routine hatte im Falten dieses Papierformats.

»Bestimmt geht es ihr gut«, hatte er zu Caluori gesagt, »bestimmt schreibt sie bald ausführlicher, machen Sie sich keine Sorgen.«

Das war vor Wochen, vor Monaten, es war im Reflex dahingesagt, mit dem tiefen Wunsch, dass es stimmen möge. Verantwortungslos, der armen Caluori Hoffnungen zu machen. Aber was hätte er anderes tun sollen? Dem eigenen Naturell ist man ausgeliefert. Er wollte doch nur, dass es Sarah Caluori gut ging und dass sie ihrer Mutter bald diesen ausführlichen Brief schickte, ihr schrieb, dass es ihr gut gehe.

In den letzten Wochen war ihm dieser Brief immer wieder eingefallen. Dieser ausbleibende Brief, diese Leerstelle. Jedes Mal, wenn er die getrockneten Blumenranken vor dem kleinen

Fenster neben Caluoris Haustreppe sah, fiel ihm ein, dass der Brief einfach nicht ankommen wollte. Er fiel ihm immer wieder ein, wenn er nachts aufwachte und ihm nicht gerade Dave als Erstes einfiel, der doch ein gutes Wort für ihn hätte einlegen können bei Lauriane.

Caluori saß in ihrer Küche, auf der äußersten Ecke ihres Stuhles und hatte den Unterarm auf der Rückenlehne des Stuhles abgestützt. Sie starrte ins Leere, als hätte sie vergessen, worauf sie wartete. Darauf vielleicht, dass die Zwillinge im Obergeschoss endlich die Etüde richtig spielten oder dass sie zu Hause endlich mal übten. Darauf, dass Sarahs Brief ankam. Darauf, dass das Wasser im Topf endlich kochte.

Der Briefträger sah, wie das Wasser in seinem Topf immer noch kochte, er hörte, wie der Dampfabzug lärmte, konnte sich nicht vom Brief losreißen, er setzte sich an den Küchentisch, Dampf und Lärm am Herd, direkt hinter ihm, er faltete den falsch gefalteten Brief auf, vorne und hinten vollgeschrieben, und las:

Hallo Mami

Wäre es bis heute jemals nach mir gegangen, würde ich diesen Brief nicht schreiben.

Sarah schrieb ihrer Mutter, der Briefträger las an deren Stelle, neugierig, im Zwiespalt, wie ein Kind, das weiß, dass es etwas Verbotenes tut. Er hatte gehofft, dass Sarah vom Heimweh schrieb. Stattdessen schrieb sie:

Hier ist's am schönsten, weil nichts so ist wie daheim.

Er hatte Frau Caluori so viel versprochen, was dieser Brief nicht halten konnte. Mit jeder Zeile, die er las, wurde ihm klarer, was er in den Händen hielt. Es war ein Abschiedsbrief. Nichts mit »bald schreibe ich dir ausführlicher«, sondern:

Ein letztes Mal tue ich etwas nicht mir zuliebe, sondern jemand anderem zuliebe. Dir zuliebe.

Der Briefträger hatte Arme aus Blei, und der Brustkorb, so fühlte es sich an, saß in einer Schrottpresse. Sarah beschrieb Kanada, schrieb vom Wandern, den Wäldern und einem Schlangenbiss am 27. April. Sie schrieb, wie sie ihr Tagebuch ins Lagerfeuer geworfen hatte, als Ritual des Neuanfangs. Der Briefträger las die letzte Seite, ohne Hoffnung, dass Sarah mit Worten enden würde, die ihn retten könnten – und behielt recht.

Man muss loslassen können. Auch du, Mami. Lass mich los und lass mich gehen.

Adieu. Sarah.

Der Briefträger faltete den Brief wieder zusammen und steckte ihn zurück ins Couvert.

»Bestimmt geht es ihr gut«, hatte ich gesagt, »bestimmt schreibt sie bald ausführlicher, machen Sie sich keine Sorgen.«

Das hatte er jetzt davon.

Was auch immer Sarah nach Kanada getrieben hatte, was auch immer sie jetzt dort hielt, dafür konnte er doch nichts, damit hatte er doch nichts zu tun. Aber die alte Caluori mit ihren getrockneten Blumen überall, mit ihrem Milchreis immer, allein im Haus mit dem Klavier und den letzten beiden Klavierschülerinnen, sie tat ihm halt leid.

Er legte den Brief zu seiner Sammlung. Da waren bereits Rechnungen der Manzinis, da waren die Mahnungen an Schweizer, ein, zwei nicht zugestellte Prospekte, die er noch durchblättern wollte.

Das ist mein Diebesgut, dachte er, es entehrt die Schreinerarbeit der Schublade, in der es liegt. In jedem Krimi fliegt der Täter auf, wenn er so dumm ist, das Diebesgut zu behalten.

Der Briefträger dachte: Wie soll ich jetzt der Frau Caluori noch unter die Augen treten? Noch schlimmer, wenn die mich sieht, weiß die doch genau, was los ist.

Er schob die Schublade zu. Sie wollte klemmen. Er trieb es ihr aus, mit einem Stoß, mit einem Ruck. Er wusste genau, wie gegen das Verkanten anzukommen war. Aus den Augen, aus dem Sinn. Oder ging das Sprichwort anders rum?

Die nächsten Tage hatte er kaum Post für Ruth Caluori, und wenn, dann warf er ein, geschwind und lautlos, huschte zum nächsten Briefkasten, durch den nächsten Vorgarten, zurück auf die Straße.

DIE UNABHÄNGIGKEITSERKLÄRUNG

Und am 25. Juni 1991 erklärten Slowenien und Kroatien ihre Unabhängigkeit von Jugoslawien. Jozo hastete nach Hause, an Frau Kälin vorbei, die am Briefkasten stand und die Todesanzeigen im Tagblatt studierte. Der Frühsommer hatte ihr drei Bekannte beschert, die es endgültig hinter sich hatten. Zeile für Zeile fuhr Kälin mit den Augen die schwarz umrandeten Anzeigen ab, einen Ellenbogen auf dem Briefkasten aufgestützt. Sie prüfte den Namen und das Geburtsjahr der Verstorbenen. Mit stummen Lippenbewegungen zählte sie die Anzahl der Unterzeichnenden.

Jozo wusste, er hatte keine Zeit mehr zu verschenken. Alles, was nichts mit seinem Hilfswerk zu tun hatte, war pure Zeitverschwendung. Egal, ob Grillfest oder Haarewaschen, Einkauf oder Rasenmähen oder Dissertationen schreiben: Alles war ihm eine Zeitverschwendung, die nicht nur ihn, sondern die ganze Welt ins Unglück stürzen würde. Also strich er das alles aus seinem Leben.

Jozo hastete ins Haus und aus dem Haus, am Briefträger vorbei, an Schweizer vorbei, egal, wie dieser schimpfte und fluchte. Jozo rauschte von Termin zu Termin, er riss seine Briefe direkt am Briefkasten auf, zählte im Kopf neu eingegangene Spenden zusammen. Alles, was bei ihm ankam und nichts mit seinem Hilfswerk zu tun hatte, wanderte knapp überflogen direkt zum Altpapier. Seine Koteletten waren mit seinem Bart zusammengewachsen. Nicht mal für Samia hatte Jozo Zeit oder Kopf.

Bei der nächsten Todesanzeige stockte Kälin. Sie hielt sich die Zeitung näher an die Augen. Der Briefträger blickte auf den Stapel Briefe in seiner Hand, glättete einer Briefecke ein Eselsohr.

Sie sagte: »Schweizer. Robert Leonard Schweizer. Dachte schon ... geboren 1901 ...«, und mit dem Ausatmen setzte sie die Miene von vorher wieder auf, als wäre diese die bequemste der Alltagsmasken.

Sie las vor, wer hinterblieb: »Dein Sohn und Marie und alle Enkel, Urenkel und Ururenkel werden immer an dich denken. Wer's glaubt! Die haben den bereits vergessen, wenn sie nach der Beerdigung das Leichenmahl in der Kneipe überstanden haben! Dachte schon, aber nein, 1901, da wäre er ja ... 1928 war der siebenundzwanzig, und ich war damals erst neunzehn.«

Samia war Jozos Frau. Gewesen. Sie hatte in seinem Kopf Platz, aber nicht den, den sie haben wollte. Und das Problem mit Jozo war, dass er keine leeren Versprechungen machte.

Er sagte zu ihr nie: Bitte bleib, ich mache dies oder ich mache das.

Er sagte Dinge wie: »Ich will nie eine andere als dich. Das weiß ich eben so fest, wie ich weiß, dass ich nie jemand anderes als ich sein werde.« Entweder hält man das aus oder man geht.

Als sie ihm ein Ultimatum stellte, wusste sie selbst nicht, was sie von ihm fordern sollte. Er schaute keiner anderen hinterher, er half im Haushalt mit, er war nett und liebevoll und putzte sich die Zähne dreimal am Tag, er liebte sie, sinnlich, seelisch, körperlich, aber er grübelte ständig an irgendeiner Sache herum. Sie kam sich unverschämt vor, Aufmerksamkeit zu fordern.

»Ich halte es nicht mehr aus hier. Ich wünsche mir, dass du aufmerksamer bist, präsenter. Hier, bei mir. Und zwar nicht nur sinnlich, seelisch und körperlich, sondern so richtig. Sonst bin ich weg. Verstehst du, was ich meine?«

Das kann man doch nicht sagen. Sie bemerkte die Unzulänglichkeit ihrer eigenen Worte, sie verstand sie ja selbst nicht.

Jozo nickte und sagte: »Ich weiß, es tut mir leid.«

Es war wie ein Ritual. Kälin ging die Todesanzeigen durch, als wäre sie auf der Suche nach einem verschollenen Freund. Der Briefträger stand daneben. Es gehörte doch auch ein bisschen zu seiner Aufgabe. Wer sonst hörte ihr denn zu, wie sie sagte: »Lena Frehner. Die müssten Sie kennen, die wohnte an der Bolistraße drüben.«

Kälin sagte: »Die Frehner wohnte fast so lange im Friesenberg wie ich. Jetzt hat's die also auch erwischt. Kommen Sie noch auf einen Schnaps rein? Die hat's verdient, dass wir einen auf sie trinken.«

Er ging einen Schritt retour und sagte: »Aber Sie wissen doch, dass ich im Dienst nicht trinken darf.«

Kälin schaute ihm direkt ins Gesicht: »Das gilt dann wohl nicht für Einladungen der Manzini, oder?«

Der Briefträger wandte seinen Blick ab und sagte nichts, wusste, dass Kälin sein Zögern bemerkte, und er hatte seine Mutter im Ohr, die sagte: »Wer zögert, kommt in Teufels Küche.«

Sie hob ihr Schnapsglas und prostete dem Briefträger zu, wortlos und ohne dass sich die Gläser berührten. Der Briefträger überlegte sich Fragen, die er Kälin stellen könnte. Die Gläser klebten am Tischtuch. Er wollte nicht unbedingt wissen, ob sie sich gut gekannt hätten, Frehner und Kälin. Im Kopf formulierte er eine andere Frage. Um ihn war es mausestill. Er hörte sich formulieren: »Sind Sie traurig, Frau Kälin?« Wie trifft man nur den richtigen Ton bei so einer Frage?

Wieso warten Sie auf die Todesanzeigen? Wieso schneiden Sie sie aus? Keine Frage kam ihm über die Lippen, es ging ihn auch nichts an.

Samia kreuzte hin und wieder bei ihm auf, wollte nur kurz was abholen, ihn nur kurz mal wieder sehen, ein Blick in den Kühlschrank werfen, sehen, ob er auch aß, sehen, wie es den Sprenkeln in seinen Augen ging, seine Muttermale zählen, sehen, welche Bücher auf der Kommode im Gang lagen, sehen, ob er noch das Bild mit dem getrockneten Blatt aufgestellt hatte, er hatte es bestimmt nicht weggelegt.

Kälins Hand hörte auf zu zittern, sobald sie die Schere richtig zu fassen kriegte. Sie schnitt die Todesanzeige der Lena Frehner aus. Zuerst prüfte sie, was sie auf der Rückseite der Zeitungsseite dadurch zerschnitt.

Er nippte am Schnaps. Die Pietät verbot es, den Schnaps zu exen. Der Schnaps stand zwischen ihm und dem Rest seiner Zustelltour. Wenn es leer ist, dann muss ich weiter, dachte er. Regeln sind wie ein Korsett, sie geben Halt, sie engen ein. Ohne Regeln, wer wüsste, was zu tun ist?

Kälin saß still am Tisch. Wenn sie es nicht nahm, wie sollte der Briefträger dann sein Mitgefühl loswerden?

Sind Sie einsam, Frau Kälin?, wollte der Briefträger wissen und fragte sich, ob er es wirklich wissen wollte. Dann stand noch ein Gläschen vor ihm. Er wollte sagen: Nein, jetzt ist genug.

Kälin sagte: »Bei jeder Todesanzeige hoffe ich, dass es diejenige ist, auf welche ich schon so lange warte.«

Der Briefträger traute sich nicht nachzufragen.

Samia klingelte ins Leere. Sie zog enttäuscht und besorgt wieder ab, machte einen Bogen um

Dave, der aufgetaucht war und an der Haustür nach dem Schlüsselloch stocherte. Schweizer stand so nahe hinter seinem Tagesvorhang, dass er hindurchblicken konnte in den Garten.

Oben kam Lauriane ans Fenster und sagte: »Jetzt kommst du hier wieder an, einfach so.«

Dann ließ sie ihm das Türschloss surren. Er ging schnell vorbei an Schweizers Wohnungstür. Ein Schatten verdunkelte dessen Türspion. Hier könnte ich nicht wohnen, dachte Dave.

Laurianes Tür. Ein kleines, schräg gesägtes Holzbrettchen überbrückte die Schwelle der Haustür. Sie stand offen, einen Spalt nur, und dahinter roch es nach zu Hause. Er dachte: Hier könnte ich wohnen. Beim Ausziehen der Schuhe wurde es ihm schwindlig. Lauriane wartete im Wohnzimmer und tat so, als lese sie.

Dave wusste, dass Lauriane es hasste, wenn er seine Schuhe einfach so übereinanderwarf.

Diesmal bleib ich hier, dachte er, diesmal kommt's gut.

Lauriane hielt sich das Magazin dichter vors Gesicht. Der Text im Magazin war wie ein Vorhang aus Blei. Während sie starrte, verfolgte sie die Geräusche, die aus dem Gang kamen. Jetzt zieht er sich die Schuhe aus. Jetzt hält er sich am Heizkörper fest.

Der kriegt nicht mal seine Schuhe mehr richtig ausgezogen, dachte sie und wusste, wie unfair sie war. Immerhin war er ihr kleiner Bruder. Trotzdem: Sie war fest entschlossen, ihn spüren zu lassen, dass er ihr weh tat. Sie wusste, es würde nichts bringen.

Dave kam zu ihr ins Wohnzimmer, fast, blieb im Türrahmen stehen. Lauriane konnte nicht vom Magazin aufblicken.

Dave zögerte. Er war hungrig, müde, er wusste, er konnte jetzt nicht nach Essen fragen, er wusste, er konnte jetzt nicht wortlos ins Bett, noch nicht.

Jetzt konnte Lauriane. Sie sah ihn an, ohne Miene. Sie brauchte das einzige Wort, das ihr einfiel, gar nicht auszusprechen.

Dave antwortete: »Und was?«

Immer diese falsche Vorsicht, diese Zurückhaltung, das Abwägen von Konsequenzen, das Ausmalen von Möglichkeiten.

Er wollte sagen: Es tut mir leid.

Er begann es zu sagen, hängte sein »es« ins Zimmer wie eine Fahne, der plötzlich der Windstoß abhandenkommt. Lauriane warf das Magazin aufs Sofa und fand Zuflucht in der Belanglosigkeit.

Sie fragte: »Was gibt's Neues?«

Dave hob einen Papiersack in die Höhe, hielt ihn wie einen erbeuteten Hasen und sagte: »Ich war einkaufen. Ich stelle alles in die Küche.«

Es gab ihm einen Moment, sich von ihr abzuwenden, einen Moment für einsame Scham, einen Moment, sich zu sammeln und an den eigenen Achseln zu riechen.

Jetzt ließen sie die Normalität zu. Geschwister müssen aufeinander aufpassen.

Sie sagte: »Du stinkst.«

Er sagte: »Du stinkst aber auch nicht schlecht.«

Während er duschte, ging Lauriane in die Küche, schaute im Migros-Sack, was er mitgebracht hatte. Brot, Eier, Streifenspeck, Aprikosen, gar nicht schlecht. Tabak, ein Minigrip mit Gras, Filterpapier, Blättchen. Ein dünnes, kariertes Halstuch, der gerollte Sportteil des Tages-Anzeigers, zwei, drei Tage alt, eine unpersönliche VBZ-Monatskarte.

Sie rief ihm durch die geschlossene Badezimmertür zu: »Woher hast du VBZ-Karte?«

Er hörte sie nicht. Er hielt seinen Kopf unter den Duschstrahl, minutenlang, machte ein Fischmaul, hielt die Augen geschlossen. Das Wasser rann ihm links und rechts übers Gesicht. Er wusch sich die Zeit ab, die seit seiner letzten Dusche an ihm kleben geblieben war. Tage, ein langes Wochenende, eine Woche, Wetter, Rhythmus, Pulsschläge, heiß und kalt. Er wanderte in Gedanken durch die Gassen, schlief, träumte, lag in Büschen, stachelig oder nicht, wo die Leute hinpissten und hinkotzten, Bordsteine bohrten sich in seine Hüften, aber er war zu hinüber, um seine Position zu verändern. Draußen rief ihm Lauriane etwas durch die Badezimmertür zu, aber er hörte nur das Wasser rauschen, das ihm die letzten sechzehn Tage von der Haut wusch.

Er kam aus der Dusche, Laurianes Badetuch um die Hüften. Sie streckte ihm ein langärmliges

Hemd hin. Sie bewahrte seine Kleider im Wandschrank im Gang für ihn auf.

»Wieso ein langärmliges im Hochsommer?«, fragte Dave.

»Ich kann keine Mückenstiche sehen«, sagte Lauriane.

Dave zog sich an und sagte: »Schau nicht so. Ich weiß schon, was du denkst. Das Besteck, das brauch ich nicht mehr. Ich hör auf, jetzt richtig.«

Nichts tut mehr weh, als glauben zu wollen, aber nicht zu können.

Lauriane sagte nichts. Dave ist zwar drogensüchtig, aber nicht dumm. Er wusste, Lauriane glaubte ihm kein Wort. Dave wollte sich auf die Lippen beißen. Tat es. Spürte nichts. Sagte: »Schwesterherz. Du kennst mich besser als alle anderen. Ich weiß, wie viel Mist ich dir erzählt hab. Geschwindelt hab ich. Gelogen hab ich. Ich kann nicht versprechen, ob ich's wirklich schaff, davon loszukommen, aber eins musst du mir glauben, dich lüge ich nicht mehr an, versprochen, nicht mal eine kleine Schwindelei, diesmal nicht.«

Diesmal.

Er sagte: »Hab ich dir erzählt, dass ich den Briefträger im Laden getroffen habe? Er hat mir geholfen.«

»Wobei geholfen?«, fragte Lauriane.

»Naja«, sagte Dave, »die wollten mich aus dem Laden schmeißen, haben was gegen Leute wie mich.«

»Ja und was hat jetzt der Briefträger gemacht?«, fragte Lauriane.

»Na, geholfen hat er mir. Die haben mich rausgeschubst. Meine Einkäufe lagen wild verstreut am Boden. Er hat mir geholfen, alles zusammenzunehmen und hat ein gutes Wort für mich eingelegt, obwohl der mich gar nicht kennt. Der Briefträger, sag ich dir, der Briefträger, der ist okay. Der hat das Herz am richtigen Fleck.«

NICHTS BLEIBT EWIG UNERKANNT

Es kann nicht ewig unerkannt bleiben, wenn ein Briefträger seine eigenen Regeln zur Postzustellung aufstellt. Schließlich ist das Postwesen ein kaum zu korrumpierendes Kommunikationssystem. Es steht und fällt mit dem Vertrauen, das Absender und Empfänger in den Botendienst setzen, und ist deshalb im Sinne einer Maßnahme zur Selbsterhaltung so konzipiert, dass Manipulationen über kurz oder lang zwangsläufig auffallen. Die Post hat also jedes Interesse, mit unterschiedlichsten Kontroll- und Sicherungsmechanismen dafür zu sorgen, dass jede einzelne Sendung pünktlich und wohlbehalten ankommt.

Zunächst kommen bekannte Überwachungsinstrumente wie Stempeluhren und Arbeitsrapporte zum Einsatz. Ein Heer von Sachbearbeitern erfasst akribisch alle Reklamationen.

Jede Reklamation ist für sich eine harmlose Petzerei. In der Summe allerdings, da kommt schnell etwas zusammen. In der Summe landet man schnell beim Denunziantentum, eins, zwei, drei wacht man in einem lebendigen Spitzelsystem auf.

Tappt der Briefträger in die Falle und bleibt an einem Sicherungsmechanismus hängen, dann gibt's ein Kreuz in einer Spalte auf einem Blatt, und dann gibt es jemanden, der dann diese Kreuze zählt und für jedes Kreuz einen senkrechten Strich in eine Zeile eines Dossiers schreibt, das mit dem Namen des fehlbaren Briefträgers beschriftet ist, und wenn genügend Striche zusammengekommen sind, dann nimmt das Unheil für den Kreuz- und Strichesammler seinen Lauf. Dann folgen Gespräche und Ermahnungen und Verweise und allerletzte Aufforderungen und danach im besten Fall noch eine Versetzung, im schlechtesten hingegen die Entlassung.

Man kann natürlich behaupten, dass die Aufgabe eines Briefträgers wirklich einfach sei. Er trägt Briefe und andere Sendungen vom Depot zum Briefkasten, trägt sie zurück zum Depot, wenn Empfängeradresse und Briefkastenanschrift einfach nicht zusammenpassen wollen, egal, wie man es dreht und wendet. Dann geht er nach Hause, isst, schläft, steht auf und tut am nächsten Tag dasselbe von Neuem.

So einfach war die Sache für den Briefträger aber nicht. Leiderzumglück muss man sagen. Er meinte es gut und wusste: Zu jedem Menschen gehören Träume und Wünsche, Ängste und Geheimnisse.

Wer bringt Frau Caluori einen Brief ihrer Tochter, die nicht mehr nach Hause kommen will, und sagt sich: »Was geht's mich an, ich bringe ja bloß die Post?«

Wer bringt Marta Manzini täglich neue Rechnungen und weiß, sie kann sie nicht bezahlen und ist verzweifelt? Sicher nicht der Briefträger.

Eine einsame, zweiundachtzigjährige Frau beobachtet tagein, tagaus ihren Briefkasten und wartet mit einer unfertigen Näharbeit im Schoß auf eine Todesanzeige. Wen lässt das kalt?

Wer weiß, ob es nicht auch der eigenen Nachbarin so geht? Ob man nicht eines Tages auch am Fenster sitzt und auf etwas wartet, was einen rettet, und draußen vor dem Fenster herrscht die vollendete Apathie? Draußen vor dem Fenster gehen die Leute vorbei. Sie gehen zur Arbeit, zum Fußball, zum Essen, zum Einkaufen. Sie tun ihr Ding, jeder für sich.

Sogar die Blätter hängen windlos und gleichgültig am Baum, denkt man dann, oder: Der Nachbar von gegenüber, der ist auch nie zu Hause.

»Man muss das trennen können«, pflegt man dann zu sagen.

Wer das kann, ist kein Mensch, sondern sonst etwas. Ein Arbeiter? Eine Maschine? Ein Prozess?

Der Briefträger betrieb einigen Aufwand, um nicht aufzufliegen. Im Viertel allerdings gab es erstes Gerede. An den Gartenzäunen, beim Briefkastenleeren, an den Migros-Kassen, auf den *Bänkli* bei den Kinderspielplätzen.

Klatsch und Tratsch hat leidige Freunde. Die Langeweile zum Beispiel, die Missgunst oder das Misstrauen, aber auch der Geltungsdrang, die böse Absicht und nicht zu vergessen die Banalität gehören zum engen Freundeskreis des Geredes.

Mit Lappalien manövriert man sich in die Bredouille. Jedes seiner Vergehen war für sich alleine betrachtet harmlos. Das wusste der Briefträger. In der Summe allerdings, da kam ein bisschen was zusammen. Das konnte man nicht mehr als Bagatelle abtun.

Vor einigen Wochen hatte der Briefträger damit begonnen, den Leuten Werbeprospekte zu ersparen. Es fiel ihm erst gar nicht auf, dass er zwei, drei Reklamen in seinem Anhänger liegen ließ. Hier ein Prospektchen und da eines, dann ein paar Tage später ein Stapel dauerhaft günstiger Sonderangebote, nur für kurze Zeit, Neueröffnungen, Schlussverkäufe. Niemand schien die aufdringlichen Werbungen zu vermissen. Sie waren schäbig gemacht. Das Papier so dünn, dass die Buchstaben der Vorderseite auf die Rückseite durchschimmerten. Er entsorgte die Reklame bündelweise mit der Papierabfuhr.

Seine Papierbündel waren immer sauber gestapelt. Zuoberst und zuunterst Zeitungen, dazwischen die eingesammelten Werbeprospekte und Bettelbriefe. Der wiederkehrende Altpapierberg war zwar augenfällig, aber doch nicht so außergewöhnlich, dass man auf die Idee kommen musste, dass mit dem Briefträger etwas faul sei.

»Ganz schön viel Altpapier«, sagte der Hausmeister zu ihm. Er wollte nur etwas Konversation machen. Trotzdem fuhr der Briefträger zusammen, er hatte ihn nicht gesehen, denn der kauerte bei der Hecke, mit den Knien im Gras, stocherte mit einer Pflanzkelle in der Erde.

Der Briefträger antwortete nur: »Jaja, da ist einiges zusammengekommen ...«

Damit war die Sache gegessen. Altpapier ist auch nur Altpapier, und dann verlegt sich die Aufmerksamkeit auf das Nächste, auf etwas anderes, auf etwas, was es zu tun gibt, das gibt es doch immer. Der Hausmeister schob Erde mit der Hand ins Loch, darin ein Setzling, langsam, aber sicher taten ihm vom Kauern Kreuz und Knie weh.

Gerede: Schmid, Pappelstraße 11, der vom Briefträger von Reklame verschont wurde, stellte die Theorie auf, dass die Zeit der Werbung abgelaufen sei.

»Die haben gemerkt, dass diese ewige Belästigung mit Werbung nichts bringt, die haben's aufgegeben«, sagte er.

Frau Lüscher-Meier von vis-à-vis, die weiter Reklame erhielt, hielt dagegen: »So ein Unsinn. Die schicken Ihnen doch einfach keine Werbung, weil die wissen, dass bei Ihnen nichts zu holen ist.«

Caluori jammerte: »Ihr beklagt euch über fehlende Reklame, ich aber hätte längst einen

Brief von meiner Tochter bekommen sollen – die Reklame kann mir gestohlen bleiben!«

Der Briefträger mühte sich mit schweißiger Stirn und nassem Hemd mit seinem Mofa ab, es stellte ihm in letzter Zeit häufiger den Motor ab, dann musste er in die Pedalen treten wie ein Wilder, im Stehen, denn im Sitzen stimmte der Hebel nicht, im Sitzen war es noch strenger. Er kam also verschwitzt an Caluoris Tür an. Er hatte immer gewusst: Eines Tages musste es so kommen.

Caluori konfrontierte ihn, mit Worten und mit Blicken.

Die Hitze staute sich unter seinem Hemd, und er schaute auf die getrockneten Blumen, die in Caluoris Wohnung von allen Wänden und Decken hingen. Der Gang hinter Caluori tat sich auf wie eine Ausstellhalle für getrocknete Blumensträuße. Auf der Kommode lagen noch frisch und einzeln die letzten Kamillen und Kornblumen, daneben die ersten Dahlien und Disteln der Saison. Erdkrümel und Gartenhandschuhe, eine Blumenschere wie drapiert.

Caluori fragte: »Sagen Sie mal, wo bleibt eigentlich der Brief von meiner Tochter, den Sie mir versprochen haben?«

Der Briefträger sagte: »Heute habe ich ein Einschreiben für Sie.«

Er keuchte, und ein Hitzeschauer durchlief ihn bis zu den Ohren.

»Heiß heute«, sagte er, und: »Sind das Kamillen?«

Er zeigte mit dem Finger auf die einzigen Blumen, die er erkannte. Sie lagen in der Verlängerung seines Zeigefingers. Sein Zeigefinger hatte einen viel zu langen Fingernagel, mit schwarzem Rand. Die anderen Finger sahen nicht viel besser aus. Er schämte sich und hoffte, Caluori sei es nicht aufgefallen. Er verschränkte die Arme, versteckte die Finger.

Dann dachte er: Wenn ihr nur das auffällt, dann ist es halb so schlimm.

Caluori ließ nicht locker. So leicht wollte sie es ihm nicht machen. Sie wusste, sie war ungerecht. Sie meinte es nicht böse. Irgendwie ist das möglich, diese Gleichzeitigkeit.

»Wissen Sie noch?«, sagte sie, und der Briefträger ahnte, was kommen würde, sah ihre Hände, die auch erdig waren und grünlich vom Blumenschneiden, »Sie haben mir gesagt, meine Tochter schreibe bestimmt, da seien Sie ganz sicher. Das haben Sie doch gesagt, oder etwa nicht?«

Der Briefträger wollte sagen: Aber ich kann doch nicht beeinflussen, wann sie Ihnen schreibt, er dachte an den Brief von Sarah, wie er bei ihm zu Hause in der Schublade lag und Caluori einen schweren Schmerz ersparte. Wenn die wüsste!

Also sagte der Briefträger: »Ich bin sicher, sie schreibt bald. Machen Sie sich keine Sorgen.«

»Was macht Sie so sicher?«, fragte Caluori. »Sie hätte doch längst schreiben müssen?«

Der Briefträger suchte sein Heil in der Ablenkung. Er streckte Frau Caluori den Stift zur Unterschrift hin, wischte sich den Schweiß von der Stirn, vertrieb eine Fliege mit Handgewedel. Kleine Gesten. Er hätte auf die Uhr schauen müssen, tat es aber nicht. Er fragte nach den getrockneten Blumen, die Caluoris Haus ausfüllten. Sie waren geruchlos, spröd und seltsam erstarrt. Sein Interesse an den Blumen schmeichelte Caluori. Und es erfüllte den Zweck: Es ersparte ihr den Gedanken an Sarah, und es ersparte ihm weitere Antworten, obwohl es sonnenklar war, dass das Ersparen eine vorübergehende Erleichterung sein würde.

Endlich unterschrieb Caluori die Zustellbestätigung.

Mit dem Klicken des Kugelschreibers wandte sich der Briefträger zum Gehen, ohne ein weiteres Wort über Sarahs Brief zu verlieren.

Caluori schloss die Tür lautlos, mit runtergedrückter Falle. Ebenso lautlos glitt ihr der Briefträger vom Haken.

Er wusste, so davonzukommen, ist nicht der Schläue des Fisches geschuldet, sondern der Nachlässigkeit des Fischers.

SCHWEIZER GEHT DER SACHE AUF DEN GRUND

Der Briefträger wusste, er hatte sich da in etwas verstrickt. Und er wusste auch: Er musste etwas tun. Langsam, aber sicher zog sich die Schlinge um ihn zu. Da gab es nichts zu deuteln. Bevor er aber dazu kam, etwas zu tun, musste er seine Tour zu Ende bringen.

Er dachte: Das gibt mir Zeit, einen Plan zu schmieden. Und es gibt den Dingen Zeit, sich zu entwickeln.

Vor Caluoris Haus traf er Luigi, auch das noch, auch den noch.

Luigi kratzte sich am Kopf und sagte: »Marta ist nervös.«

Der Briefträger musste an die Rechnungen denken, die er für sie bezahlt hatte. Obwohl er nicht wollte, fragte er trotzdem, wie von selbst kam es ihm von den Lippen: »Aber wieso denn?«

Luigi sagte: »Weil es diesmal klappt. Das Gefühl stimmt einfach dieses Mal!«

Jetzt musste er an die blauen und gelben Kinderjacken denken. Neapelgelb und diamantblau. Die Biere am Mittagstisch. Die Kinder, die Marta unbedingt haben wollte. Es ist nicht recht, sich mit einer verheirateten Frau über Mittag zu betrinken.

Er fühlte sich, als hätte er Luigi mit Marta betrogen, wie sie so zusammen am Tisch gesessen waren und tranken, dass sie ihm alles erzählt hatte, mehr noch, bei ihm abgeladen hatte, dafür fühlte er sich jetzt schuldig. Es kam ihm unrecht vor, in Geheimnisse eingeweiht zu sein, die ihn nichts angingen. Es war nicht recht, dass er sich nicht entzogen hatte, sondern sitzen geblieben war und Bier um Bier getrunken hatte, die Füße unter und die Ellenbogen auf Luigis Tisch.

Er fragte sich, ob das nicht schon eine Art Betrug war, ob er damit Luigi nicht schon Hörner aufgesetzt hatte? Dem rechtschaffenen Luigi, der gerade eine fremde Küche strich, während er selbst den halben Anhänger voll unzugestellter Briefe hatte. Hier Luigi auf Knien, als Sklave seiner Konzentration auf das Weiß, das er zu malen hatte. Er hingegen dort, ein lausiger Briefträger am Küchentisch, mittags um zwölf mit einer Alkoholfahne. Hier Luigi, versunken in seine Arbeit, die er ausübte, weil Luigi allein zum Malen gemacht war, weil Luigi zum Malen in die Schweiz gekommen war, weil Luigi damit die Miete bezahlen konnte.

Dort hingegen wieder der Briefträger, der Briefträger hingegen ... der Briefträger hingegen ... Der Briefträger studierte. Der Briefträger suchte nach einer Antwort und fand nichts Gescheites zu sagen.

Sie standen sich gegenüber, er und Luigi, alles war da, die Zeit, die Luft, der Sommer, er wusste noch immer nicht, was sagen, hatte nichts, womit er seinen Satz hätte beginnen können, nach dem ersten Wort geht's meist von allein, dann kommt der Rest, wie er muss, wie aus einem Guss und ergibt einen Sinn, aber jetzt blieb ihm der Kopf leer, außer, dass ihm einfiel, dass er ja auch kinderlos war, aber bei ihm war es etwas anderes, er war ja noch nicht so alt wie Luigi, und er hatte gar keine Frau, die Kinder wollte, nicht mal eine Frau hatte er, nur Lauriane, die ein unerreichbares Phantom blieb, und so schwieg er.

Manchmal ist es gut, einfach abzuwarten, ohne etwas zu sagen. Denn die Zeit bringt Rat, und Schweigen ist Gold.

Auch Luigi zögerte. Er hatte seine Augen auf einen Punkt am Ende der Straße geheftet. Dahin blickte er, dort versank er. Er biss sich auf die Lippe, als wollte er sich verbieten, zu sagen, was er unbedingt loswerden wollte.

Er erzählte trotzdem. Er begann mit: »Ich habe eine Idee«, und als wollte er sich selber von der Idee überzeugen, vergaß er seine Zurückhaltung und erzählte und erzählte, nicht davon, dass es diesmal endlich klappen sollte mit dem Kinderkriegen, sondern mit seiner neusten Geschäftsidee. Mit jedem Wort, das Luigi aus seinem eigenen Mund hörte, erschien sie ihm noch überzeugender, noch todsicherer. Er steigerte sich in einen Rausch und richtete sich auf, dass ihm das weiße Malershirt über der Brust spannte und sich eine breite Falte von Brustwarze zu Brustwarze legte. Mit der Haltung straffte sich auch seine Haut. Die Tränensäcke, die ihm soeben noch müde und schlaff unter den Augen gehangen hatten, nahmen sich zusammen wie eingezogene Bäuche und warteten, bis der Zirkus vorbei war.

So überzeugt und voller Enthusiasmus war Luigi, der Briefträger wollte ihm alles aufs Wort glauben. Das musste einfach klappen.

Schließlich ist keine Welt so ungerecht, dass Optimismus und leidenschaftliche Begeisterung nicht belohnt würden.

Es muss, es muss einfach, dachte er, und dann kann ich aufhören, Martas Rechnungen zu bezahlen, aus Mitleid, weil sie traurig ist, dass sie bis heute all die diamantblauen und neapelgelben Gewänder nur für den Garderobenhaken gekauft hat.

Der Briefträger wollte sich von Luigi verabschieden und sagte: »Also.«

Anstatt darauf einzusteigen, sagte Luigi: »Eine andere Sache wäre da noch.«

Luigi biss sich wieder auf die Unterlippe. Der Briefträger ahnte, dass die vormalige Unterhaltung über seine neue Geschäftsidee allein dem Zeitgewinn gedient hatte. Geplapper, um das Eis zu brechen, den Boden zu bereiten für das, was ihm wirklich auf dem Magen lag. Der Einstieg gelang ihm mit einem wiehernden Lachen, das aufgesetzt und falsch gewirkt hätte, wäre es nicht sein Markenzeichen gewesen. Sein Lachen hatte ihm den Ruf eingebracht, nie ernst bleiben zu können. Weil es sein Naturell war, versuchte er nicht, sich zusammenzureißen, sondern lachte auch über Dinge, über die man nun wirklich nicht lacht. Ganz ohne Provokation. Denn er wusste einfach nicht, dass sich hinter jedem Witz eine Diskriminierung verbirgt. Zum Glück eigentlich. Denn für den, der den Zusammenhang von Witz und Diskriminierung erstmal verstanden hat, wird Lachen zu einer sehr komplizierten Sache.

Luigi prustete also los und sagte: »Jetzt müssen wir aber doch einmal über die Rechnungen reden, die Sie uns nicht mehr bringen, lieber Briefträger.«

Er erstickte Worte in lachenden Hicksern.

»Marta kommt um vor Nervosität«, sagte er und zog ein Grinsen von Ohr zu Ohr. Zahnzwischenräume prangten unten und oben, Silberkronen.

Reden ist Silber, dachte der Briefträger und schwieg, stolz auf seinen altklugen Einfall, auf seine spontane Reaktion, einfach mal abzuwarten.

»Nein, im Ernst«, sagte Luigi. Er versuchte krampfhaft, den Ernst auf seine Gesichtszüge zu zwingen, »die Marta, nun, wie soll ich das sagen ... die ist manchmal so ein bisschen ... Sie denkt, wir bekämen plötzlich zu wenig Rechnungen ... also, nicht, dass Sie jetzt denken, das würde mich stören ... sie denkt halt, da fehlt was, und Sie wissen ja, wie das ist, wenn man denkt, es fehle einem was ...«

Bevor der Briefträger etwas entgegnen konnte, lachte Manzini wieder los. Er schüttelte sich förmlich. Unter seinem weißen T-Shirt wabbelte sein Bauch. Er winkte ab und schüttelte den Kopf. Obwohl der Briefträger nicht mitlachte, sondern nur dastand, wurde Manzini kein bisschen unsicher. Er lachte einfach weiter. Ein Lachender allein auf weiter Flur. Er tat sich selber damit ab, marginalisierte, was er soeben gesagte hatte, fand das, was er gesagt hatte, nicht nur urkomisch und zum Lachen, sondern mit jedem Moment auch ein bisschen lächerlicher. Er winkte ab, gab dem Briefträger einen kumpelhaften Klaps auf den Oberarm, sagte dazu »ecco« und beim zweiten Klaps »hä«.

Dann sagte er: »Also wusste ich es doch! Ich sag Marta, dass da nichts dran ist. Rechnungen und so, alles, wie es sein soll! Oder soll ich doch in deinem Anhänger nachschauen? Haha ... nein, nein, keine Angst, Briefträger, keine Angst. Dein Postgeheimnis ist sicher! Die Briefe und Rechnungen in deinem Anhänger sind sicher vor mir. Bin ja wie du ein Ehrenmann ... Gehen mich nichts an, die Geheimnisse, also lass ich die Finger davon ... haha! Vergiss, was ich gesagt habe. Ich richte es Marta aus! Richte ihr aus, ich hätte den Briefträger getroffen, vor Caluoris Haus, und nachgefragt, sei nichts gewesen, ist alles okay mit den Rechnungen, alles okay ... sich beklagen, wenn keine Rechnung kommt, ist doch doof, was?«

Als ob das Fass an diesem Tag nicht schon voll gewesen wäre, kam Schweizer um die Ecke.

Er kam direkt vom Hauptbüro der Verkehrsbetriebe, denn er klärte Dinge am liebsten von Angesicht zu Angesicht.

Als Luigi Schweizer sah, machte er sich davon.

»Viel zu tun, viel zu tun«, sagte er und weg war er.

Schweizer trug Hemd und eine Jacke, trotz Hochsommer, denn ohne regelt man keine Sache mit Anstand.

Auch der Briefträger sagte: »Viel zu tun, viel zu tun«, und wollte sich davonstehlen.

Schweizer hielt ihn zurück: »Eins ist sicher. Einer von euch lügt!«

Auf dem Hauptbüro der Verkehrsbetriebe hatte man ihn den halben Morgen warten und pilgern lassen. Die Warterei hatte ihn gallig gemacht. Um zehn Uhr war ihm der Kragen geplatzt. Er war in die Kantine gegangen und dort zum einzigen Tisch, an dem nur Männer saßen. Sie tranken Kaffee und bissen Croissants kurz und klein.

Schweizer stellte sich förmlich vor und fragte: »Wer leitet den Laden hier?«

Er war am richtigen Tisch. Kein Wunder, kein Zweifel.

Einer sagte: »Das wäre dann wohl ich.«

Dann erkannten sie sich. Schweizer sagte: »Bist du nicht ...?«, und der andere sagte: »Und du bist doch ...?«

Schweizer sagte: »Können wir vielleicht kurz?«, und er zeigte auf eine Ecke am Fenster, wo die Luft rein zu sein schien.

Andi berührte Schweizer sanft am Arm, direkt über dem Ellenbogen. Mit dem anderen Arm zeichnete er einen Korridor in die Luft. Damit zeigte er an: »Hier entlang, bitte.«

Sie gingen durch den Gang, vorbei an offenen Bürotüren. Eine Spitzmaschine war mit einem Klemmbügel an der Tischkante befestigt. Sie sah aus wie eine Maus aus Metall und hatte Griffe, die aussahen wie Mausohren. Mit gespitzten Stiften in die Pause, so gehört sich das. In seinem Büro wies Andi Schweizer einen Platz zu. Schweizer lehnte den Stuhl ab und wiederholte sein Anliegen.

Andi schlug gönnerhaft vor, es doch einfach dabei beruhen zu lassen.

Schweizer sagte: »Ich wäre ja wohl nicht hier, wenn es eine Lappalie wäre.«

Andi gab ihm recht, sagte: »Wenn jeder so anständig wäre wie du, dann wäre ... dann hätte ... dann gäbe ... wie auch immer: Um Zürich stünde es jedenfalls weit besser, als es das heute tut!«

Er versicherte Schweizer, dass er dafür bürgen könne, dass jede briefliche Anfrage, die die Verkehrsbetriebe erhielten, auf jeden Fall auch schriftlich beantwortet würde.

Schweizer fragte, ob er die Briefantwort sehen könne, denn sie sei bei ihm nie eingegangen.

»Natürlich nicht«, sagte Andi.

Jovial nennt man das, wenn einer so spricht. Oder aufgeblasen.

Andi blätterte im Reglement und sagte: »Korrespondenz wird grundsätzlich nur im Doppel archiviert, wenn eine besondere Aufbewahrungspflicht besteht.«

Wie vom Himmel gerufen, kam die Chefsekretärin zu Hilfe. Sie erinnerte Andi an die Sitzung, die ohne ihn nicht starten könne. Sie siezte ihn. Sie tauschte einen verstohlenen Blick mit ihm. Vielleicht auch klandestin, obwohl niemand weiß, was klandestin heißt. Da wurde etwas gespielt. Da wird doch immer etwas gespielt.

Andi streckte ihm die Hand hin: »Du siehst, ich muss.«

Nun also stand Schweizer vor dem Briefträger und sagte: »Eins ist sicher, einer von euch lügt! Entweder haben die die Antwort nie abgeschickt oder Sie haben sie mir nicht zugestellt.«

Schweizer machte eine Kunstpause. Er verlieh damit seiner Überlegenheit Ausdruck. Der Briefträger war verdutzt. Schweizer kostete es aus, sagte: »Sagen Sie jetzt nichts, Sie brauchen jetzt nichts zu sagen! Ich werde schon dahinter kommen, wer von euch lügt!«

Dann drehte sich Schweizer um und ging schnell und ohne etwas weiter zu sagen ins Haus, ließ die Haustür hinter sich ins Schloss fallen, krachen. Er ließ seine Drohung mit dem Briefträger allein. So konnte sie besser wirken.

Später, zu Hause, Tage, Nächte später.

Der Briefträger wälzte sich in seinem stickigen Zimmer, schlaflos. Seine Beine ragten halb unter der verschwitzten Decke hervor, sein Gesicht lag auf einem glühenden Kopfkissen. Die Personalabteilung saß ihm im Nacken. Der Briefträger mochte keine Ferien. Sie hielten ihn davon ab, das zu tun, was er am liebsten tat, nämlich die Post verteilen. Zwei Wochen müsse er nehmen bis Ende September, mindestens. So will es das Reglement. Die Personalabteilung hatte es ihm schriftlich mitgeteilt.

Im Kopf jagten Gedanken. Manzinis Rechnungen, Caluoris Tochter, Schweizers Vorladung,

Lauriane sowieso und jetzt auch noch die Personalabteilung. Ab vier Uhr bedrängte ihn auch noch der nächste Morgen. Mit jeder Minute, die schlaflos verstrich, wurde dieser aufdringlicher. Der erste Schimmer Morgendämmerung trieb ihn aus dem Bett. Er konnte keine Sekunde länger warten. Es war Zeit, sich aus dem Schlamassel zu befreien, in den er sich hineinmanövriert hatte. Er sprang er aus dem Bett, setzte Kaffee auf und saß vor einem Blatt Papier am Küchentisch, bevor die Kanne dampfte.

Eins nach dem andern, dachte er.

Zuallererst brauchte er einen Brief von Sarah, der ihre Mutter beruhigen würde. Er brauchte den Brief, den er ihr versprochen hatte.

Mit der Zeit geht alles vergessen, mit der Zeit lässt sich alles rückgängig machen, Schritt für Schritt. Die Werbungen landen wieder im Briefkasten, die Leute ärgern sich wieder darüber. So gehört es sich. Die Rechnungen der Manzinis landen ab jetzt wieder im Briefkasten.

Er schrieb auf den Zettel: »Zeit gewinnen.«

Hinter »Zeit gewinnen« machte der Briefträger einen Pfeil und schrieb danach: »Alles wieder wie früher/kein Aussortieren mehr.«

Wenn alles wieder ist wie früher, dann brauchte er keine Post mehr auszusortieren, dann konnte er wieder alles zustellen. Aber so weit war er noch nicht. Für einige Zeit müsse er die Post noch filtern, dachte er, nicht nur zu seinem eigenen Schutz, nein, auch den Leuten könne er es nicht zumuten, dass sie jetzt Post erhielten, für die sie nichts konnten, Vorladungen und Briefe von den Verkehrsbetrieben zum Beispiel, wie Schweizer, Mahnungen, wie Manzinis, oder Briefe von Töchtern in Übersee, wie Caluori. Werbung und Reklame, die keiner will, dafür könne er nichts, dachte er, oder für Trauerkarten könne er auch nichts, aber Kälin, die tat ihm trotzdem leid. Und dann fiel sie ihm wieder ein. Die Personalabteilung. Er mochte keine Ferien, immer noch nicht. Er konnte schon gar keine Ferien gebrauchen. Sie hielten ihn davon ab, das zu tun, was er tun musste, um nicht aufzufliegen.

FÉLIX

Gestern und vorgestern hatte ihn Félix Ruiz auf seiner Tour begleitet. Félix war seine Ferienvertretung. Ein einfaches Gemüt mit massigem Oberkörper, der auf solch schmalen Hüften und dünnen Beinen saß, dass man glauben musste, beim Zusammenstellen der Körperteile sei etwas falsch gelaufen.

Ihn zeichnete eine nasse Aussprache und ein Hang zum Trinken aus. Wenn er trank, wurde er rot im Gesicht und zornig und manchmal auch redselig und anhänglich. Im Wutausbruch hämmerte er die Faust auf den Tisch, dass die Gläser hüpften und die Bierpfützen zitterten, und die Leute am Nebentisch starrten mit ungeteilter Aufmerksamkeit in ihre Rotweingläser, als schwämme die Wahrheit darin.

Félix arbeitete erst seit zwei Jahren bei der Post und hatte pechschwarzes, kurz geschorenes Haar, das übergangslos in seinen ebenso pechschwarzen, teppichartigen Bart auslief, der die untere Hälfte seines Gesichts lückenlos bedeckte und nur die Lippen aussparte. Félix erklärte jedem, den er traf, er sei kein Spanier und überhaupt, Galizier seien keine Spanier.

Er machte seine Sache ordentlich, der Briefträger verstand sich gut mit ihm. Es kam ihm gelegen, dass Félix am ersten Morgen, an dem er mit ihm probeweise auf Tour gehen sollte, mit hochrotem Kopf, Hals und Nacken ankam, außer Atem, patschnass und mit einer Ausdünstung, als schwitze er billigen Rotwein.

»Sorry, Chef«, sagte er, »gestern spielte Celta, *mierda*, wieder verloren! Eh-ya, was soll's. Gehen wir los? Eh-ya, bist du bereit? Mit dir muss ich doch mit heute, oder? Friesenberg, oder? Mann, zum Glück habe ich nie einen Kater, wenn ich trinke! Wieso müssen die am Mittwoch spielen? Was erwarten die am Donnerstagmorgen, wenn die am Mittwoch spielen? Mein rotes Gesicht, mach dir keine Sorgen, das ist kein Sonnenbrand, das ist der Rotwein von gestern, kein Problem, eh-ya. Ich bin Félix«, sagte Félix und streckte ihm die Hand entgegen.

Der Briefträger kam kaum zu Wort und war

nicht unglücklich darüber, denn so hatte er Zeit, Félix zu studieren.

Er hatte einiges über ihn gehört. Alles traf zu. Er schlug zum Handschlag ein und sagte: »Kein Problem, alles parat, gehen wir.«

In seinem Anhänger hatte er vor ein paar Wochen eine Siebdruckplatte montiert. Sie war gleich groß wie der Boden des Anhängers, ein doppelter Boden für seinen Anhänger, darunter lag die Post, die er nicht zustellen würde, Werbeprospekte vor allem, aber auch mal eine Rechnung für Manzini, eine Trauerkarte für Kälin, wieso er ihr die vorenthalten wollte, konnte er nicht erklären. Die Platte war unauffällig. Jedenfalls sicherer, als mitten auf der Tour Briefe auszusortieren.

Félix wollte wissen, weshalb er mit dem Briefträger zwei Tage auf Probetour musste, und sagte: »Hab ich als Springer so noch nie gemacht, eh-ya, ich mein, die Briefkästen finde ich immer, ist ja nicht so schwierig. Und dann Klappe auf, Brief rein, nächste Klappe auf, Brief rein, ein bisschen schauen, da winken, hallo, hallo. Der Morgen geht schnell vorbei, und am Mittag, eh-ya, da geh ich nach Hause. Weißt du, ich habe zwei Kinder, die sind dann nicht da, aber meine Frau, die ist zu Hause. Ich habe ihr gesagt, dass ich auf eine Probetour muss, zwei Tage lang, und sie fragte mich, ob die Post einen Geldesel hat. Schicken zwei Leute aufs Mal für einen Brief, eh-ya, in der Schweiz geht so etwas, aber was beklage ich mich? Mit dir ist das entspannt. Ich sage dann heute zu meiner Frau, das ist ein entspannter Typ, der Briefträger von der Friesenbergtour. Aber, eh-ya, ich weiß wirklich nicht, wieso ich jetzt hier mitkommen muss.«

Dem Briefträger war es etwas peinlich, dass Félix wirklich überall winkte und »hallo, hallo« sagte.

Mit einem breiten Grinsen und einer gehobenen Hand grüßte er jeden, der zur Arbeit ging. Er drehte sich nach jeder Frau um und knuffte den Briefträger in die Seite, nachdem er es getan hatte. Er gaffte den Frauen hinterher, egal, welcher Typ, egal, welches Alter, sagte, er sei einer, der den Sommer liebe, denn dann trügen alle kurze Röcke, und er lobte die Mode, die bauchfreie Tops verordnete, und der Briefträger fragte sich ständig, ob Félix wirklich so war.

Als sie vor Laurianes Haus ankamen, war Félix in bester Laune. Es war kurz vor Mittag und der Anhänger praktisch leer.

Der Briefträger träumte, und Félix plapperte: »Eh-ya. Die letzten paar Häuser der Tour, die machen am meisten Spaß, oder? Ich habe einen Bärenhunger. Wo essen wir heute? Was stehst du hier rum mit dem Brief in der Hand? Du machst ihn ja ganz schwitzig mit deinen Schweißhänden! Was haben wir denn da? Komm schon, was klammerst du dich an den Brief? Zeig her!«

Félix tätschelte ihn freundschaftlich auf die Wange, tätschelte ihm seine Versunkenheit aus dem Gesicht.

Er nahm ihm den Brief aus den Händen, ein länglicher, weißer Umschlag, adressiert an Lauriane Steinbrecher. Er hielt den Brief gegen das Licht, ein solides weißes Rechteck vor einem vollends wolkenlosen Himmel, ein einziger satter Blauton, sah aus, als hätte man einen Eimer Farbe übers Firmament geschüttet. Hinter dem Brief gleißte das Licht der senkrecht stehenden Sonne. Kein Licht, kein Schatten, keine Buchstaben und keine Indizien schimmerten durch das Papier des Couverts.

»Ah, ein Liebesbrief!«, sagte Félix, »stellst du etwa deine eigenen Liebesbriefe zu, Briefträger? Du würdest keine Marke draufkleben, wenn es dein eigener Liebesbrief wäre, oder? Wärst schön doof, wenn doch. Einfach so Geld für die Marke verschwenden. Ah, ich weiß worum's geht! Das ist ein anonymer Liebesbrief! Die weiß gar nichts davon, deshalb auch deine schwitzigen Hände! Ein schlauer Fuchs bin ich! Gib's zu! Ich hab dich durchschaut, Briefträger, so ist es doch!«

»Gar nichts weißt du«, sagte der Briefträger.

Lauriane lehnte sich aus dem Fenster. Sie schaute amüsiert zu. Sie sagte: »Neuerdings kommt die Post zu zweit? So viel zu tun?«

Félix sah zu ihr hinauf und sagte: »Zu einer schönen Frau wie Ihnen kommen wir zu zweit. Sind Sie Lauriane?«

Sie nickte, der Briefträger schwieg, ausgeliefert, wie er war, und versuchte, Zurückhaltung zu einer Tugend zu machen.

»Hier ist ein spezieller Brief für Sie«, Félix hob ihn in die Höhe, winkte damit, sodass sie ihn sehen konnte, »der Briefträger wird ihn einwerfen, wissen Sie, ich bin nur sein Assistent, die wichtigen Briefe wirft der Briefträger immer höchstpersönlich ein. Oder soll er ihn gleich zu Ihnen hinaufbringen?«

Lauriane lachte und wiegelte ab. »Nein, nein.«

Félix drückte dem Briefträger den Brief in die Hand, und mit einer Handbewegung, die eine Einladung signalisieren sollte, schob er ihn vor den Briefkasten. Aus den Augenwinkeln beobachtete er mit einem breiten Grinsen den Briefträger und Lauriane. Er drehte den Kopf leicht hin und her, schaute auf die beiden Verliebten, während der Briefträger die Briefklappe aufdrückte, lautlos, und den Umschlag einwarf, vorsichtig. Der Briefträger hatte sich umgedreht und sagte Lauriane auf Wiedersehen, so leise, dass sie es vom Fenster aus von seinen Lippen ablesen musste, aber Félix stand wie angewurzelt auf dem Steinplattenweg vor Laurianes Haus und sagte zum Briefträger: »Jetzt warte doch mal.«

Lauriane schaute geduldig aus dem Fenster, als warte sie auf etwas, nicht auf einen Brief, sondern auf eine Einladung.

Félix sagte: »Vom Warten kommt nichts, hat meine Großmutter immer gesagt, und meine Großmutter war weise. Vom Warten kommt nichts, merk dir das!«

Er flüsterte ihm etwas ins Ohr. Lauriane beobachtete. Es amüsierte sie. Sie schaute den Briefträgern auf die Köpfe, auf die behemdeten Schultern, ihre Jacken lagen unnütz im Anhänger, aber das spielte alles keine Rolle, bedeutete nichts. Sie schaute hinunter auf die zusammengesteckten Köpfe, auf Félix' Hand über der Ohrmuschel des Briefträgers. Sie schaute ihnen zu, als wäre es ein Schauspiel, und wenn wir ehrlich sind, vor ihrem Fenster passierte höchst selten ein Schauspiel, und wenn, dann war es ein Streit zwischen Schweizer und Mornar, und das war doch mittlerweile mehr als langweilig. Langweilig, weil es so alltäglich war.

Auch wenn der Briefträger versucht hätte, es zu verhindern, er hätte es nicht verhindern können.

»Darf ich Lauriane zu dir sagen? Es ist so«, sagte Félix, »er möchte mit dir ausgehen. Wann passt es dir?«

Wieso fällt ihm das so leicht?, dachte der Briefträger.

Es ärgerte ihn. Er bewunderte ihn. Er schämte sich. Nervosität grummelte im Bauch.

Im Boden versinken wollte er, Félix vors Schienbein treten. Mit ihm ein paar Biere trinken, Frauengeschichten hören, abwinken, lernen, besser: auch wissen, wie man eine anspricht. Er wollte alles hinter sich haben, das schüchterne Kennenlernen, das Auf-Messers-Schneide-Sein, das Ungewisse, das Alles-Mögliche. Im selben Moment wollte er, dass sich nie etwas änderte, wollte für immer unter ihrem Fenster stehen bleiben und darauf warten, dass sie ihm sagte, was er solle.

Ohne etwas zu antworten, drehte sie sich vom Fenster weg und verschwand im Zimmer. Ein leeres Fensterrechteck blieb zurück. Es zeigte einen Vorhangrest über Fensterflügeln, eine Lampe an einer Kabelkordel, grauweiße Sommertiefe, Luftraum.

Dann kam Lauriane zurück ans Fenster. Es wirkte, als schwebte sie dahin. Sie warf einen zusammengefalteten Zettel hinunter, darauf stand das Wann und das Wo. Félix bückte sich und nahm ihn an sich. Lauriane blickte streng, das genügte. Ungeöffnet gab er das Briefchen dem Briefträger weiter.

MAN SOLL NICHT DENKEN, MAN SEI FÜR ALLES VERANTWORTLICH

Je mehr man sich anstrengt, desto weniger kommt man auf eine gute Idee. Das weiß jeder. Bis auf den Briefträger. Der saß an seinem Küchentisch und wollte auf eine Idee kommen, und zwar auf eine gute. Er starrte auf das Blatt Papier vor ihm. Der Stift in seiner Hand war schwer wie ein Stück Blei. Er strengte sich an, so fest er konnte, und zerrte an seinen Ideen, so fest er konnte, aber anstelle einer guten Idee bekam er Kopfweh.

Die auf die lange Bank geschobene Lauriane fiel ihm ein. Wieder verscheuchte er sie, und wieder tat es ihm leid. Zudem war es zwecklos. Jeder weiß doch: Alles, was verjagt wird, kommt wieder zurück. Verjagte Gedanken sowieso. Die können nicht weiter als bis zur eigenen Schädeldecke. Sehr weit ist das nicht.

Wie besänftige ich Caluori?, dachte er und verwarf die Idee, ihr den Brief ihrer Tochter in den Briefkasten zu werfen, bei Nacht und Nebel, am letzten Tag vor seinen Ferien.

Bin ich denn dafür verantwortlich, dass ihre Tochter nicht mehr nach Hause kommt? Nein, das bin ich nicht. Aber trotzdem. Das geht nicht! Wie enttäuscht sie von mir wäre! Nicht nur von mir, auch von der Welt wäre sie enttäuscht! Dermaßen enttäuscht. Aber trotzdem, lieber ein Ende mit Schrecken, als ... so gesehen ...

Immer, wenn Caluori einen Brief ihrer Tochter erhielt, überkam sie eine Begeisterung, die noch nicht von zu viel gelebtem Leben gedämpft worden war. Ihr das vorenthalten? Niemals!

Zuerst also der Brief von Sarah. Er versuchte, sich Sarah vorzustellen, aber es fiel ihm nur Lauriane ein. Er strengte sich an und setzte Sarah in einen Wald, auf dem Waldboden hockend, überall Kiefernnadeln, die piksen. In seiner Vorstellung hockte Sarah unbeweglich vor dem Dickicht. Es wollte ihm nicht gelingen, ihr Leben einzuhauchen. Stattdessen sah er in der grellen Sommersonne ein Fensterviereck. Auf dem Fensterbrett stützte sich Lauriane mit ihren Ellenbogen ab, die

Arme ein gleichschenkliges Dreieck. Sie beugte sich aus dem Fenster. Ihre Haare hingen lotrecht in der Luft. Sie schaute nur und sprach nicht, schaute herunter und brauchte nichts zu sagen. Der Briefträger schaute hinauf und schwieg ihr zu, hörte ihr zu, wie sie schaute, und die beiden füllten die Stille mit all den Dingen, die sich ein Liebespaar zuraunt, ohne Worte dafür zu gebrauchen.

Er stand auf und holte sich Sarahs Brief und begann ihn zu lesen, in der Hand ein Stift, zum Losschreiben bereit. Sein Telefon klingelte, aber er ließ es klingeln.

Er las den Anfang des Briefes, der aufgefaltet in seinen Händen lag:

Wäre es bis heute jemals nach mir gegangen, würde ich diesen Brief nicht schreiben.

Bereits der erste Satz war ein unkittbarer Bruch mit der Mutter. Er würde Caluori das Genick brechen. Bekäme sie ihn je zu lesen, könnte sie nicht mehr schlafen. Nie mehr.

Noch immer klingelte das Telefon, aber es schellte weit weg und unbeteiligt. Mit einem Mal war seine Konzentration total. Das Läuten war wie ein Puls, der ihm half, seine Worte aufs Papier zu bringen.

Satz für Satz schrieb der Briefträger Sarahs Brief neu. Er, der nicht das geringste Flair fürs Schreiben hatte. In der Primarschule ließ man ihn wegen seiner *Saukralle* seitenweise kleine und große Os schreiben, und nie kam ein schöner Kreis, ein schönes Oval, ein schönes Ei dabei heraus, immer schnitt sich die Linie, kam ab vom Pfad, und dann erst die Aufsätze, nie fiel ihm etwas ein, und wenn doch, dann etwas so Langweiliges, dass er es niemandem zumuten wollte, und wenn er es dann doch aufgeschrieben hatte, denn aufschreiben musste man schließlich irgendwas, weil es sonst eine schlechte Note gab, dann war es eine Seite oder zwei aus zusammengeklebtem Stückwerk, und die einzige Genugtuung war, dass es so schlecht war, dass er es mit Sicherheit nicht vor der Klasse vortragen musste.

Er begann mit dem ersten Satz, und der ist bekanntlich immer der schwierigste. Er rang nach Worten, die er Sarah sagen hören konnte. Keines seiner Worte passte auf ihren Mund, keines passte auf Mutter Caluoris Ohr. Er schrieb und strich, strich glatt und knüllte, tilgte und strich heraus, und je mehr er den Brief von Sarah las, desto weniger kam er ihm negativ vor, desto mehr triefte Hoffnung aus den Zeilen. Aufbruch, nicht Abbruch stand im Brief. Für, nicht wider, so was. Weglassen musste er Wörter und Sätze. Am stärksten ist das Wort, das nicht ausgesprochen wird. Kraftvoll ist die Synkope, weil sie die Pause davor zu einem Akzent macht. Nichts ist mächtiger als die Stille in der Nacht, mit der man gegenteilige Adjektive wie tosend, dröhnend, ruhelos, gewalttätig, durchdringend, durchdringend vor allem, betäubend auch, angespannt, aufdringlich oder unerträglich so wundervoll verknüpfen kann, dass man glauben muss, beides gehöre untrennbar zusammen wie die Füße am Ende zweier Beine im Spagat.

Weglassen musste er Worte und Sätze. Das ist doch der Kunstgriff eines Schlaumeiers. Ach was! Den Dreisten gehört die Welt.

Jedes Wort, das ich belasse, ist das Wort von Sarah, dachte er, sogar die Reihenfolge der Worte stimmt, es ist wie ein löchriges Telegramm, der Wind hat ein paar Silben gefressen, die Tauben und die Möwen, Taubenwind, Möwenwind, angekommen ist die Wahrheit, wenn auch nicht die ganze.

Er machte sich ans Werk. Er ging systematisch vor. Satz für Satz, Wort für Wort, stellte um, strich, ordnete, als wäre der Brief ein Baukastensatz und als gäben die Einzelteile immer ein Ganzes ab, das durch und durch wahr sein muss.

Er strich: *Wäre es bis heute jemals nach mir gegangen, würde ich diesen Brief nicht schreiben.*

Dieser Einstieg, wie lange hatte er an diesem Einstieg rumstudiert? Er setzte den Ton des Briefes. Wie ein Abschiedshupen. Er musste weg, denn er konnte nicht gerettet werden. Der Briefträger brauchte bestimmt eine Stunde, um das herauszufinden.

Etwas anderes musste an den Anfang, neutraleres Terrain, etwas, was auch eine Postkartenfloskel sein könnte, etwas, was man auch einer Freundin auf einer Ferienkarte aus Kreta schicken könnte, ein belangloser Satz, der die ersten Zeilen füllt und den Füller in Schwung bringt, einen Schwung, der die Gedanken mitnimmt und einen zum zweiten und zum dritten Satz trägt und so mitten in den Text, mit solchem Fluss, dass man sich zum Schluss, am äußersten Rand der Karte ärgert, so viel Platz mit dem ersten Satz verschwendet zu haben. Der erste Satz ist eine Trivialität, mit der man sich an seinen Gesprächspartner heranschleicht.

Er entschied sich für: *Ich könnte vieles schreiben und weiß doch nicht, was.*

Nahtlos ließ er Sarah weiterschreiben.

Ich blättere in meinem Tagebuch und finde auf jeder Seite Texte, die ich, das merke ich jetzt, gar nicht für mich selbst geschrieben habe, sondern für sonst jemanden.

Aus dem Nichts diese Intimität, die der Mutter wie eine liebevolle Umarmung vorkommen musste. Dann flickte er einen Tagebucheintrag. Diesmal war es etwas aufwendiger, ihn stimmig hinzukriegen. Er bekritzelte zwei Blockseiten und kam mit einer stumpfen Bleistiftspitze davon.

Aus: *Am 14. April schrieb ich: »In der Fremde komme ich zur Ruhe. Hier ist's am schönsten, weil nichts so ist wie daheim. Nichts erinnert mich an das, was zu Hause war«*, machte er: *Am 14. April schrieb ich: »In der Fremde ist nichts so wie daheim. Nichts erinnert mich an das, was zu Hause war.«*

Arg gestrafft dieser Satz, klar, aber die Reihenfolge der Wörter stimmt. Der Sinn ist verfremdet, klar, aber Sarahs Sinne sind doch auch der Fremde ausgesetzt. Der Satz ist verbogen, klar, aber er ist noch immer aus demselben Werkstück.

Er strich einen kompletten Abschnitt, weil er wie der definitive Abschied klang, vor dem sich Caluori fürchtete. Vorläufig blieb nichts von den folgenden Wörtern übrig:

Ich weiß, du wünschst dir diesen Brief. Ich aber habe gar kein Bedürfnis, ihn zu schreiben. Wie du siehst, tue ich es trotzdem. Ein letztes Mal. Ein letztes Mal tue ich etwas nicht mir zuliebe, sondern jemand anderem zuliebe. Dir zuliebe. Der Familie zuliebe.

Dann fügte er den nächsten Absatz fast unverändert ein. Lose, wie er jetzt da lag, klang er nicht mehr wie eine Anklage, sondern wie ein hoffnungsvoller Aufbruch, der Caluori doch sicher Auftrieb geben musste, denn in der heutigen Zeit strebt eine richtige junge Frau doch nach Souveränität! Allein, dass man das betonen muss, ist skandalös. Nein, ihre eigene Tochter strebt nach mehr als nur nach Souveränität. Sie ist kühn und unbeugsam.

Bestimmt würde Caluori jetzt auch an ihren verstorbenen Gatten denken. Sie weiß, von ihm kann's die Tochter nicht geerbt haben, diese tollen Eigenschaften. Die müssen schon immer tief verborgen gewesen sein in Sarah. Zum Glück hat sie das Gesicht der Mutter.

Der Briefträger sah und hörte Caluori, deutlich, eng vor seinem Gesicht. Sie machte mit und half ihm, den Brief so umzuschreiben, wie sie ihn lesen wollte.

Bis heute tat ich alles immer nur, weil ich glaubte, andere würden es von mir erwarten. Bis heute tat ich alles, was ich tat, damit es jemand anderem besser geht. Jetzt wird es Zeit, dass ich auf mich schaue. Das ist eine Form der Emanzipation.

Er schrieb den nächsten Tagebucheintrag ab und stellte fest, dass ihm die Bögen und Kringel allmählich so gelangen, als stecke Sarahs rechte Hand in seinem Ärmel und zöge die Buchstaben höchstpersönlich nach.

Am 27. April schrieb ich: »Schlangenbiss ... brennende Schmerzen in der linken Wade, zum Glück Campingplatz in der Nähe. Der Ranger sagte, von der sei noch nie keiner gestorben.« Stell dir das vor, Mami, der spricht wirklich so in der doppelten Verneinung. Karikatur eines ungebildeten Amerikaners.

Das war einfach. Ein unverfälschter Abschnitt zwischendurch tut gut, nimmt etwas Dampf aus dem Kopfkessel. Der nächste Abschnitt wird wieder happiger. Vorwürfe müssen getilgt werden: *Ich will diese Nähe gar nicht.* Das darf da nicht stehen. Wie soll man das nicht missverstehen? Drei weitere Sätze konnte er nicht retten, egal, wie fest er sich anstrengte.

»Deswegen höre ich auch mit dem Tagebuchschreiben auf. Der heutige Eintrag soll der letzte sein. Morgen werde ich damit aufgehört haben. Das Tagebuch werfe ich ins Feuer«, fiel alles seiner nächsten Reduktion zum Opfer, und mit der Reduktion kam etwas Leichtigkeit in den Text, aber natürlich nur für den, der die entfernten schweren Teile kannte. Wie Frau Caluori den Text lesen würde? Sicher würde sie ihn hören beim Lesen, vorgelesen von der Stimme ihrer Tochter, in einem Tonfall, der aber allein in ihr selbst moduliert wurde, abhängig von Mutters Erwartung, von Mustern, die sich Caluori eingeprägt hatten.

Mittlerweile war sein Tisch übersät mit Satzschnipseln. Er schnitt und arrangierte, fand im verworfenen zweiten Paragrafen eine Ergänzung, die plötzlich wie aus einem Guss in den Text passte.

Jetzt lautete der Abschnitt wie folgt:

Und erst heute Morgen schrieb ich den letzten Eintrag. Ich schlug eine leere Seite auf und wartete darauf, dass auf der Seite etwas erscheine. Manchmal ist Tagebuchschreiben wie Schnörkel zeichnen. Eine Buchstabenübung. Nichts als Schwünge und Linien. Ich schrieb: Ach, ich will eigentlich gar nicht ins Erzählen kommen. Wie du siehst, tue ich es trotzdem. Dir zuliebe. Ich weiß, du wünschst dir diesen Brief.

Und so weiter. Die Beschreibung ihres Lebens in Kanada. Da waren Aktivsätze, da spielte sich eine Geschichte ab, losgelöst von der Beziehung zwischen Mutter und Tochter, sie fand einen jovialen, unverfänglichen Erzählton, nur einzelne Fragmente mussten entfernt werden, kein Platz für Sorgenfalten, kein Platz für Dissonanz, jetzt war es eine Reiseerzählung, ein Brief nach Hause, bei dem bewusst so viel weggelassen wurde, was ihr wirklich durch den Kopf ging am anderen Ende der Welt, weil sie erkannt hatte, dass es die Daheimgebliebenen sowieso nicht verstehen würden.

Zu meinem Leben in Kanada: Ich wandere in den Wäldern, von Hütte zu Hütte, und denke über das Leben nach.

Er strich: *Das Geld geht mir bald aus. Manchmal erreiche ich keine Hütte, bevor es dämmert.* Caluori würde sich nur Sorgen machen, wenn sie das läse. Auch wenn Sarah es sicher nur schrieb, um ihren Mut und ihr neues Selbstvertrauen zu zeigen, der Briefträger strich es, um Sorgen zu verhindern.

Da die Hütten meist leer stehen, brauche ich auch nichts zu bezahlen. Dann binde ich meine Hängematte möglichst hoch über dem Boden zwischen zwei Bäume, umwickle mich mit einem Mückennetz und lege mich in die Hängematte für die Nacht. Essen fliegt mir zu; ohne dass ich betteln oder schmarotzen muss; die Leute geben etwas ab, ohne dass ich sie darum fragen müsste, meist, ohne dass ich überhaupt sprechen müsste. Ich liebe, was das einsame Wandern mit mir macht. Man lässt mich in Ruhe.

Er strich: *Du wirst mich wahrscheinlich nicht verstehen.* Der Briefträger stand jetzt selber auf einem Waldpfad mit Holzschildern. Warntafeln warnten vor wilden Tieren, aber in der Idylle war kein Platz für Gefahr, der Text brauchte jetzt Ästhetik, und Ästhetik wiederum brauchte Harmonie.

Erneut zwang ihn Sarah zum Streichen: *Du würdest es wohl nicht verstehen.*

Wieso Sarah diesen Vorwurf wiederholte? War es überhaupt ein Vorwurf? Oder versuchte sie, ihre Mutter zu beschützen? War es ein Erklärungsversuch? Eine Kapitulation? Man konnte es nicht wissen.

Er ließ Sarah jetzt freien Lauf. Schließlich war es ihr Brief. Er kam zu der Stelle, die ihm am besten gefiel. Sie weckte in ihm die Sehnsucht nach Einfachheit und Demut.

Er fragte sich, ob nicht auch seine Briefträgertouren rhythmisch waren. Ob sie nicht Wandertouren waren. Wettergerbung.

Das Wandern in der Einsamkeit klart mein ewiges Nachdenken nicht etwa auf. Im Gegenteil. Es schärft zwar meine Sinne, ich höre Vögel und Blätterrascheln, spüre Luftwehen, kaltes Wasser, meine aufgekratzten Arme. Aber mein Denken, das wird ganz stumpf vom ganzen Wandern. Ich freue mich jeden Abend über die Müdigkeit. Alles ist Rhythmus. Das Wandern, das Schlafen, das Wetter. Das Denken ist rhythmisch. Ich weiß jetzt, dass mein Gedankenschieben sinnlos gewesen ist, immer schon, meine Gedanken sind jetzt stumpf, sie drehen sich um Essen und Schlafen und Laufen, um Blasen an den Fersen und Kratzer auf den Armen, um Geräusche, auf die es zu hören gilt und solche, die ignoriert werden können. Heute ist mir klar geworden, ich habe auch genug vom Wandern.

Der Briefträger kämpfte mit Sarahs Tagebuch. Weiter oben wollte er Caluori nicht wissen lassen, dass Sarah es verbrannte. Wieso eigentlich nicht? Weil es wie nichts anderes dafür stand, dass sie sich von ihrer eigenen *Bisherigkeit* abkoppeln wollte. Es radierte die Vergangenheit aus.

Man ist nicht verzweifelt, wenn man zu solch drastischen Mitteln greift, um sich seiner eigenen Vergangenheit zu entledigen, und aus einem Tagebuch einen Ascheblock macht. Man ist leicht und frei und zuversichtlich und mutig und ohne Verlustangst.

Dieses Gefühl durchfuhr jetzt auch den Briefträger. Weg mit dem Satz! Wurde er halt irgendwo über dem Atlantik verweht.

Federleichtes Papier, ein Luftpostcouvert gegen das Licht gehalten, da schimmerte jede Zellulosefaser, die Seite so dünn, der Tintenstrich verschwand, hier fiel ein Buchstabe und dort noch einer, da ein Wort und dort ein Satz, niemand würde sie vermissen, denn es waren die richtigen, die verloren gingen:

Bis heute tat ich alles immer nur für andere, ab morgen höre ich damit auf. Noch glüht und flackert das Tagebuch im Lagerfeuer vor mir, bald aber ist es nur noch ein Ascheblock.

Alles weg.

Das ist mein Abschiedsbrief von dem Leben, das ich bis heute geführt habe. Ab morgen schreibe ich kein Tagebuch mehr, denn für niemanden außer für mich will ich meine Gedanken festhalten. Und ich habe sie ja schon in meinem Kopf. Das Tagebuch hingegen, das war nur die Sicherheitsschnur, das waren nur meine Gedanken für die anderen, die es irgendwann mal in die Finger bekommen würden.

Alles weg. Die Sicherheitsschnur gekappt. Dann ließ er wieder einmal einen Absatz stehen:

Ab morgen lebe ich frei und jetzt. Man muss Dinge loslassen können, insbesondere die, für die man nicht verantwortlich ist. Man soll nicht denken, man sei für alles verantwortlich. Das ist man nur für sich selbst.

Das klang gut. Es klang so, als könne man eine Brücke überqueren, ohne sie hinter sich niederzubrennen. Es klang nach der Lebensweisheit einer Zwanzigjährigen.

Man muss loslassen können. Das strich der Briefträger.

Auch du, Mami. Lass mich los, und lass mich gehen. Auch das gab er preis. Nicht der Mutter, sondern der Versenkung.

Adieu. Strich er. *Sarah* ließ er stehen.

Kurz und knapp und vertraut und sanft. So hörte er den Namen. So stellte er sich vor, dass ihre Mutter den Namen las, hörte. Nur so konnte er gelesen werden, jetzt, als der Briefträger glaubte, nicht nur sich selber aus einer verzwickten Lage gekürzt und zerschnipselt, sondern auch Caluoris Kummer gelindert und ihre Sorgen zerstreut zu haben.

Jetzt noch das PS. Mit so viel Übung fiel es dem Briefträger leicht, den Brief flüssig abzuschreiben. Anfangs pauste er Passage für Passage durch, dann vertraute er seiner neuen Handschrift, ein letzter Akt, er kürzte das PS und ließ weg: *Loslassen heißt auch, sich keine Sorgen zu machen,* und beließ es bei: *Sorge dich nicht um mich. Mir geht's gut.*

Der Briefträger kam zur Überzeugung, dass er mit seiner Kürzung Sarah gerettet haben musste. Es war so einfach: Sie konnte das nicht gewollt haben. Den Brief musste sie losgeschickt haben in einer Melancholie, die nur Reisende überkommen kann.

Und wieder klingelte das Telefon. Oder noch immer. Das Klingeln schlich sich näher an sein Ohr. Als wache er aus einer Ohnmacht auf. Oder als steige das Klingeln zu ihm in die Gedankenversunkenheit hinab. Es war im äußeren Gehörgang angekommen und hatte es fast in sein Bewusstsein geschafft. Nur noch kurz warten musste es. Nur noch schnell den Gedanken fertig denken. Das wollte der Briefträger. Denn Sarah wünschte sich vielleicht in diesem Moment, die Post hätte ihren Brief verloren. Sie wusste, die Post verliert keine Briefe. Wie nie jemand im Lotto gewinnt. Aber jeder hat doch Anspruch auf einen Schutzengel. Seine Mutter hatte ihm das eingebläut.

Vielleicht war er Sarahs Schutzengel. Der Gedanke daran machte ihn nervös.

Dann ging er endlich ans Telefon. Félix war dran, hatte sich vielleicht entschieden, sein Schutzengel zu sein.

»Ein Bierchen, oder noch besser, ein Becherchen Rotwein? Jetzt?«, fragte Félix.

Hinter Félix rauschte Verkehr, schlug eine flache Hand gegen eine Scheibe.

»Telefonkabine«, sagte Félix. »Bin gleich bei dir. Sagen wir in fünf Minuten?«

Félix kam sofort auf den Punkt. Es schien, als habe die Schlaflosigkeit auch ihn mit einem unbändigen Drang gefüttert, endlich etwas zu tun, anstatt zu zaudern. Ein Drang nach Unmittelbarkeit, dem er sofort nachgeben musste. Jetzt, auf der Stelle.

Félix wusste, was er tun musste, und er wusste, dass er den Briefträger dafür brauchte, aber er wusste nicht, wie er es erklären sollte. Er versuchte es: »Ich habe ein Problem. Es ist nämlich so: Ich muss ... eh-ya, ich kann ... also, das heißt ... ich kann eben nicht ... «

»Dir kann ich's ja sagen, Briefträger. Du sagst nichts weiter, Briefträger, korrekt? Wir beide haben die Briefträger-Gene: Zuverlässigkeit, Moral und Disziplin.«

Er sagte Di*ss*iplin, verwässerte das z, tauschte das Zischen beim Anlassen eines Gartenschlauchs gegen das Sirren im metallenen Brunnenrohr.

Der Briefträger sah Félix zu, wie er den Einstieg suchte, und er tat ihm leid, also streckte er ihm sein Glas hin, um anzustoßen.

Dann platzte dieser heraus: »Ich habe eine Affäre mit einer verheirateten Frau.«

Félix stellte sein Weinglas hin und lehnte sich im Stuhl nach hinten. Ein lausbübisches Lächeln schlich ihm in die Backenzähne. Er konnte es nicht sofort wieder verjagen. Vor seinem inneren Auge lief ein Filmchen, an das er sich in diesem Moment erinnerte. Es dauerte einen Augenblick, bis er es schaffte, es abzuschalten.

Wieder streckte er die Arme von sich, als beweise er damit etwas. Seine Unbescholtenheit vielleicht.

Félix erzählte dem Briefträger, wie er vor Monaten schon in eine Affäre geraten sei, wieso, weshalb, wer wisse das schon, jedenfalls wisse er jetzt, nachdem er vor einigen Tagen um ein Haar auf frischer Tat ertappt worden sei: Eine Affäre und eine Frau zur gleichen Zeit, das geht einfach nicht zusammen. Er erzählte Details, die der Briefträger nicht hören wollte, nannte Kosenamen, überhaupt, es wurde dem Briefträger immer mehr und schlagartig zu viel, und er wollte Félix stoppen, mehr Wein bestellen, endlich wissen, was er selbst damit zu tun habe, aber Félix kam ihm zuvor und sagte:

»Und jetzt habe ich den Salat, weil ... also, du kennst Marta Manzini, oder?«

Félix erklärte ihm, dass er unmöglich die Tour zu Marta übernehmen könne. Er könne die Tour aber auch nicht ablehnen. Was würden die bei der Post denken? Ein Springer, der eine Tour ablehnt. Blau machen und zu Hause bleiben? Das würde ihm seine Frau nie durchgehen lassen.

Félix war verzweifelt, das war nicht zu übersehen.

Er sagte: »Bitte, Briefträger! Ich tue alles, was du willst!« Und quasi als Steigerung seines Angebots bot er dem Briefträger Geld.

Félix und der Briefträger bestellten eine weitere Runde, zwei weitere Runden und heckten einen Plan aus.

Win-win: Félix gerettet, Briefträger gerettet.

Sie einigten sich.

»Einfacher geht's nicht«, sagten sie nach einer weiteren Runde und klopften sich gegenseitig auf die Schultern.

Félix hatte rote Poren, dem Briefträger sausten die Ohren. Félix würde die Post pünktlich im Depot abholen und sie dem Briefträger nach Hause bringen. Von da würde der Briefträger seine Tour übernehmen. Es würde ihm auch noch Zeit lassen, unterwegs etwas auszusortieren und unter dem doppelten Boden seines Anhängers verschwinden zu lassen, sollte es wirklich nötig sein. Der Gedanke daran entspannte ihn. Und gleichzeitig war er ihm zuwider. Er wollte doch nur ein guter Briefträger sein, ohne dafür ständig die Post anderer Leute aussieben zu müssen. Ihr gemeinsamer Plan rettete sie nicht, er verschaffte ihnen nur Zeit, die Dinge in Vergessenheit geraten zu lassen. Aber wann würde das sein?

Er sagte: »Pass aber auf, dass du meinen Anhänger nimmst und keinen anderen, Félix!«

Félix sagte: »Das kriege ich hin.« Er hätte alles hingekriegt, wenn er dafür nicht bei Marta zustellen musste.

Nach zwei weiteren Runden sagte Félix: »Weißt du, ich habe der Marta gesagt, ich sei Weinhändler. Keine Ahnung, wieso. Aber ich will nicht unehrlich sein, verstehst du, deshalb darf sie nicht erfahren, dass ich kein Weinhändler bin.«

Der Briefträger bot Félix an, in seiner Wohnung zu warten, um sicherzugehen, dass er nicht noch unverhofft an Orten gesehen wurde, an denen er während der Arbeitszeit nicht sein sollte.

Félix lehnte ab: »Du machst schon genug für mich, ich will nicht noch deine Couch durchliegen. Aber ich geb dir meinen Lohn für die zwei Wochen, das ist nur fair.«

Das war dem Briefträger wiederum nicht recht. Er wollte ablehnen, weil man Freunden doch nicht für Geld hilft. Er wies das Angebot zaghaft zurück. Immerhin lagen da noch ein paar letzte Rechnungen der Manzinis in seiner Wohnung.

Félix sagte: »Nimm, wirklich, ist ja nur Geld.« Sie einigten sich darauf, dass der Briefträger dafür heute die Getränke bezahlen würde, und bestellten gleich noch eine Runde.

KÖRPERFUNKTIONEN

Félix hielt Wort. Zwei Wochen lang brachte er dem Briefträger jeden Morgen pünktlich seine Post und den Lohn in einem zugeklebten Couvert. Er schrieb darauf: »Für den besten Briefträger.«

Der Briefträger nahm es, ohne darin nachzusehen. Es wäre ihm nicht recht gewesen, das Geld unter den Augen von Félix nachzuzählen. Er legte einen Hunderter auf die Seite für die Verabredung mit Lauriane.

Die ersten Tage kam er sich auf seiner Zustelltour vor, als täte er etwas Verbotenes. Er blickte sich dauernd um und überlegte sich Ausreden für den Fall, dass jemand sagte: »Und ich dachte, du bist in den Ferien!«

Ein einziges Mal hatte er in seinem Leben blau gemacht, vor Jahren.

Damals fuhr er im Farbenlager Gabelstapler und konnte nicht glauben, dass er eine richtige Freundin hatte. Sie hatte ihn zum Blaumachen überredet. Er rief an und meldete sich mit belegter Stimme krank. Das Herz schlug ihm bis in die Ohren. Sabina zog ihn zurück unter die Decke. Es war erst kurz nach sieben und die Nacht nicht länger als ein kleines Erdbeben gewesen.

Er hatte nicht das geringste Kratzen im Hals und kein Grummeln im Magen, keinen Presslufthammer im Kopf. Kaum hatte er aber seinen Chef angerufen und ihm »Magendarm oder so« vorgeschwindelt, lag ihm die Lüge wie ein Stein im Magen.

Sabina nestelte an seiner Hose, und er wollte eigentlich sagen: »Du, mir ist im Moment nicht so danach«, aber er sagte nichts.

Er berührte sie geistesabwesend. Gestelle von Farbdosen fielen ihm ein und das Büro seines Chefs. Sabina drehte sich von ihm weg, als sie merkte, dass sich bei ihm nichts regte.

Sie fragte: »Ist es wegen mir?«

Beide dachten, der andere hätte, sollte, müsste. Dann stand Sabina auf und sagte: »Ich gehe nach Hause. Oder hast du einen anderen Vorschlag?«

Alles, was er hatte, war ein schlechtes Gewissen. Lauriane würde nie von ihm verlangen, dass er blau machte.

Die zwei Wochen, in denen sich Félix und der Briefträger gegenseitig aushalfen, reichten aus, um aus den beiden so etwas wie Freunde zu machen. Fast täglich trafen sie sich in einer Kneipe auf ein Bierchen oder zwei. Félix hatte immer viel zu erzählen. Kein Wunder. Beim Herumlungern gerät man schneller an einen Skandal als in der Politik. Für einen halben Monatslohn hatte ihm der Briefträger zwei Wochen Freizeit verkauft, mehr als achtzig Stunden Lotterleben.

Der Briefträger sah Félix auf der Mauer über den Eisenbahnschienen sitzen. Félix winkte ihm wie wild zu. Er hatte auf ihn gewartet. Unter seinem Helm hörte er nicht, was ihm Félix zurief. Durchs aufgeklappte Visier sah er, wie aufgeregt Félix war. Die Wangenpolster des Helms saßen heiß und eng auf seinem Gesicht, ans Gewicht des Helms würde sich sein Nacken nie gewöhnen.

Félix rief ihm entgegen: »Meine Frau hat mich heute erwischt!«

»Mit Marta?«, fragte der Briefträger.

»Natürlich nicht! Beim Blaumachen«, sagte Félix. Falscher Ort, falsche Zeit, wie kann man sich in einer so großen Stadt zufällig über den Weg laufen?

»Und alles, was ich dann herausbrachte, war: ›Wollen wir das heute Abend besprechen?‹«, sagte Félix, »und dann ging sie einfach, ohne ein Wort zu sagen, und wenn du wüsstest, wie sie ist, dann …«

Der Lärm der vorbeifahrenden Autos verschluckte die Hälfte seiner Worte. Der Briefträger musste ihm einen Arm um die Schulter legen.

Was dann kam, wäre schnell erzählt gewesen, hätte Félix zur Beruhigung seiner Nerven und zum Aushecken eines Plans nicht auf zwei Karaffen Hauswein bestanden. Rotwein macht den Kopf schwer und das Denken leicht. Als es ums Zahlen ging, bestellte Félix jovial die Rechnung, rief viel zu laut nach der Bedienung und lehnte sich so weit im Stuhl zurück, dass er beinahe hintenüber fiel.

Die Rechnung kam lasch gefaltet auf einem kleinen Tablett. Die Kellnerin legte sie in die Mitte des Tisches und ging wortlos davon, nahm sofort die nächste Bierorder auf, räumte ein, zwei Gläser weg, ausgetrunken bis auf den trockenen Restschaum, der das Knistern hinter sich hatte. Es war Viertel vor zehn. Die beiden hatten nichts gegessen, und der Himmel war vom schönsten Dunkelblau, das man sich vorstellen konnte, und auf den Schienensträngen lag letztes Licht.

Zwei Flaschen Wein auf leeren Magen. Das hackt Zeit in zwei Stücke: davor und danach.

Beide blickten hinauf ins Wolkenlose und hegten den Wunsch, die Dämmerung festzuhalten. In einer kurzen, wortlosen Glückseligkeit saßen sie da und spürten: Jetzt, vor Einbruch der Nacht, ist alles gut.

Die Kellnerin kam und wollte das Geld einsammeln. Félix fragte den Briefträger rhetorisch: »Soll ich?«

Der Briefträger hatte sich fest vorgenommen, die hundert Franken, die er für das Date mit Lauriane zur Seite gelegt hatte, heute nicht anzufassen. Félix versuchte umständlich, sein Portemonnaie aus der hinteren Hosentasche zu ziehen. Die Kellnerin verlagerte ihr Gewicht in der Hüfte. Die Kellnerin neigte den Kopf zur Seite, spielte mit dem runden Serviertablett, stützte es auf ihre Oberschenkel, sie nickte quer durch die Gartenwirtschaft, nickte Zahlungswilligen und Durstigen zu, jaja, ich komme, ja gleich, und der Briefträger zog den Hunderter aus dem Portemonnaie und sagte: »Fünfzig, passt.«

Félix sagte: »Aber das nächste Mal zahle ich!«

Die Kellnerin hatte die Rechnung mit einem Strich des Fingernagels quittiert. Der Briefträger wusste, dass es jetzt das Beste wäre, nach Hause zu gehen.

»Hast du auch Hunger?«, fragte Félix. Der Briefträger hatte fest vor, sein letztes Geld für Lauriane auszugeben und nicht für Imbissbudenessen.

»Komm schon«, sagte Félix, »ich kann jetzt noch nicht nach Hause.«

Nur noch eins und dann noch eins, und dann ließ Félix alle romantischen Tipps von Stapel, die er kannte. Er war in Fahrt gekommen, als ihn der Briefträger an sein Date mit Lauriane erinnerte. Er, Félix, der Mann, der sich nicht nach Hause traute, weil ihn seine Frau beim Blaumachen erwischt hatte. Der Briefträger hörte ihm zu und wusste, dass keiner seiner Ratschläge brauchbar war. Aber er war trotzdem froh, malte sich Félix immer neue Situationen aus, in die er am nächsten Tag geraten könnte, mit Sicherheit geraten werde, wenn er sich daran halte, was ihm Félix riet. Der Briefträger glaubte Félix aufs Wort, als dieser ihm sagte: »Du bist ein Glückspilz!«

Er nickte und sagte: »Meinst du?«, meinte damit aber: »Ja, das bin ich!«

Dave klatschte ihm kopfvoran vor die Füße. Félix schoss auf.

Wer da vor dem Briefträger bäuchlings auf dem Asphalt lag, bewegte sich keinen Millimeter. Die Haare am Hinterkopf waren dunkel und verklebt. Dass Dave nicht ohnmächtig war, erkannte der Briefträger an seinem schwächlichen Stöhnen. Der Briefträger war wie gelähmt. Félix stupste ihn mit der Fußspitze an, durch den Alkohol etwas fester, als er wollte.

Dave regte sich und drehte sich auf den Rücken. Der Briefträger kniete sich zu ihm nieder und versuchte, ihn wach zu kriegen. Dave starrte ins Blätterdach. Bei ihm funktionierte nichts mehr außer einem Teil seiner Körperfunktionen. Nebenan spielte eine Männergruppe mit übergroßen Figuren eine Partie Schach. Um diese Zeit. Zwei spielten, die anderen standen ringsum und rauchten, redeten. Niemand beachtete Dave und seine zwei Pfleger, die ihn mittlerweile aufgerichtet hatten, sodass er mit dem Rücken an der Parkbank anlehnen konnte. Félix kippte Daves Kopf nach hinten auf die Sitzfläche der Parkbank, sodass seine Gurgel wie ein Knopf hervorstand und im Laternenlicht blitzte. Er hielt ihm die Bierdose ein paar Zentimeter über den Mund und wollte ihm etwas Bier einflößen.

»Spinnst du?«, schnauzte ihn der Briefträger an.

»Aber er hat doch sicher Durst«, sagte Félix.

Sie schleppten ihn zum Brunnen hinüber, und erstaunlicherweise half Dave sogar mit. Er hielt sich mit beiden Armen um ihre Schultern fest und setzte einen Fuß vor den anderen, kraftlos und schlurfend, aber immerhin. Am Brunnen versuchten sie, sein Gesicht so nahe zum Wasserstrahl zu bringen, dass er trinken konnte. Dave verstand nicht, was sie von ihm wollten. Félix tauchte ihm den Kopf ins Brunnenbecken und zog ihn am Kragen wieder raus. Dave hob den Zeigefinger in die Luft und wollte zu einer Rede ansetzen. Mit offenem Mund wartete er auf seine eigenen Worte.

Dann sackten ihm die Knie weg. Félix und der Briefträger konnten ihn gerade noch auffangen. Sonst hätte er sich an der Brunnenkante eine Platzwunde in die Schläfe gerissen.

Später sagte Félix: »Wäre nicht schlecht gewesen. Dann hätten wir einen Krankenwagen gerufen und wären fein raus gewesen.«

So aber betteten sie Dave auf die Parkbank und setzten sich ihm zu Füßen in den Kies. Für ein paar Minuten schlief er schwer schnaufend, nur um sich dann wieder zitternd zu krümmen und in kalten Schweiß auszubrechen. Dann keuchte er, als wäre er kurz vor dem Erstickungstod. Félix klopfte ihm auf die Schulter. Er richtete sich auf, ballte die Faust, japste nach Luft, streckte den Daumen hoch, alles okay.

»Das ist normal«, sagte Dave.

Er musste es herauspressen wie den letzten Rest aus einer Senftube.

Unvermittelt nickte er wieder weg, mit offenem Mund, staubtrocken. Noch nie hatten sie jemanden gesehen, der so schnell im Tiefschlaf verschwinden konnte.

Sie hatten keine Wahl. Der Briefträger kramte sein letztes Geld zusammen, und Félix versuchte, einen Taxifahrer zu überreden, Dave ins Spital zu fahren. Der Taxifahrer stieg aus und inspizierte das Frachtgut.

Er sagte: »Der hat aber nicht nur Alk intus. Das sehe ich von Weitem.«

Félix sagte: »Damit haben wir nichts zu tun, ehrlich.«

»Mir egal«, sagte der Taxifahrer, »sucht euch einen anderen Dummen, der den fährt.«

Félix gab nicht auf: »Der stirbt uns hier, wenn Sie ihn nicht fahren«, und der Taxifahrer sagte: »Besser hier als in meinem Wagen.«

Sie einigten sich darauf, dass die Fahrt im Voraus bezahlt werden musste, mit einem Zuschlag in der Höhe von allem, was der Briefträger noch hatte. Die zweite Bedingung war, dass sie beide mitfahren und ihn im Spital abliefern mussten. Damit wollte der Taxifahrer nichts zu tun haben.

Also hievten sie ihn auf den Mittelsitz der Rückbank und setzten sich links und rechts von ihm hin. Der Beifahrersitz blieb frei. Der Taxifahrer wollte den Auftrag möglichst schnell hinter sich bringen. Er schnitt jede Kurve und nahm jeden Vortritt und brummelte vor sich hin: »Der stinkt mir hier alles zu! So kann ich keinen Fahrgast mehr mitnehmen. Da brauche ich eine Tiefenreinigung. So eine Scheiße. Bin ich denn ein Junkietaxi?«

Und so weiter, und so weiter.

»Wenn ich an eurer Stelle wäre«, sagte der Taxifahrer, »und wenn der da euer Freund ist, dann würde ich ihm die Taschen leeren, bevor ihr ihn im Krankenhaus abliefert. Egal, was es ist. Drogen oder Diebesgut. Kommt beides nicht gut, wenn er was bei sich hat. Da rufen die gleich die Bullen.«

Im Gerüttel des Taxis versuchte der Briefträger, Daves Taschen und Hosensäcke zu leeren. Ihn plagte eine nagende Angst vor Spritzen, als er versuchte, den Reißverschluss von Daves Bauchtasche zu öffnen. Er bat den Taxifahrer, ein bisschen vorsichtiger zu fahren.

»Vorsichtiger willst du?«, sagte der Taxifahrer und fuhr extra rabiat über eine Bodenwelle, sodass sich alle drei hinten den Kopf am Autohimmel stießen. Dave wachte davon auf. Aus den Seitenfenstern sah er schlafende Häuserwände in graubraunen Schlieren vorbeiziehen. Der Briefträger hielt den Inhalt von Daves Bauchtasche in seinen Handflächen. Nur Münzen, Zettel, Kram. Er kam sich vor wie ein Dieb.

Und dann musste sich Dave übergeben. Er kotzte über die Sitzlehnen vor ihm, drehte seinen Kopf zur Seite, kotzte dem Briefträger schwallartig übers Hosenbein. Niemand wusste, wo in diesem ausgemergelten Männchen so viel Kotze verborgen sein konnte. Der Taxifahrer bremste abrupt, sodass sich Félix am Vordersitz festhalten musste und dabei direkt in die Kotze langte. Er hielt direkt neben dem jüdischen Friedhof im Friesenberg an, mitten auf der Straße, blockierte nach seiner Vollbremsung beide Fahrstreifen. Unter dem Gezeter des Fahrers stiegen sie aus. Daves Lebensgeister waren vom Kotzen geweckt. Für einen Moment schien er fit, stand aufrecht auf der Straße, fand aus dem Nichts die Energie, den Taxifahrer anzukläffen und sich aufzuplustern. Félix und der Briefträger mussten ihn zurückhalten, wie man einen Freund zurückhält, der einen über den Durst getrunken hat.

Dave war wiederhergestellt und machte einen Riesenradau. Er trommelte den Taxifahrer in die Flucht. In Schlangenlinien führten sie ihn dann zu Fuß die letzten Meter der Friesenbergstraße hinauf. Sie bogen rechts in die Pappelstraße ein, noch einmal links abbiegen, und sie wären vor Laurianes Wohnung.

Der Briefträger versuchte, Dave zum Stillsein anzuhalten. Gleichzeitig war er beruhigt, kamen überhaupt wieder Geräusche aus dem Mann heraus, die mehr als ein Röcheln oder Stöhnen waren.

Bei dem Lärm war es kein Wunder, ging in

jedem Häuschen hinter den gestellten Läden ein Zimmerlicht an. Rechts oder links im oberen Stock, da, wo die Elternschlafzimmer sind. Schemenhafte Schatten erschienen hinter den Vorhängen, horizontal unterteilt von den Latten der Fensterläden. Alle wollten sehen, wer mitten in der Nacht betrunken nach Hause kam.

Dave redete in einer Lautstärke, als käme er direkt mit Ohrensausen aus einem Konzert. Dazwischen musste er Luft holen, schlucken, spucken, Körperfunktionen halt.

Da drüben vergewisserte sich jemand, ob die Haustür wirklich abgeschlossen war. Man konnte das Klacken des Schlüssels hören.

Laurianes Haus war hell erleuchtet, als sie die letzten Meter bis zum Gartentor schafften. Schweizer stand im Pyjama im Türrahmen und schüttelte den Kopf. Jozo zündete sich eine Zigarette an und rauchte aus dem Küchenfenster. Neben ihm standen zwei kroatische Freunde und blickten auf die Ankömmlinge herunter, als wären es Schiffbrüchige, die sich mit triefenden Hosen ans Ufer retten konnten.

Sie machten sorgenvolle Gesichter.

Einer sagte: »Und die saufen, während es bei uns um Leben und Tod geht.«

Schweizer war in seinem Element und motzte, was das Zeug hielt. Jozo unterließ jegliche Schlichtungsversuche und rauchte seine Zigarette fertig. Félix und der Briefträger schoben Dave an Schweizer vorbei und brachten ihn bis vor Laurianes Haustür. Erst weigerte sich Lauriane, die Tür zu öffnen, tat es dann aber doch, einen Spalt weit, aber das war genug, um zu erkennen, dass sie mehr als verärgert war.

Dave ging es wieder schlechter. Im Licht des Treppenhauses sahen sie die jämmerlichen Auswirkungen von Daves Exzessen. Seine Haut war geädert und verschrammt, die Pupillen hatten Gelbstich, seiner Hülle fehlte jeglicher Glanz.

Félix hatte es tatsächlich die Sprache verschlagen. Er stand verlegen auf dem Treppenabsatz, bereit, zu gehen oder notfalls auch hinunterzustürzen.

Als Lauriane ihren Bruder in die Wohnung ließ, wollte der Briefträger etwas zu ihr sagen. In der Hand hielt er den wenigen Besitz von Dave. Sie nahm ihn ihm ab und gab sich alle Mühe, ihn nicht zu berühren.

KAUFRAUSCH UND GELDPROBLEME

Das Date war geplatzt. Und Félix verschwand, wie er aufgetaucht war: ohne Vorankündigung. Nachdem sie Dave zu Lauriane gebracht hatten, waren sie nebeneinander hergetrottet wie geschlagene Hunde und hatten der Müdigkeit hinterhergespürt. Diese hätte ihnen am Ende einer durchzechten Nacht in den Gliedern stecken sollen.

Sie fanden sie nicht. Ebenso wenig fanden sie etwas, was sie zueinander hätten sagen können, also schwiegen sie. Als sie bei der Kreuzung ankamen, wo der Briefträger rechts abbiegen und Félix weiter geradeaus musste, zeigten beide mit einem Kopfnicken in die Richtung, in die sie davongehen würden. Und dann gingen sie, jeder für sich.

Am Sonntag lag der Briefträger auf dem Sofa und wartete darauf, dass ihm einfiele, was er als Nächstes tun sollte. Am Abend setzte er sich auf den Balkon, trank ein Bier und starrte die Hauswand auf der anderen Straßenseite an. Sie war in perforiertes, sonnengelbes Licht getaucht. Dann stand er auf, stellte seinen Wecker und legte sich ins Bett. Als würde er sich in eine Niederlage fügen. Vor dem Fenster versuchte die Nacht noch eine Weile erfolglos, die Dämmerung zu vertreiben.

Er lag rücklings wach und konnte nicht einschlafen. Die Ferien waren vorbei, jetzt auch offiziell. Er kniff seine Augen zusammen und entspannte sie wieder. Eine Stunde musste vergangen sein, draußen war es jetzt straßenbeleuchtungsdunkel. Der Stadthimmel fast sternenlos, so wie er immer ist. Die Nacht hatte es also doch noch geschafft, der Dämmerung den Meister zu zeigen.

Das alles dachte der Briefträger, und es kam ihm so vor, als hätte sich damit etwas in Bewegung gesetzt, das sich nicht mehr aufhalten ließ.

Als er am nächsten Morgen in den Weg zu Laurianes Haus einbog, wünschte er sich, er wäre unsichtbar. Er hatte Post für Jozo. Stapelweise Briefe für dessen Hilfswerk. Dünne Überseebriefe von überallher.

Es sei, als hätte der Mond einen Niesanfall gehabt und seine Landsmänner und Landsfrauen wie Staub aufgewirbelt und über den halben Erdball verteilt. Das hatte Jozo einst gesagt, und es fiel dem Briefträger jetzt wieder ein. Er warf die Briefe einzeln ein und konnte sich nicht daran hindern, kurz zu schauen, woher die Briefe kamen: Neuseeland, Amerika, Deutschland, Chile, Österreich, Kanada, Argentinien.

Er stand vor Laurianes Haus und fürchtete, sie könnte mit Verachtung aus dem Fenster auf ihn herabblicken.

Schweizer konnte jederzeit aus dem Haus treten, angriffig, mit verschränkten Armen, mit Zornesfalten, noch vor seinem ersten Wort, eine Stirn wie ein Prellbock.

Der Briefträger warf weiter einzeln die Überseebriefe für Jozo ein. Er stellte sich einen Kroaten in Argentinien vor. In einer stickigen Wohnung in Buenos Aires, die mehr Zimmer als Wohnung war. Sie hatte einen dunklen Holzboden, der so uneben und faserig war, dass er sich ständig Splitter aus den Fußsohlen klauben musste. Er schrieb Mornar, als wäre der ein alter Schulfreund, obwohl sie sich nie persönlich getroffen hatten, und vielleicht war das besser so, denn zu jemandem, den man nicht kennt, kann man ehrlicher sein als zum eigenen Bruder.

Als nichts mehr durch den Briefkastenschlitz passte, legte der Briefträger den Rest des Stapels in Jozos Ablagekasten.

Ob er die Leute mit einer Stecknadel auf einer Weltkarte anpinnte und sich steckbriefartig Notizen machte, um sie auseinanderhalten zu können? Ob er ihnen helfen konnte? Worin bestand seine Hilfe? Im Entgegennehmen von Briefen? Der Briefträger nahm sich vor, ihn eines Tages zu fragen.

Er nahm es sich vor und wusste, er würde es nicht tun.

Laurianes Fensterscheibe blieb stumpf. Ein Flügel war gekippt, darin spiegelten sich die Wolken, die am Himmel fuhren. Kein Ton kam aus der Wohnung, kein mittmorgendliches Schnarchen. Es war still.

Er warf ihr Reklame in den Briefkasten und eine Postkarte. Schnell ließ er die Klappe los, damit sie sich schloss. Nicht, dass er nochmals in Versuchung kam, eine ihrer Postkarten zu lesen.

Der Paketbote fuhr vorbei, eine Hand am Steuer, den Arm hielt er aus dem offenen Fenster. Er klopfte auf dem Blech der Fahrertür einen Takt, der zur Musik im Radio passte. Er rauchte eine Zigarette ohne Finger. Sie hing ihm vom Mundwinkel. Er kniff ein Auge zu, damit es ihm nicht tränte vom Qualm. Er grüßte den Briefträger beim Vorbeifahren und umkurvte in geschmeidiger Fahrlinie sein Mofa, ohne dabei die Hecke zu touchieren.

Mechanisch warf der Briefträger weiter Post ein, für Schweizer jetzt, nochmals Schweizer, Reklame, Reklame, eine Rechnung, vier Briefe, kurz auf dem Briefkasten zusammengeklopft und ausgerichtet, sodass sie als Stapel gut durch den Schlitz passten.

Als sie im Schlitz verschwunden waren, zuckte der Briefträger zusammen, wie man zusammenzuckt, wenn einem ein rohes Ei aus den Händen glitscht. War da ein Brief des Bezirksrichteramtes im Stapel gewesen? Reflexhaft schob er mit zwei Fingern die Briefkastenklappe zurück und starrte hinein ins lichtlose Fach.

Er konnte den obersten Brief erkennen. Er war nicht vom Bezirksrichteramt. Wenn, dann war es einer der mittleren Briefe.

Die Hitze stieg in ihm auf, ein Schweißausbruch kam. Er fühlte sich beobachtet, von jedem Fenster des Hauses in seinem Rücken angestarrt. Er schob seine Hand bis zu den Knöcheln in den Schlitz und versuchte, einen Brief zwischen Zeige- und Mittelfinger zu bekommen, kriegte ihn aber nicht zu fassen. Das Blech der Klappe schnitt ihm in die Fingerknöchel, er fürchtete, sich die Hand einzuklemmen, und stellte sich vor, man müsse die Feuerwehr rufen, damit man ihm den Briefkasten von der Hand schneiden konnte, und für einen Moment dachte er, das wäre nicht das Schlechteste, was ihm passieren könnte, weil dann eine Möglichkeit blieb, im allgemeinen Tumult den Brief vom Bezirksamt, den er hätte aussortieren müssen, verschwinden zu lassen.

Im Kopf spielte er seine Möglichkeiten durch. Er könnte Schweizer rausklingeln und ihn bitten, ihm die Post nochmals aus dem Briefkasten zu geben, weil er aus Versehen etwas eingeworfen habe, was nicht für ihn bestimmt sei. Er verwarf den Gedanken sofort wieder. Schweizer würde die Briefe vor seinen Augen durchsehen, und da wäre keiner dabei, der nicht für ihn bestimmt war. Schlimmer noch, er würde vor seinen Augen den Brief vom Bezirksrichteramt öffnen. Und wenn sich der Briefträger dann still und heimlich davonschleichen wollte, würde Schweizer sagen: »Hiergeblieben! So einfach kommst du mir nicht davon!«

»Ich würde auch am Briefkasten einschlafen, wenn ich mitten in der Nacht mit solchen Gestalten rumhängen würde. Mach, dass du aus meinem Garten fortkommst, Briefträger!« Schweizer meinte es ernst. Er stand im Unterleibchen in der Haustür. Weiße Brusthaare wuchsen ihm bis an die Gurgel.

Von Schulter zu Schulter war seine Haut krebsrot, als hätte er einen Sonnenbrand. Aber es war nur die Tobsucht, die ihn mit Glut erfüllte.

Der Briefträger fuhr herum wie vom Blitz getroffen, fühlte sich, als würde er wie angewurzelt stehen bleiben, aber er machte einen Satz, im Reflex, und schon stand er im Sträßchen, bereit zur Flucht, die Hand bereits am Lenker seines Mofas.

Der Briefträger schwang sich auf den Sattel und fuhr federnd los.

Er bog um die Ecke, da stand der Lieferwagen des Paketboten und versperrte den Jakob-Peter-Weg. Kein Vorbeikommen. Er musste wieder absteigen. Das Mofa hob er mit einem Ruck auf den Ständer. Der Paketbote baute vor Manzinis Haustür eine Paketburg. Als die Burg gebaut war, klingelte der Paketbote bei Manzinis. Der Briefträger spähte in die gähnende Leere des Lieferwagens.

»So mag ich's«, sagte der Paketbote, »eine halbe Wagenladung für einen einzigen Haushalt! So schaff ich eine komplette Tour in der halben Zeit.«

Der Briefträger blickte verwundert auf Marta. Sie erschien in der geöffneten Haustür und blieb auf dem Treppenabsatz stehen.

Sie stand da wie eine Prinzessin in neuen Kleidern, mit neuen Ohrringen, mit frisch frisierten Haaren. Eine Dunstwolke aus neuem Parfum umgab sie, züngelte bis in die Luft um den Pakettransporter.

Sie stand an der Paketmauer und überblickte ihre Ländereien, die aus einem schmalen Vorgartenstreifen bestanden. Das machte ihr nichts aus, denn egal, wie klein ein Reich, Hauptsache, man hat eins.

Zweiundzwanzig Mal quittieren, für jedes einzelne Paket eine Unterschrift. Als sie beim letzten Paket angekommen war, war ihre Unterschrift erwachsen geworden.

Der Paketbote hatte gesagt: »Rekord! Frau Manzini, das ist ein Rekord! Noch nie habe ich jemandem an einem Tag zweiundzwanzig Pakete gebracht! Die meisten Menschen haben in ihrem Leben noch keine zweiundzwanzig Pakete erhalten. Verraten Sie mir, Frau Manzini, haben Sie einen Goldesel im Garten?«

Marta war es peinlich, sie lief rot an, fächelte sich Luft zu, lächelte wie ertappt. Sie hatte die Haare kürzer geschnitten. Keine Locke hing seit dem Schnitt mehr tiefer als die Ohrläppchen. An einer Locke zog sie, zog sie in die Länge, um den Finger gewickelt, so fühlte sich auch der Briefträger, dann zog sie am Ohrläppchen und sagte: »Ein Goldesel? Schön wär's!«

Es war ihr nichts Besseres eingefallen, trotz Zeitschinderei, trotz Massage des Ohrläppchens, trotz Richtens der Frisur, trotz Strähnigziehens der Locke.

Der Briefträger hatte für Marta heute wieder nur Rechnungen.

Er gab sie ihr direkt in die Hand und konnte nicht verstehen, weshalb sie strahlte, und doch, gleichzeitig konnte er verstehen, warum sie strahlte, schließlich hatte sie doch einen Goldesel, auch wenn sie es nicht zugeben wollte. Sie legte die Rechnungen oben auf die Pakete und trug sie ins Haus.

Der Briefträger musste grinsen. Absurd, er als Goldesel. Er stellte sich vor, wie er Marta und Luigi Geld in den Garten schiss.

Dann zerfloss ihm das Grinsen im Gesicht. Es war ihm schlagartig bewusst geworden, dass sein Goldeselsein zu nichts führte, dass es zu nichts gut war. Es befreite Manzinis nicht von der Erniedrigung durch ihre Schulden. Es verhalf ihnen nicht in die Zufriedenheit einer neuen, schuldenfreien Bescheidenheit. Im Gegenteil. Seine guten Absichten führten zu nichts anderem, als dass sich die Manzinis mit der ersten Möglichkeit noch tiefer ins Elend stürzten.

Ein Aphorismen-Schreiber hätte daraus eine Lebensweisheit verfasst. Der Briefträger nahm es sich vor: Am Abend, zu Hause, würde er es niederschreiben. Aber Vorsätze sind wie Regenschirme. Man denkt nur an sie, solange es regnet.

Marta hatte Félix im Verdacht. Sie fragte sich, ob er am Ende ihre Rechnungen bezahlte. Natürlich ergab das keinen Sinn, denn was hätte er für ein Motiv? Trotzdem hatte sie ihn darauf angesprochen, so nebenbei, so dahergesagt, so, dass sie es als Scherz abtun konnte. Sie konnte ihm nichts entlocken, nie, schon gar nicht Verbindliches. Das galt auch für alles Weitere in ihrer Affäre. Sie schloss daraus, dass er nicht wollte. Nicht mehr wollte.

Und Luigi? Merkte Luigi denn nicht, dass etwas mit den Rechnungen nicht stimmen konnte? Merkte er denn nicht, dass an keinem Garderobenhaken im Windfang mehr Platz für noch eine Kinderjacke mehr blieb? Nein, Luigi war besänftigt, denn Marta hatte ihm Golfschläger geschenkt.

Marta und Luigi wussten, was abging. Sie wussten genug, um sich nicht den Kopf über Details zu zerbrechen. Sie wussten nicht, wie es kam, dass die Mahnungen ausblieben. Sie wollten es nicht wissen. Besser, man weiß wenig.

Sie erkundigten sich nach einer offenen Rechnung, und es hieß, sie sei bereits bezahlt. Beide wussten, dass sie sie nicht selbst bezahlt hatten. Am Telefon dankten sie und legten auf. Wie kam es, dass plötzlich wieder Kleider und Modellflieger geliefert wurden, trotz Lieferstopp, trotz zweiter, dritter Mahnung, trotz, trotz, trotz ... Sie ließen den Paketboten neue Burgen bauen. Sie packten aus. Sie stellten pünktlich den Karton raus, und die Müllabfuhr nahm ihn mit.

EIN EWIGER MOMENT IM PFLEGEHEIM

Es war der zweite Samstag im September. Eine Schützenkönigin war keine utopische Möglichkeit mehr, sondern eine Frage der Zeit. Denn zum ersten Mal legte sich am Knabenschießen ein Mädchen im Schießstand neben die Buben und richtete ihr Korn auf die Feldscheibe. Keinen Kilometer davon entfernt schlief Schweizers Vater, Martin Schweizer, Jahrgang 1909, für immer ein. Eine Schande, sterben Männer im Schnitt früher als Frauen. In Martin Schweizers Fall galt dies umso mehr, als er zeitlebens ein besonders rechtschaffener und prinzipientreuer Mensch gewesen war. Oder: ein sturer Bock.

»Eine Schützenkönigin?«, hatte er noch gesagt, »das ist nicht mehr meine Zeit.« Er hatte die Zeitung zusammengefaltet und im Altpapier entsorgt. Dann hatte er der Pflegerin geläutet und gesagt: »Ich gehe jetzt ins Bett.«

»Aber Herr Schweizer, es ist halb zehn Uhr morgens?«, hatte sie protestiert. Nichts zu machen. Er hatte sich entschieden, in der Welt einzuschlafen, die er noch kannte.

Jetzt lag er da, auf einem Neunzigerbett mit glattgestrichenem Laken, den Kopf auf dem Kopfkissen, um den Kiefer ein Gummiband.

Ernst Schweizer saß am kleinen Tischchen und betrachtete seinen Vater, wie einer die Umgebung betrachtet, der gerade den Bus verpasst hat. Noch nie hatte er ihn im Bett angetroffen oder im Nachthemd gesehen. Sein Adamsapfel ragte noch immer empor und gierte nach Aufmerksamkeit. Es war ein eigensinniger Knorpel und fand Gefallen daran, sich so aufzuführen, als hätte er etwas zu sagen, wenngleich er wusste, dass er keinen Ton von sich geben konnte. Der starre, emporragende Adamsapfel kostete es aus, den Leuten stumme Vorwürfe zu machen.

Schweizer wartete, bis Samia Mornar sagte: »Ich lasse Sie jetzt mit ihm allein.« Erst jetzt konnte Schweizer das Nachthemd seines Vaters ausblenden und auch den fordernden Kehlkopf und sich voll und ganz dem Starrsinn hingeben, der sich in den Gesichtszügen seines Vaters eingegraben hatte.

Erst jetzt saß er nicht mehr als Herr Schweizer auf dem Stuhl, sondern als Ernst, und sein Vater war nicht mehr ein ihm entfremdetes, altes

Männchen, das ihm so viel Unbehagen beschert hatte, weil er es dauernd bedauert hatte, sondern da lag jetzt wieder sein Papi auf dem Bett und schlief den Mittagsschlaf, den er sich redlich verdient hatte, den er einzog, um am Nachmittag noch doppelt so viel zu erledigen.

Früher schlief er den Mittagsschlaf nur, um sich etwas auszudenken, worüber er Ernst belehren konnte. Ständige Belehrungen sind eine perfide Art der Bestrafung.

Schweizer saß da und überlegte sich, was er auf den Grabstein und in die Todesanzeige seines Vaters schreiben sollte. Die Gurgel sah aus, als würde sie ihm etwas diktieren wollen, doch sie bewegte sich keinen Millimeter. Er fuhr mit seiner Hand über die Decke und wollte Vaters Hand nehmen. Als er sie berührte, zuckte er zurück. Da war sie, die Totenstarre. Sie hatte seines Vaters Finger ineinander verschränkt.

So werden sie bleiben, für immer, diese Hände, dachte Ernst. Er wusste, dass er sich diese Dinge nur überlegte, um nicht darüber nachdenken zu müssen, worüber er wirklich hätte nachdenken sollen. Nämlich, wen er über Vaters Ableben zu informieren hatte, und noch schlimmer: Was er denn überhaupt schreiben sollte.

Er zog seinen Stuhl nah ans Bett, seine Knie stießen am Nachttisch an. Er befragte seinen Vater, ganz leise zuerst, dann klarer, und machte ihm Vorwürfe, nahm sie wieder zurück, verstummte, wie ein Pendel, das ausschwang.

Stumm entschuldigte er sich für die Vorwürfe. Dann nahm er all seinen Mut zusammen, sog Luft in die Lungen und hielt sie an.

Er überwand sich und legte seine rechte Hand auf die toten Hände seines Vaters, dann noch die linke, legte sie auf die Hände, die dalagen als beteten sie. Ernst legte seine Hände auf die Hände seines Vaters, als wollte er sie aufwärmen. Er nahm sie nicht weg, obwohl es ihn grauste.

Samia Mornar kam herein und fragte, ob sie sich zu ihm setzen dürfe. Schweizer schaute über seine Schulter zu ihr hinüber, vom Bettrand zum Stuhl, auf dem er vorhin saß, auf dem er gesessen hatte, als sein Vater noch lebte und er mit ihm nichts zu bereden gehabt hatte.

Samia sagte: »Er ist friedlich eingeschlafen.«

Schweizer fragte: »Waren Sie dabei?«

Samia sagte: »Nein, nicht in dem Moment.«

Sie sagte es deutlich und ehrlich und unbefangen.

Schweizer schwieg, und im Schweigen verstecken sich gewöhnlich Vorwürfe, und weil er nicht wollte, dass Samia dachte, er würde ihr Vorwürfe machen, wollte er etwas sagen. Es fiel ihm nichts Besseres ein, als sie zu fragen: »Und woher wissen Sie dann, dass er friedlich eingeschlafen ist?«

Samia blieb ruhig. Mehr noch, sie schwieg rücksichtsvoll, weil sie wusste, dass es Momente gibt, die so voll sind, dass nicht das kleinste Wort mehr darin Platz findet. Schweizer hörte in der Stille ihres Schweigens die Vorwürfe, die er sich selbst machte. Er hörte sie in ihrer Stimme und bildete sich ein, sie sage zu ihm: Ich habe mich die letzten drei Jahre um Ihren Vater gekümmert, fünf Tage in der Woche, häufig am Wochenende, häufig in Nachtschichten, die sonst keiner arbeiten will. Deshalb weiß ich, dass er friedlich eingeschlafen ist.

Bevor die Stille unangenehm wurde, hob Samia sie auf. Sie sagte: »Im Nachttischchen liegt ein Couvert mit dem letzten Willen Ihres Vaters.«

Er würde ihn lesen, wenn er allein war.

Dann hielt sie inne, und Schweizer hob die Brauen, sagte damit: Ist noch was?, sagte es wortlos, hörte in seiner eigenen Wortlosigkeit, in seiner Geste den erneuten Vorwurf, dachte, sie meint's nur gut mit mir, es tat ihm leid, die Brauen gehoben zu haben, aber er sagte nichts. Sogar in der Trauer quälte ihn das Gewicht der Selbstbeherrschung.

Samia nahm es nicht wahr. Sie war in Gedanken vertieft, die nichts mit dem toten Martin Schweizer zu tun hatten. Es war keine Herzlosigkeit von ihr, nicht an den Verschiedenen zu denken. Im Gegenteil. Ihre Gedanken waren so eng an ihr Herz genäht, dass sie gar nicht anders konnte, als unvermittelt zu fragen: »Wie geht es meinem Mann?«

Schweizer sah nicht sie an, während er eine Weile schwieg, sondern folgte mit den Augen dem Muster auf dem Teppich. Dann sagte er tonlos: »Dem geht's wie immer.«

Samia wollte wissen, was das heißt. Schweizer hatte sich nie gefragt, wie es Jozo Mornar ging. Schweizer fragte sie, ob sie nicht besser selbst wissen sollte, wie es ihrem Mann ging.

Vor seinem Vater und auch ein bisschen vor sich selbst schämte er sich für seine schnippische Antwort.

Er wollte sich bei ihr dafür entschuldigen, aber er brachte es nicht über die Lippen, sondern nur Schweigen in falsch verstandener Kälte. Er schwieg einen ewigen Moment lang. Der ewige Moment, in dem draußen ein Ast im Kirschbaum mit hölzernem Knacken brach. Der ewige Moment, in dem Kälin im Briefkasten die Trauerkarte fand, auf die sie schon das halbe Leben gewartet hatte. Jozo vergaß in einem ewigen Moment seine Frau über all den Landsleuten, die er in größerer Bedrängnis sah als seine eigene Ehe. In einem solchen ewigen Moment erklärte Mazedonien im September 1991 seine Unabhängigkeit. Einfach so, könnte man sagen. Etwas passierte, einfach so.

Das konnte man nur sagen, wenn man nicht dabei war.

Es gab diesen Moment, in dem ein Fass Fassadenfarbe kippte und wie lachsfarbenes Pech den Boden leckte, RAL 2012. Caluoris Zwillingsklavierschülerinnen übten einen Moment lang Dissonanzen, nur um sie zu plagen. Félix lockerte seinen Gürtel und öffnete seinen Hosenladen, auch das war ein beliebiger, ewiger Moment, und dann machte sich Marta mit beiden Händen an seinem Hosenknopf zu schaffen, ihre beiden Händen krallten sich in Félix' blaue Jeans, um sie ihm herunterzuziehen. Wichtiges und Unwichtiges, Flüchtiges und Unveränderliches, alles steht so nahe beisammen, alles ist so ununterscheidbar, jeder Moment ist wie der nächste, aber einige davon sind ewig.

Und dann die Blickwinkel, die Bezüge und Beziehungen, alles hängt an einem dünnen Faden, auch der Moment, in dem sich Dave eine Stelle an seinen Armen suchte, die noch imstande war, seine Nadel aufzunehmen. Der Moment liess sich ausmachen, in dem Dave die Stelle dann endlich fand, unten, an der knochigen Leiste, wo seine Haut so dünn war, dass die Vene klar und deutlich darunter schimmerte, und Dave ließ drücken und drücken und drücken, jemand drückte für ihn den Kolben gegen die Düse, weil Dave doch selber keine Spritzen sehen konnte. Weil er keine Spritzen sehen konnte, kniff er die Augen zusammen. Und weil es sich so anfühlte, wie es sich anfühlte. Sein Helfer presste ihm das Heroin durch die Kanüle, und Dave konnte nicht sagen, ob die Spritze sauber war oder nicht, ob sein Helfer sie mit den Fingern berührt hatte oder ob noch Luft im Spritzenzylinder gewesen war.

Jetzt war einer dieser schweigenden, alles entscheidenden Momente, die ewig bleiben. Hier bei Martin Schweizer im Pflegeheim. Bei Dave am Platzspitz. Bei Marta im Schlafzimmer, die

Knie weich auf dem Spannteppich, und alles, was Félix in der Nase hatte, war der Geruch von Luigis Schlafanzug.

Samia war nicht gekränkt. Sie ließ Schweizers Angriff geduldig verklingen wie ein Pfarrer den blechwarmen Nachhall des Kirchengeläuts.

Dann sagte sie: »Grüßen Sie ihn von mir. Und sagen Sie ihm, er solle sich um seine Nachbarn kümmern.«

Samia zog die Tür hinter sich zu und kümmerte sich um ihre Angelegenheiten. Ihre Angelegenheit waren die anderen Bewohnerinnen und Bewohner des Pflegeheims. Sie musste endlich ihre Sachen aus Jozos Wohnung holen.

Samia dachte an ihr eigenes Unglück, das wie jedes Unglück an der eigenen Nasenspitze endete. Sie ertrug es, als wäre es ihre Pflicht.

Aber manchmal fragte sie sich, ob Jozo es nicht sah, ihr Unglück, und ob er nicht noch ein bisschen Kapazität in seinem Hilfswerk hatte für das Unglück, das jahrelang nur eine Nasenspitze von ihm entfernt lag, ihm gegenüber, im gleichen Bett.

In Zimmer 231 saß Schweizer neben seinem Vater und wartete auf Tränen, die nicht kamen. Aber es kamen zwei Pfleger herein, die ihm sagten, sie kämen wieder, sobald er so weit sei.

Schweizer sagte: »Sie können ihn mitnehmen.« Er sagte es, obwohl er sich in diesem Moment dazu gedrängt fühlte, und er dachte, dass das doch kein Abschied gewesen sei, und doch waren die Pfleger jetzt da, und weshalb sie später wieder kommen lassen, wieso Umstände machen?

Schweizer stand auf, und die Pfleger standen schweigend neben ihm. Wie wenig ich von meinem Vater doch weiß, dachte Ernst. Nie hat er mir erzählt, wer meine Mutter war. Ich habe mich nicht getraut, ihn danach zu fragen.

Einer schaute auf seine Armbanduhr, und es tat ihm leid, dass er es tat, denn was erlaubte er sich, damit einen Trauernden zu hetzen?

Man konnte alles rückgängig machen außer gesprochene Worte und ausgeführte Bewegungen.

Schweizer faltete den Abschiedswillen seines Vaters. Er hatte ihn nur überflogen und störte sich an der anwaltlichen Handschrift. Wieso nahm der keine Schreibmaschine, fragte er sich, wollte er eine Pseudo-Nähe vortäuschen?

Vor der Tür stand im Flur ein gelber Warnschildaufsteller. Darauf stand: Achtung Rutschgefahr.

Im Flur hatte Samia in einem hohen Glas bereits eine Kerze angezündet. Die Kerze hatte für jeden verstorbenen Bewohner ein paar Tage lang Wachs und Docht übrig.

REGENTAGE UND VERBOGENE DRUCKKNÖPFE

Der Sommer drehte seine letzte Runde. Dann verabschiedete er sich wortlos und überließ seinen Platz zwei Wochen ununterbrochenem Regen. Als der Regen aufgehört hatte, war das letzte Grün von den Bäumen gewaschen.

Wie schnell doch die Zeit vergeht, dachte der Briefträger. Die Zweige glänzten dunkelbraun und silbern. Auf den Stämmen gab es Flecken, die trocken geblieben waren. Sie waren matt und gräulich. Bei Regen war der Briefträgerberuf einsamer als bei Sonnenschein. Die Leute versteckten sich hinter Fensterscheiben und Vorhängen. Gärten waren leere Wiesen, bereit für Nässe und die Blätter des letzten Sommers. Alles war zum Stillstand gekommen. Es schien so, als drehten sich die Leben der Bewohner im Viertel nur dann weiter, wenn der Briefträger vorbeikam. Nein, mehr noch, dazu musste auch noch die Sonne scheinen. Ohne Sonne kein Leben. Ohne Briefträger kein Sein.

Am besten hielt sich Lauriane vor ihm verborgen. Wieder, wie im Frühling. Es war ihm nicht möglich, sie irgendwo anzutreffen. Er bekam sie nicht einmal zu Gesicht. Sie musste da sein. Sie wich ihm aus, denn ihren Briefkasten leerte sie regelmäßig. Und all das nur wegen dieser doofen Geschichte mit Dave. Dave machte alles kaputt mit seinen Abstürzen. Immer, als er ihre Briefkastenklappe hochklappte und hineinspähte, war die Post verschwunden, die er am Vortag eingeworfen hatte.

»Viel weiß ich nicht. Aber eins weiß ich: Ich muss es ihr erklären.«

Zu Hause machte er sich für seine Tour bereit und versuchte, einen Druckknopf zu reparieren, mit dem die Kapuze an seinem Regencape festgemacht war.

Mut kann man gewinnen, schöpfen, fassen, finden, sich machen, sich einreden, sich antrinken. Man kann den Mut verlieren. Er kann einen verlassen. Der Briefträger schnappte nach Mut, wie man nach Luft schnappt.

»Das lässt sich doch erklären«, sagte er laut vor sich hin.

Er warf einen Blick in den Spiegel im Gang, als er sich bereit machte, sah sich ins Gesicht und nicht auf den Druckknopf, dessen beiden Teile er mit Gewalt ineinander zu zwängen versuchte.

»Es lässt sich alles erklären! Wie es dazu kam, dass ich abends mit Félix weggegangen bin. Wie wir Dave auf der Straße aufgelesen haben. Eigentlich wollten wir nur etwas Gutes tun. Das kann doch nicht so schlimm sein! Was stimmt denn mit diesem Karma-Gesetz nicht mehr?«

Er warf das Regencape entnervt in die Ecke. Der Kopf des Druckknopfes wollte sich partout nicht in den verkeilt-verbogenen Hohlraum seines Gegenstückes drücken lassen. Da sind zwei Stücke, die füreinander geschaffen sind, aber wegen dieser einen Delle wollen sie nicht zusammenpassen. Vielleicht ist das eine Metapher.

»Aber wenn ich auch nur etwas weiß, dann ist es, dass ich es schaffe, Lauriane zu erklären, dass ich Dave nur helfen wollte. Sie hilft ihm doch auch! Wahrscheinlich wird das nicht für eine neue Verabredung mit ihr reichen, egal, was spielt das für eine Rolle? Nur eins, das soll sie wissen: Nämlich, dass ich es gut gemeint habe.«

Regentage sind Tage der lauten, tosenden Geräusche. Das Grollen der Fahrbahn war das einschläfernde Hintergrundgeräusch, das den Briefträger auf seiner Tour begleitete. Auf der Kapuze seines Regencapes und auf seinen Schultern trommelten die Regentropfen aufdringlich wie ein Schlagzeuger, der seine Lautstärke nicht zähmen kann. Am Regencape baumelte lose der kaputte Druckknopf.

Heute hatte der Briefträger ein Einschreiben für Lauriane. Heute, endlich. Endlich, heute. Endlich war mit dem Einschreiben ein Grund gekommen, bei ihr zu klingeln. Er versuchte, den Mut festzuhalten, denn er hatte sich vorgenommen, die Chance zu nutzen. Heute musste es sein, sogar jetzt. Zweihundertelf Briefkästen hatte er schon erledigt an diesem Tag.

Bei jedem hatte er Zeit, sich einen Satz für sie auszudenken, und noch bei Caluoris Haus hatte er sich eine Entschuldigung zur Einleitung des Gesprächs bereitgelegt gehabt. Die trommelnden Tropfen hatten ihm beim Denken geholfen. Er hatte unter dem Regengewäsch Ideen verworfen und neu aufgenommen.

In Kälins Briefkasten hätte er einen Brief mit schwarzem Rand werfen sollen. Er hatte es nicht getan, sondern ihn sich in die Innentasche seiner Jacke gesteckt, da, wo sein Portemonnaie steckte. Um Kälins Trauerbrief würde er sich später kümmern. Keinen Gedanken verschwendete er an das Wie und an das Wann. Einfach später, später. Jetzt galt seine ungeteilte Aufmerksamkeit Lauriane. Als er den Brief für Kälin in die Jackentasche steckte, plagte ihn nicht das geringste schlechte Gewissen.

Er verwarf die für Lauriane bereitgelegte Entschuldigungsfloskel.

Wofür sich entschuldigen?

Er wollte einfach sagen, wie es war. Er war plötzlich wie entbrannt, wie ein verschossener Teenager, wie jemand, der mit letzter Entschlossenheit zu Werke geht, eisern, so, als hänge der eigene Zahltag davon ab. Das war wohl die Verzweiflung der Mutigen, von der seine Mutter gesprochen hatte.

Er würde sagen, wie es war. Würde anfangen mit: Ich muss dir was sagen. Hörte sie schon Einwände vorbringen, die er mit Leichtigkeit entkräftete. Sah sich schon verhindern, dass sie ihm die Tür vor der Nase zuschlug. Er würde seinen Fuß in die Tür stellen. Sie würde schon nachgeben. All das dachte er, als er unter dem triefenden Regencape im Morgenregen von Briefkasten zu Briefkasten ging. Und dann mochte er nicht mehr länger warten, fürchtete, die Entschlossenheit würde ihm abhandenkommen wie der Dreck beim Duschen. Er nahm das Einschreiben aus dem Anhänger, übersprang die restlichen Häuser der Pappelstraße, denn jetzt war kein weiterer Aufschub geduldet. Wichtiges vor Dringendem.

Er ging direkt auf Laurianes Haus zu, schritt stracks zur Haustür. Mit Herzklopfen klingelte er. Unter dem Vordach konnte er nicht sehen, ob sich am Fenster etwas regte. Er klingelte ein zweites Mal. Der Regen prasselte, als ginge ihn das alles überhaupt nichts an. Lauriane hielt sich verborgen. Der Briefträger wollte nicht glauben, dass sie nicht zu Hause war. Er klingelte ein drittes, ein viertes, ein fünftes Mal. Dann sah er es ein und ließ seinen Kopf hängen. Sein Adrenalinpegel sackte ab. Man konnte es klar und deutlich erkennen, wenn man den Briefträger vor der verschlossenen Haustür stehen sah, denn mit dem verpufften Adrenalin schwand auch seine Körperspannung, figurativ schmolz er zu einem Häufchen, und das Häufchen nahm sich selber in die Pflicht und zückte den Bogen mit den Abholungseinladungen. Er schrieb ihr gleich zwei. Einen für den eingeschriebenen Brief. Es war ihm egal, wer der Absender des Briefes sein mochte. Er schrieb schnell und mit schludriger Schrift. Die Hausmauer diente ihm als Unterlage. In einer Unebenheit der Wand versank sein Kugelschreiber wie in einem Schlagloch, perforierte das Papier, aber auch das war ihm egal, ebenso wie das Wasser, das auf den Zettel tropfte. Getrocknet würde es ein gewelltes, viel starreres Papier zurücklassen mit unscharfer Schrift, aber egal, egal ...

Auf den zweiten Zettel schrieb er: »Wir müssen sprechen. Ruf mich bitte an.«

Und dann schrieb er seinen Namen und seine Telefonnummer dazu. Bei einer Zahl misslang ihm der Schwung. Er las den zweiten Zettel nochmals durch und zerknüllte ihn. Dann steckte er ihn sich in die Hosentasche.

Er begann von Neuem und schrieb: »Ich möchte dir das alles erklären. Leg mir einen Zettel in den Ablagekasten mit dem Wann und dem Wo.«

Mit feiner Genugtuung warf er die Zettel ein und trat hinaus in den strömenden Regen. Schnell brachte er die Häuser der Pappelstraße hinter sich, und bediente die Häuser des Jakob-Peter-Wegs. Im Anhänger lag ein kleiner Stapel Reklame.

Gar nicht so schlecht, dachte der Briefträger. Nur ein kleiner Rückfall.

LAURIANES VEREHRER

Täglich schaute der Briefträger in Laurianes Ablagekasten, fand aber nie den ersehnten Zettel mit ihrer Antwort. Der Briefkasten war geleert. Sie musste seine Abholscheine herausgenommen haben. So viel war sicher. Er blickte zu ihrem Fenster hoch und entdeckte in der stumpfen

Spiegelung der Scheibe Abweisung. Tat Lauriane, was nötig war, damit er verstünde, dass sie nichts von ihm wissen wollte?

Sie verhielt sich zu ihm wie ein Geist. Sie erschien ihm in Gedanken und Träumen, er wähnte sie in jedem Schatten und in jeder Geste, er glaubte sie immer gerade verpasst zu haben, entweder war er zu früh oder zu spät, nur bei Tageslicht, dann, wenn man sich hätte aussprechen können, war nie etwas von ihr zu sehen. Er spielte in Gedanken die abwegigsten Möglichkeiten durch, nur um nicht glauben zu müssen, dass diese Aussprache nie stattfinden würde.

Am plausibelsten erschien ihm, dass der Regen die Abholscheine so durchweicht hatte, dass sie unleserlich geworden waren. Er wusste, dass diese Deutung absurd war. Trotzdem wollte er sie als mögliche Erklärung nicht ausschließen. Ohne sie hätte er seine Hoffnung auf ein Missverständnis begraben müssen. Sie bewahrte ihn vor dem Schmerz ihrer endgültigen Zurückweisung.

Ende der Woche hielt er es nicht mehr aus. Nach seiner Tour ging er zur Poststelle und stellte sich wie ein normaler Kunde in die Schlange, in voller Briefträgermontur. Er peilte Schalter 2 an, wo Marco Maurer seit zwanzig Jahren tagein, tagaus hinter der Scheibe stand und geduldig Postgeschäfte tätigte. Jetzt bediente er einen Kunden, der unzufrieden zu sein schien. Maurer verschwand für einen Moment, kam mit einem Zettel in der Hand zurück und teilte dem Mann mit, dass nichts zu machen sei, er zwar gerne noch einmal nachsehen könne, aber beim besten Willen ... Jetzt schäumte der Mann.

Ob des Schauspiels vergaß der Briefträger fast, weshalb er selbst gekommen war. Die Dame hinter ihm tippte ihn mit der Hand an und zeigte auf Schalter 4. Schalter 4 war frei. Die Frau hinter ihm wurde ungeduldig. Der Briefträger sagte zu ihr: »Gehen Sie nur, gehen Sie nur«, und so ging das auch mit den nächsten Leuten, die hinter ihm in der Schlange standen, die Einzahlungsscheine schon bereit, die Tausenderscheine ins gelbe *Postbüechli* geklemmt, die Totalbeträge im Kopf addiert, bereit zu sagen: »Ja, ich komme auch auf Tausendfünfhundertdreißigfrankenzwanzig.«

Der Briefträger ließ sie alle vor, an den freien Schalter 4 von der geschwinden Frau Stevic, die mit wenig Worten und noch weniger Gesten bediente. Sie hatte zwei Finger auf der Rechenmaschine, die Hand um einen Stempelgriff, die Augen auf Zahlen und Buchstaben geheftet, aber nie auf ein Gesicht. Mit einer zackigen, präzisen Bewegung flogen die Briefe in die bereitgestellte Kiste hinter ihr, frankiert und abgestempelt.

Irgendwann zog auch der Mann ab, der Marco Maurers Schalter belagert hatte, erfolglos und mit einer Wut über das unauffindbare Paket im Bauch. Der Briefträger grüßte Maurer, bei dem die Verärgerung über den wütenden Kunden ebenfalls noch nicht verraucht war. Er brauchte ein paar Sekunden. Dann schüttelte er seinen

Kopf und richtete seinen Block und seinen Kugelschreiber neu aus auf seiner Seite der Scheibe. Er räumte die Stempel aus dem Weg und drückte die Kasse mit einem Ruck und einem Knall zu. Ein Ritual. Dann schlug er die Augen auf und war bereit, den nächsten Kunden zu bedienen, als wäre er der erste an diesem Tag.

Maurer fragte: »Was führt dich zu mir?«, und der Briefträger sagte: »Würdest du mir einen Gefallen tun?«

Der Briefträger bat ihn nicht um Geld. Er bat ihn darum, nachzuschauen, ob Lauriane ihr Einschreiben abgeholt hatte. Maurers Stirn kräuselte sich, als kitzle ihn darunter ein Gedanke. Er zögerte. Nicht, weil er nach einer Ausrede suchte, dem Briefträger die Bitte abzuschlagen, sondern weil er nachdachte, wie er ohne Abholschein am schnellsten herausfinden konnte, ob das Einschreiben bereits abgeholt worden war. Er kam nicht darum herum, die Fächer durchzufächern, Brief für Brief, mit geübten flinken Fingern. Sein Haarkranz zitterte im Luftzug. Dreimal drehte er sich zur Scheibe und zum Briefträger um und fragte, mehr vor sich hin: »Steinbrecher sagst du?« Er wartete keine Antwort ab und suchte weiter.

Der Briefträger sah ihm auf den Rücken, auf sein viel zu großes Hemd mit den kurzen Ärmeln, gespannt über dem Buckel, lottrig am Kreuz. Wenn Maurer sich streckte, um die Briefe in den obersten Fächern bündelweise herauszuziehen, sah man unter seinen Achseln Schweißflecken.

Wieder sagte er: »Steinbrecher, Steinbrecher.« Er brummte es vor sich hin. Der Briefträger sah seine Chancen schwinden mit jedem Einschreiben im Fach, das nicht für Lauriane bestimmt war. Maurer kam zurück und hob Schultern und Augenbrauen in einer gekoppelten Bewegung, so, als wären die beiden Teile miteinander verbunden.

Er sagte: »Der wurde bereits abgeholt.«

Der Briefträger wollte fragten: »Sicher?«, aber er ließ es, denn die Frage allein wäre eine Beleidigung. Er bedankte sich bei Maurer und ging. Jetzt hatte er Gewissheit, dass Lauriane keine Erklärung von ihm hören wollte.

Warum er sich am Abend trotzdem zu Laurianes Haus aufmachte, ist schnell erklärt: Er hielt es nicht mehr aus.

Es war dunkel, als er in den Jakob-Peter-Weg einbog. Bei Lauriane brannte Licht. Er ging zum Ablagekasten, schaute hinein und fand darin wieder keine Nachricht für ihn. Es lag etwas in der Luft. Im Nachhinein lässt sich das leichthin so sagen. Aber jetzt war er nur nervös und fühlte sich schwindlig.

Er sagte sich: »Was habe ich denn zu verlieren?«, und ging zur Tür.

Er fuhr mit dem Finger über den Nippel, der Laurianes Türklingel war, daneben ihr Namensschild, Steinbrecher ins metallene Schild graviert, er fuhr mit dem Zeigefinger darüber. Dann schob er es nicht mehr weiter auf und klingelte. Im Innern des Hauses hörte er das gedämpfte Schrillen von Laurianes Türglocke.

Den Kopf im Nacken sah er zum Fenster hinauf und wartete auf das Knurren des Türöffners, aber das Schloss blieb still. Hinter Laurianes erleuchtetem Küchenfenster bewegte sich ein Schatten, bewegte sich ruckweise ein Vorhang. So geht das immer, wenn man niemanden erwartet. Aus dem Fenster wird der unerwartete Besuch gemustert, unerwartet ist kaum je gut, Zeugen Jehovas und Staubsaugerverkäufer, Nachbarn ohne Mehl und Ei.

Lauriane hatte mehr Erfahrung mit unerwarteten Gästen, als ihr lieb war. Sie kamen zu allen möglichen Tages- und Nachtzeiten. Dave kam so oft unangemeldet, dass es nicht mehr als unerwartet bezeichnet werden konnte. Im Gegenteil. Lauriane rechnete immer damit, dass er plötzlich vor der Tür stand, dass er klingelte, weil sie von innen den Schlüssel stecken gelassen hatte, mit Absicht.

Die Klingel tönte unterschiedlich, je nachdem, ob man unten an der Haustür klingelte oder direkt an ihrer Wohnungstür. Dave stocherte mit seinem Schlüssel im Loch und stemmte sich gegen das sperrende Schloss, als könne er nicht glauben, weshalb sich der Kolben nicht drehte, und riegelte an der Türfalle.

Lauriane fragte durch die geschlossene Tür: »Bist es du, Dave?«

Sie ließ ihn riegeln und wartete, bis er klingelte. Wenn Dave aufgrund seines Zustandes gar nicht erst auf die Idee kam, zu klingeln, sondern sich entschied, mit der Faust gegen die Tür zu poltern, oder sich im Gang auf den Teppich legte, dann schloss Lauriane geschwind die Tür auf und zog ihn in ihre Wohnung, bevor Schweizer die Möglichkeit hatte, aus seiner Wohnung zu kommen und Ruhe und Ordnung einzufordern.

Mit Schwung flog Laurianes Küchenfenster auf. Es schnürte dem Briefträger die Kehle zu, und er brachte keinen Ton heraus. Er erwartete, mit Gezeter verjagt zu werden, aber zum Fenster heraus schaute nicht Lauriane, sondern ein Mann. Mitte dreißig, das Gesicht voller Rasierschaum. Er sah mit zusammengekniffenen Augen herunter, als fehle ihm seine Brille für scharfes Sehen und sagte: »Was ist los?«

Für den Briefträger war es der Gipfel der Herzlosigkeit. Es gab ihm einen Stich ins Herz und mantsche ihm die Knie weich. Es verletzte ihn, dass Lauriane einen fremden Mann ans Fenster ließ, um ihn abzuspeisen. Einen Mann, den er noch nie gesehen hatte, stand im lichterfüllten Fensterviereck, war im Unterleibchen mit der Körperpflege zugange. Sich generös zu rasieren in fremder Wohnung, so weit ist es gekommen.

Damit will sie sich über mich lustig machen, dachte der Briefträger, die verhöhnt mich. Wie ein begossener Pudel stand er unter ihrem Fenster, und es kam ihm der Gedanke, dass er's nicht besser verdient habe. Wie hatte er annehmen können, dass Lauriane nicht längst einen Liebhaber hatte? Es wäre eine Verschwendung von all den Liebhabern der Stadt, wenn gerade sie keinen gefunden hätte.

Er wollte bereits wieder weg, da wiederholte der Mann seine Frage: »Suchst du was?«

Er stand da, mit dem Rasierschaum im Gesicht und wirkte dabei sehr männlich. Der Briefträger nahm all seinen Mut zusammen und stammelte: »Ich wollte eigentlich mit Lauriane sprechen.«

Er erwartete, dass der andere ihn fragen würde, wer er sei, was er hier wolle, dass er sich wegscheren solle, aber der andere sagte nur: »Das geht jetzt gerade nicht.«

Und dann fuhr er sich tatsächlich mit dem Rasiermesser über die Wange. Der Briefträger wollte nicht glauben, was er sah. Der Mann legte einen Streifen Wangenhaut frei, schüttelte den überschüssigen Schaum vom Rasierer aufs Fensterbrett und setzte wieder an, rasierte sich ohne Spiegel das Gesicht, während er unten im Garten stand und wie ein Bittsteller warten gelassen wurde; der Mann schürzte die Oberlippe und barbierte sich die Schnauzstoppeln, er demonstrierte endlose Geduld und unendliche Gelassenheit, die dem Briefträger bis auf die Knochen peinlich war, so peinlich, dass er sich, ohne ein weiteres Wort zu erwidern, auf den Weg nach Hause machte.

Auf jedem Schritt des Heimweges bemitleidete er sich selber. Er zelebrierte eine nie gekannte Niedergeschlagenheit. Der Mann im Fenster schüttelte den Kopf. Als Lauriane in die Küche kam, hatte er das Gesicht halbseitig glatt rasiert. Sie hatte die nassen Haare in ein Frotteetuch gewickelt und schob den Mann von Fenster weg.

Sie fragte ihn: »Wer hat denn geklingelt?«

»Ach, ein Verrückter«, sagte er.

Sie fragte ihn: »Was wollte er denn?«, und sie sah den Rasierschaum auf dem Fensterbrett und verdrehte die Augen, sagte ihm, er solle das wegmachen und sich das nächste Mal gefälligst im Bad rasieren, korrigierte sich, sagte, das sei das erste und das letzte Mal, dass er sich in ihrer Wohnung rasiere.

Der Mann erwiderte nur: »Was zickst du hier so rum? Du bist doch die ganze Zeit im Bad – werd mal locker, Babe«, und das Wort Babe sagte er, als stünde es ihm zu, ihr einen Kosenamen zu geben, er sagte es in einem widerlichen, herablassenden Ton, er sagte es, als wäre sie seine Freundin, sein Flittchen, fehlte nur noch, dass er sie am Handgelenk packte dabei. Sie verdrehte die Augen, sodass er es sehen konnte, sodass er, egal, wie verpeilt er war, merken musste, dass er ihr auf die Nerven ging.

Sie fragte ihn ungeduldig: »Sag mir jetzt, was er wollte! Sofort!«

Der Mann lachte hässlich und sagte: »Was weiß ich, wollte zu dir und nicht zu mir. Hab ihn gefragt, ob er etwas kaufen will, aber er wollte nicht, war einfach irgendein Typ, glaub mir, nicht dein Typ.«

Lauriane schrie ihn an: »Arschloch! Du hast

jemanden, der an meiner Tür geklingelt hat, aus meinem Küchenfenster heraus gefragt, ob er Drogen kaufen will? Was bist du nur für ein Arschloch!«

Sie drehte sich weg und wollte eine Tür zuknallen.

Dave kam in die Küche und mischte sich ein. Seit ihn der Briefträger in der Mitte der Nacht bei Lauriane abgeladen hatte, hatte er auf dem Sofa geschlafen, unterbrochen einzig von einem kurzen Pendelgang zum Wasserhahn, trinken, zur Toilette, pissen, Durchfall, zum Kühlschrank, reinstarren, zum Brotkasten, Brot abreißen, Weißbrot, kauen, kauen, sich hinlegen, im Halbdunkel des Wohnzimmers, motzen und quengeln.

Wenn Lauriane ins Zimmer kam, um zu lüften, wenn sie ihm nachmittags die Decke wegnahm, um sie auszuwaschen, dann legte er sich auf die Seite und lag eine Weile einfach so da, mit den Händen zwischen den Knien eingeklemmt. Und so schlief er dann wieder ein. Dann wachte er irgendwann wieder auf, mit staubtrockener Kehle, und starrte eine Stunde oder zwei auf die Maserung des Parketts. Dann wurde ihm schlecht, dann wurde er nervös und verdrossen, und er wiederholte seinen Gang, pisste stehend ins WC, scherte sich einen Dreck um die Spritzer auf dem WC-Rand, wusch sich die Hände nicht, bevor er sich Brot abriss, starrte in den Kühlschrank, fand aber nichts, was ihm passte, und motzte und brummte vor sich hin, nahm einen Schuss Milch direkt aus der Tüte, weil ihm das Wasser zuwider war, und irgendwann ging er zum Telefon und rief Äitsch an, ausgesprochen wie der englische Buchstabe H.

Jedenfalls rief Dave nach ein paar Tagen Äitsch an und nannte ihm das Codewort und die Adresse, Jakob-Peter-Weg 5, bei Steinbrecher, und Äitsch sagte, er mache keine Hausbesuche, das sei ihm zuwider, aber Dave überredete ihn, eine Ausnahme zu machen, und Äitsch versprach, vorbeizukommen und ihm was zu bringen.

Dave legte sich wieder hin, und keine zwei Stunden später kam Äitsch vorbei. Und blieb gleich selber für ein paar Tage und schaute permanent nervös auf die Uhr und aus dem Fenster und hörte zu jeder vollen Stunde die Nachrichten im Radio, die sich stets nur wiederholten, und trotzdem hörte er sie sich immer wieder an.

Er blieb und sagte zu Lauriane, dass er sich um Dave kümmern würde, jetzt, wo dieser gerade nicht so fit sei. Das würden gute Freunde füreinander tun. Lauriane wusste nicht, wie sie ihn wieder aus der Wohnung bekommen konnte, und sie wusste, dass er log. Sie wusste, dass sich Äitsch bei ihr versteckte, weil seine Wohnung hopsgegangen war, keine halbe Stunde, nachdem er ausnahmsweise mal wieder einen Hausbesuch bei einem seiner Kunden gemacht hatte, und er nun nicht mehr nach Hause konnte, vorübergehend untertauchen musste. Ein verdammtes Glück hat dieser Äitsch. Womit hatte er es verdient, fragte sie sich. Das fragte sich Äitsch selber auch.

Er machte sich in Laurianes Wohnung breit und kommandierte sie herum, während draußen der Regen prasselte. Er rauchte in der Küche, ohne das Fenster zu öffnen. Bei offenem Fenster zog es ihm zu fest. Er leerte ihren Briefkasten, einmal täglich, um sich ein bisschen frische Luft zu gönnen, wagte sich aber nie weiter als bis zum Gartentor. Die Welt dahinter musste für ein paar Tage auf ihn warten. Dann setzte er sich wieder in die Küche und qualmte, wartete, hin und wieder gab er Dave etwas aus seinem Vorrat, den er nie aus den Augen ließ. Keinen Augenblick traute er Dave über den Weg. Seinem Freund. Da könnte ja jeder kommen.

Wenn Lauriane fragte: »Wann gehst du endlich?«, dann sagte er: »Wenn es Dave besser geht«, und Lauriane sagte: »Also nie.«

Jetzt standen sie zu dritt in der Küche. Dave wollte wissen, was zur Hölle los sei, und alle schrien durcheinander.

Lauriane war mit den Nerven am Ende. Von unten klopfte Schweizers Besenstiel gegen die Decke, und oben bei Mornar waren alle Fenster geöffnet. An jedem lehnten zwei oder drei Leute hinaus und blickten hinunter. Sie sahen nichts als das Licht, das aus Laurianes hell erleuchteter Küche in die Nacht fiel. Lauriane riss die Wohnungstür auf und schrie: »Raus!« Dave sah sie an. Er wusste, es war genug, es war Zeit. Äitsch ließ sich aus der Wohnung ziehen, im Unterhemd, den Rasierschaum noch an den Ohren.

Die Nachbarn horchten ins Treppenhaus, ohne dass sich jemand getraut hätte, die Wohnungstür aufzumachen. Lauriane verriegelte die Tür und schloss jeden Fensterladen. Sie schämte sich für die Peinlichkeit, der sie vor ihren Nachbarn ausgesetzt worden war. Lauriane tat ihr Bruder leid, den sie hinausgeworfen hatte, hilflos, wie er war, direkt in die Arme der Nacht. Irgendwann konnte sie sich beruhigen. Es war längst totenstill in ihrer Wohnung, still bis auf das Surren des Kühlschrankkompressors.

MAN STOLPERT, BEVOR MAN FÄLLT

Tagein, tagaus.

Das sind Tage, die sich zum Verwechseln ähnlich sind. Tage, die sich erfolgreich imitieren und voneinander abschauen, was sie aneinander mögen: die Unaufgeregtheit, die Hartnäckigkeit, mit der die Zeit verstreicht, ohne dass etwas passiert, das Bewusstsein, dass heute kein großer Wurf gelandet wird, die Akzeptanz des Unbedeutenden, die Einfallslosigkeit des Wahrscheinlichen.

Marco Maurer stand hinter der Schalterscheibe. Wer es lange genug tut, kann tagelang am Schalter stehen, ohne dass der Rücken schmerzt und es in den Kniekehlen zieht. Sein Schalter war die Nummer 2. Am liebsten zahlte er Geld aus. Kunstvoll vorgeführt, ist es eine ästhetische Tätigkeit. Geld auszahlen macht glücklich, wie

Komplimente machen oder jemandem die Tür aufhalten. Mit geschickten Fingern legte Maurer die Scheine wie einen geöffneten Fächer bei einem Taschenspielertrick vor sich hin.

Nur zu gerne hätte er dem Briefträger heute seine Taschenspielerkunst vorgeführt. Er hatte mehrfach nachgeschaut und überprüft, ob alle Angaben stimmten. Er räusperte sich, als könne er damit ein unangenehmes Gefühl verscheuchen. Es half nichts. Er fand auf dem Konto des Briefträgers keinen Rappen, den er ihm hätte auszahlen können.

Er sagte: »Ich kann dir was leihen«, aber der Briefträger winkte ab, wollte nur noch weg. Es war ihm nicht recht, Maurer in eine unangenehme Lage gebracht zu haben. Sein Angebot war ihm peinlich.

Der Briefträger wurde den Weltschmerz nicht mehr los, mit dem er vor zwei Wochen nach Hause geschlichen war, nachdem ihn Äitsch aus Laurianes Garten vertrieben hatte. Und zu allem Übel war es Herbst geworden. So richtig. Mit nassen Blättern und Regen und schlechter Laune und allem anderen, was zum Herbst gehört.

Er ließ die Zweifel nagen und die Pflichten schleifen. Abwechslungsweise dachte er an sein Pech und an Lauriane und konnte sich nur dazu aufraffen, seine Beine hoch genug über den Papierstapel zu heben, der in seinem Gang aus unzugestellter Reklame, vorenthaltenen Briefen und ungeöffneten Rechnungen wuchs.

Tagein, tagaus hoffte er, dieser würde sich wundersam in Luft auflösen. Aber nichts hatte sich in Luft aufgelöst. Nichts, ausser Lauriane.

Er versank in Gedanken und in Selbstmitleid, war mit sich und der Welt zerrissen, verwechselte Sonntage mit Montagen, ließ sich betäuben von der Überzeugung, dass Sinn und Bedeutung keine Frage der Perspektive sind, sondern ein Privileg.

Seine Mutter hatte gesagt: »Man stolpert, bevor man fällt.«

Als er über den Stapel nicht zugestellter Post stolperte, war er nicht bei der Sache. Beim Sturz scheuerte er sich die Handballen am Spannteppich auf. Er fluchte wie jemand, der einem Fremden die Schuld für ein eigenes Missgeschick in die Schuhe schiebt. Als er sich etwas beruhigt hatte, setzte er sich auf und ging die Post durch. Er blätterte in billigen Reklamekatalogen und warf sie direkt ins Altpapier. Der Welt würde durch die Entsorgung keinerlei Verlust entstehen. Was blieb, war Bedauern für die Bäume, die für die Kataloge gefällt worden waren.

Dann begann er, Rechnungen zu öffnen. Er riss die Briefe mit seinem stumpfen Finger am Falz entlang auf. Dreieckige Fetzchen blieben stehen, ragten ab wie eine ausgefranste Hügelkette. Nie gelang ihm ein sauberer Riss, der eine gerade, faserige Kante zurückgelassen hätte. Er zog Papierbögen aus Couverts. Meist beschränkten sich die Schreiben auf eine Seite, zur Not waren sie doppelseitig bedruckt. Etwa zu gleichen Teilen waren die Rechnungen an Luigi und an Marta Manzini adressiert. Ihre Konsumwut trug jetzt Früchte wie ein Apfelbaum im September eines Apfeljahres. Er zählte überschlagsmäßig Rechnungsbeträge zusammen, rundete auf oder ab, es spielte keine Rolle, denn nach der fünften oder sechsten Rechnung überstieg das Total bereits seinen Monatslohn, nach der elften oder zwölften Rechnung das, was er sich für eine Reise nach Amerika zusammengespart hatte. Dann hörte er auf mitzuzählen, schaute nicht mal mehr nach, was die beiden zusammengekauft hatten.

Er blickte auf den Rechnungsberg und wusste nicht, wo seine Enttäuschung herrührte. Oder war er gar nicht enttäuscht? War er traurig? Oder erschrocken? Emotionen zu beschreiben, ist schwierig, weil sie kaum reinrassig vorkommen.

Die schiere Menge an Post, die er den rechtmäßigen Empfängern entwendet hatte, lag in seinem Schoß.

Was hätte er denn tun sollen, als Frau Caluori vor Angst zitterte, jedes Mal, wenn ihre Tochter ihr einen Brief aus Übersee schickte? Man kann die Frau doch nicht sich selbst überlassen! Er schob ihr die Schuld zu. Sie war es doch, die ihm die Last aufbürdete, der Bote der Nachricht zu sein, dass ihre Tochter nichts mehr von ihr wissen wollte. Solche Dinge sollte man höchstens sich selber aufbürden. Aber andere damit belasten?

Er gab sich selber die Antwort: »Nein, das darf man nicht.«

Im Stapel fand er einen Brief von Sarah Caluori. Schon am ersten Buchstaben der Adresse erkannte er ihre Schrift. Diese Schwünge hatte er stundenlang geübt, als er den Brief schrieb, den Sarah hätte schreiben sollen.

Er bemitleidete sich selbst, den Brief so geschrieben zu haben, dass niemand zu Schaden kam außer er selbst. Er wusste nicht, dass Sarah zwischenzeitlich mit ihrer Mutter telefoniert hatte. Wie hätte er es auch wissen sollen? Er ging mit dem ungeöffneten Brief von Sarah in die Küche und legte ihn in den Spaghettitopf. Dann kramte er nach der Brennsprit-Flasche. Sie stand hinten im Schrank. Vorsichtig träufelte er Sprit über den Brief. Die blaue Kugelschreiberschrift zerrann wie Wasserfarbe, wie Batik.

Der Brief im Spaghettitopf war ein kurzer. Der Brief im Spaghettitopf brannte kurz und bläulich. Er enthielt eine Entschuldigung. Sarah hatte ihn abgeschickt, und er lag noch keine halbe Stunde im Briefkasten und wartete darauf, abgeholt zu werden, da wünschte sie sich, sie wäre imstande, den Briefkasten wieder aufzubrechen, und könnte noch verhindern, dass der Brief jemals ihre Mutter erreichte. Wankelmütig hatte sie ihn geschrieben und mit heißen Fingern eingeworfen.

Als er im Kasten lag, verdammte sie sich dafür, ihn eingeworfen zu haben. Sie sah dem Boten zu, der ihn in einem großen, starren Sack ins Auto warf. Dann war er unterwegs zur Mutter mit der Entschuldigung, die sie im ersten Moment meinte und im nächsten wieder nicht.

Wofür und worum es eigentlich ging, das war unerheblich. Sind es nicht die größten Sorgen, die anderen als die größten Nebensächlichkeiten erscheinen?

Hätte Sarah doch nur gewusst, dass der Briefträger die Post ihrer Mutter unterschlug, entwendete, einsteckte, stahl, sie hätte sich nicht zu wünschen gebraucht, die Zeit zurückdrehen zu können. Sie hätte sie nicht anrufen müssen, bange, weil ihre eigene Mutter nicht auf ihre Entschuldigung antwortete. Irgendwann überwand sie sich, ihre Mutter anzurufen. Caluori presste den Hörer ans Ohr. Sie hörte nichts als Hausgeräusche und Herzschläge. Sekunden vergingen. Sie fühlten sich an wie Jahreszeiten, wie Wetter, wie Altern. Sarah hatte ihre Mutter im Ohr und einen Kloß im Hals. Caluori wusste nicht, von welchen Briefen ihre Tochter sprach, für welche Briefe sie sich entschuldigte.

Sie sagte immer wieder: »Es ist schon gut, es ist schon gut.«

Sarah wiederholte, was sie vorhin bereits gesagt hatte, nämlich, dass die Briefe, die sie ihr geschickt hatte, dass sie es nicht so gemeint habe, dass es ihr leidtue.

»Aber ich verstehe immer noch nicht, von welchen Briefen du sprichst?«, sagte ihre Mutter. »Ich habe doch nur diesen einzigen erhalten, und den habe ich in meiner Nachttischschublade, ich lese ihn immer, bevor ich ins Bett gehe, seit ich ihn habe, kann ich wieder einschlafen.«

Der Briefträger musste den Rest der unterschlagenen Post nicht mehr durchackern, um zu wissen, dass ihm die Sache entglitten war.

Es machte keinen Unterschied mehr, dass er in seiner Jackentasche einen Brief für Frau Kälin hatte, dass das der Trauerbrief sein musste, auf den sie seit Ewigkeiten wartete, der Grund, warum sie am Briefkasten stehend die Todesanzeigen durchging.

Und es machte auch keinen Unterschied mehr, dass im Stapel ein Strafbefehl für Schweizer lag, von dem Schweizer nichts wusste, nichts wissen konnte, weil dem Briefträger die Sache über den Kopf gewachsen war.

Also: Für den Briefträger spitzte sich die Lage zu, und diese Formulierung ist Schönfärberei.

DAS KARTENHAUS FÄLLT ZUSAMMEN

Schweizer saß zu Hause und trauerte um seinen Vater. Früher oder später würde die Polizei an seiner Tür klingeln. Der Trauer hatte Schweizer feste Intervalle zugeteilt. Morgens zum Beispiel hatte er keine Zeit für sie. Beim Mittagessen kam sie kurz zu Besuch und versuchte ihm erfolglos, den Appetit zu verderben.

So ein Blödsinn. Essen muss man doch, dachte Schweizer, während er schaufelte und schnitt, spießte und schluckte. Dann machte er einen Mittagsschlaf, maximal neunundzwanzig Minuten, auf keinen Fall eine halbe Stunde, so weit kommt's noch, das machen nur Faule und Schwächlinge.

Die Kernessenz seiner Trauer war, dass sie ihn von etwas abhielt. Sein Vater forderte nichts von ihm, machte ihm keine Vorwürfe, und er bat ihn um nichts. Er hatte einen kurzen, knappen letzten Willen verfasst. So bündig und eindeutig, dass klar war, dass er niemandem, nicht mal seinem Sohn, auf die Nerven fallen wollte. Er bat ihn, eine Todesanzeige zu schalten, die er vorformuliert hatte. Die Anzeigegebühren des Tagblatts hatte er abgezählt dazugelegt.

»Wichtig aber:« stand auf einer Anweisung. »Die Anzeige ist erst zu schalten, wenn die Beerdigung vorbei ist.«

Dann folgten einige stichwortartige Instruktionen. In eine Urne wollte er, das brauche weniger Platz. Im Schrank, auf dem obersten Tablar, hinter dem Traubenkernkissen stehe sie.

Ein schlichtes Modell, weiß, aus Keramik. Schweizer fuhr mit der Hand darüber und spielte einen Moment mit dem Gedanken, wie man seinen Vater, der zwar abgemagert und knochig geworden, aber immer noch viel zu groß für diese Urne war, wie man den ... Er stoppte sich. Das war nicht seine Art zu denken.

Sein Vater hatte sich um alles gekümmert. Er hatte alles vorbereitet, alle Formulare ausgefüllt.

Nur das Datumsfeld war leer. Es war das Einzige, was er nicht gewusst hatte, sein Todesdatum. Er wollte es auch nicht bestimmen. Aber den Kugelschreiber, um es einzusetzen, im leeren Feld, den hatte er seinem Sohn hingelegt, und Ernst konnte sich bei seinem Vater wirklich wieder wie ein umsorgtes Kind fühlen.

Sein Vater hatte an alles gedacht, sogar an seine Aufgeschmissenheit. Das war es, was er sich als erwachsener Mann zurückgewünscht hatte. Er wäre nie draufgekommen. Jetzt aber fiel es ihm wie Schuppen von den Augen. Er, der selbst immer bestimmte, der dirigierte und regierte, der anwies und erließ, der ermahnte und belehrte, er, der all diese Tätigkeiten pausenlos ausführte, sehnte sich insgeheim danach, auszuführen und zu erledigen, zu folgen und zu beherzigen, zu beachten und nachzukommen, Zuflucht in der Gunst des Vaters zu suchen.

Eine letzte kleine Sache noch. Entschuldigend kamen Schweizer die Kritzel seines Vaters vor, wie Dekrete eines fürsorglichen Herrschers, dem seine eigene Machtfülle höchst peinlich war, weil er in seiner Weisheit letztlich entdeckt haben mochte, dass die Macht nicht mehr als ein banales Kinderspiel war, eine Marginalie, ein Fliegenschiss im Leben, dem man *weissgottweshalb* so dermaßen viel Aufmerksamkeit zukommen ließ. Es zeugte von Reife und Besonnenheit, dies noch zu Lebzeiten zuzugeben.

Martin Schweizer bat seinen Sohn nur um

eine Sache: Einen Brief müsse er abschicken, er sei adressiert und frankiert und zugeklebt, darin eine Seite Text, hundert Mal geschrieben, bis jeder Schwung saß, bis kein Buchstabe einen Buckel oder einen Knicks machte, wo keiner sein sollte, bis keine Zeile abfallend oder aufsteigend verlief, bis jedes Wort unzweideutig besagte, was es besagen sollte.

Der Brief liege unter seiner Matratze, er könne ihn hervorziehen, sobald er selbst nicht mehr darauf liege.

Und tatsächlich, aufgeregt hob Ernst Schweizer später die Matratze an und fand einen kleinen Briefumschlag, kleiner als zwei aneinandergelegte Bierdeckel.

Er erschrak, als er sah, dass der Brief an Ernestine Kälin adressiert war.

Wieso an diesen alten Drachen?, fragte er sich und empfand es als himmelschreiende Ungerechtigkeit, die ihm sein Vater damit angetan hatte. Nie würde er herausfinden können, was es mit diesem Brief auf sich hatte. Er verwünschte seinen Vater. Bis auf dem Mond, zu einem Häufchen Staub. Und es tat ihm leid, denn er war schon auf dem Weg dazu, nicht auf den Mond, aber zu einem Häufchen Staub zu werden.

Er hätte damit leben können, dass sein Vater Geheimnisse vor ihm hatte, Geheimnisse mit ins Grab nahm. Es ist das Schicksal der Hinterbliebenen, dass sie nie erfahren können, wer ihre Ahnen waren und was sie taten. Und es ist das Recht der

Verbleichenden, dass sie mitnehmen und zurücklassen können, wie es ihnen beliebt.

Für Ernst war es an Unerträglichkeit nicht zu überbieten, dass ihm sein Vater beim Abschied ein solches Geheimnis unter die Nase rieb. Damit öffnete er der Möglichkeit Tür und Tor, dass sein Leben ein großes Versteckspiel gewesen sein könnte.

Ernst hatte seinen Vater bis zum Schluss nicht gefunden. Ernst spielte mit dem Gedanken, den Brief zu lesen. Er besaß die Pietät, es nicht zu tun. Vor dem Briefkasten drehte er den frankierten Brief in den Händen und wusste: Wenn ich ihn jetzt einwerfe, dann gebe ich ihn aus den Händen, für immer.

Er spielte mit dem Gedanken, den Brief persönlich zu übergeben. Er kam zum Schluss, nicht das Recht dazu zu haben. Am Ende warf er ihn ein und nahm sich vor, Frau Kälin im Auge zu behalten und darauf zu warten, dass sie sich ihm mitteilte. Wenn sie auch nur halb so viel Anstand hatte, wie sie im Viertel einforderte, dann käme sie mit dem Brief früher oder später zu ihm.

Schweizer erwachte aus seinem Mittagsschlaf, als die Kommodenstanduhr eine Minute vor halb zwei schlug. Sie war alles, was er aus dem Altersheimzimmer seines Vaters mitgenommen hatte.

Früher oder später würde die Polizei an seiner Tür klingeln.

Der Briefträger wusste es, Schweizer dagegen hatte nicht die geringste Ahnung.

Wie lange es wohl dauert zwischen einem Strafbefehl, dem man nicht nachkommt, und dem Moment, in dem sie einen abholen?, fragte sich der Briefträger.

Schweizer würde sie kommen sehen und die Augen verdrehen. Er würde denken, sie kämen mal wieder, um Dave zu holen oder um Mornar in die Schranken zu weisen. Dessen angebliches Hilfswerk war sicher nur ein grosser Schwindel, ein großes Kartenhaus, das den Mornar unter sich begraben würde. Aber die Polizisten würden tatsächlich bei ihm klingeln und ihn zur Rede stellen, und er würde fragen, was sie von ihm wollten, und behaupten, er habe nie einen Brief bekommen.

Kein Einschreiben, nichts. Aber sie würden ihm nur einsilbig antworten, würden sich auf das Wort »mitkommen« beschränken, und dann würde er mitgehen wie ein Rohrspatz, der schimpft, denn der Staatsgewalt widersetzt man sich nicht. Auch nicht, wenn man sich im Recht wähnt.

Das wird sich alles aufklären, gäbe sich Schweizer siegesgewiss. Er freute sich auf die förmliche Entschuldigung, die ihm von den Beamten zuteilwerden würde. Ihre schlappen, weichen Hände würden sie ihm hinstrecken, und er würde sie extra etwas zu kräftig drücken.

Manzinis Kaufwut mit dem eigenen Geld zu berappen, war ein ebenso aussichtsloses Unterfangen, wie Wind in ein Konfitüreglas zu sperren. Der Briefträger hatte ihre Löcher gestopft, bis er, hier und heute, nicht mal mehr das Loch in seinem Bauch stopfen konnte. Und Wind gab's heute mehr als genug. Seit Tagen blies der Wind. Es war erst Spätsommer geworden, dann Frühherbst. Wie man's nimmt und ohne, dass man es merkt. Plötzlich fiel das Licht dunkelgelb und flach über die Straßen, blendete wie ein gefallener Scheinwerfer knapp oberhalb des Asphalts. Dieses Gelb gibt es nirgends zu kaufen. Die Kreuzung wurde ertränkt, geflutet.

Kaum eine Woche war vergangen, seit der Lohn das Konto des Briefträgers geflutet hatte, und heute wünschte er, es wäre Ebbe, aber tatsächlich herrschte staubtrockene Dürre. Im Kühlschrank waren Licht und Kälte, im Brotkasten Krümel, die kippte er weg, übers Fensterbrett in die Dachrinne, damit die Spatzen etwas zu picken hatten und er etwas zu beobachten am Sonntagmorgen. Der Briefträger saß in seiner Küche und suchte den Ausweg. Er musste zugeben, er hatte gerade recht viel Mutlosigkeit, ein kleines bisschen Mitleid mit sich selbst und noch immer kein Wort von Lauriane gehört. Er fragte sich, welchem Charakterzug er es zu verdanken hatte, dass er sich in diese Situation manövriert hatte?

»Wer zögert, ist verloren.«

Solche Dinge hatte sein Onkel Ferenc immer gesagt. Ferenc war zwei Dinge: Der einzige Mensch der Welt, der durch Fensterputzen reich geworden war, und der Einzige, der den Briefträger jetzt noch retten konnte. Wenn ihm über die Jahre Onkel Ferenc in den Sinn kam, dann hörte er ihn diesen Satz sagen, am Mittagstisch über den Suppenteller gebeugt, am Ärmel ein Mottenloch, in der Hosentasche eine Armbanduhr mit gerissenem Bändchen: Wer zögert, ist verloren. Aus seinem Mund klang es wie die allertiefste Weisheit der Welt.

»Warum besuchen wir ihn nicht mal in seinem Schloss?«, hatte der Briefträger von seiner Mutter wissen wollen. Wie lange das schon her war.

Sie sagte, Ferenc hätte viel zu tun. Als er einfach nicht locker lassen wollte, da sagte sie: »Ja, warum eigentlich nicht.«

Sagte es, meinte es aber nicht. Sie hatte nicht die geringste Absicht, Ferenc wirklich zu besuchen.

Sie sagte: »Warum eigentlich nicht?«, weil man darauf nichts mehr antworten kann, weil es als Möglichkeit in der Luft hängt, nicht mehr, nicht lange.

Als er ein bisschen älter war und Ferenc mit dem Appetit einer Putzkolonne Sonntagsbraten aß, da unterbrach ihn der Briefträger mitten im Schmatzen und fragte: »Können wir mal zu dir kommen?«

Ferenc sagte: »Ja, warum eigentlich nicht?«

Nun, schlussendlich besuchten sie Onkel Ferenc trotzdem nie. Immer kam etwas dazwischen, und für alles, was dazwischenkam, hatte Ferenc eine Ausrede, die überhaupt nicht wie eine Ausrede klang.

Zurück im Jetzt saß der Briefträger in seiner Küche vor dem leeren, grellen Kühlschrank, und sein ewiges Zögern kam ihm im Licht von Onkel Ferenc' Zitat wie die größte Schwäche vor. Er schob jede Niederlage und alles Unglück seiner Zögerlichkeit in die Schuhe.

»Wer zögert, ist verloren«, murmelte er und haute mit der Faust auf den Tisch. Dann sagte er laut und deutlich: »Und heute Sonntag besuche ich dich, Onkel Ferenc, ob du willst oder nicht!«

Der Briefträger hastete die Treppe hinunter, nahm vier, fünf Tritte auf einmal. Er wollte keine Zeit verlieren, aber auch kein bisschen Tatendrang.

»Wer zu viel überlegt, der sucht Gründe, nicht zu dürfen«, hatte Ferenc gesagt.

Er schwang sich in den Sattel und fuhr los, auf Hauptstraßen, die leer waren. Der Himmel hing so tief, dass er den Kopf einziehen musste. Geradeaus, am Horizont, schleckte das Himmelgrau am Straßenbelag. Diesen Farbton gab es nur am Sonntag. Er hätte ihn fast zur Umkehr gebracht. Mit einem Mal schien ihm das Unterfangen, seinen Onkel um Geld anpumpen zu wollen, als zu peinlich, zu lächerlich.

Doch dann dachte er an sein leeres Münzfach, und dann gingen seine Gedanken zu Ferenc' Bankkonto, das zum Überlaufen gefüllt sein musste. Deshalb zog er am Gashebel, drehte weiter am Lenker. Seine Knöchel waren rissig vom Fahrtwind, aber er spürte nichts davon. Das lockende Geld vor Augen beruhigte und peitschte ihn zugleich. Es war das Schmiermittel für den Engpass, in dem sich sein Leben verkeilt hatte.

Er dachte an Lauriane, und unter ihm flitzte die Straße dahin. Ihm vibrierte die Wirbelsäule, und seine Arme kribbelten von der Rumpelei des Motors.

Mit dem letzten Tropfen Benzin bog er ins Dorf ein, wo Onkel Ferenc wohnte. Er wohnte an der Hauptstraße, im letzten Haus. Sollte also nicht so schwer zu finden sein. Die Hauptstraße wand sich um Häuser und Bäume. Man konnte vom einen nicht bis ans andere Ende der Straße sehen.

Keine zweihundert Meter waren noch zurückzulegen, als sein Mofa anfing zu spotzen und versoff. Er rollte aus, so weit er konnte. Schlussendlich stieg er ab und schob.

Da stand es, das letzte Haus der Straße. Dahinter kam nur noch das Ortsschild. Er staunte nicht schlecht, als er an der angegebenen Adresse kein Schloss fand, sondern ein schlichtes Mehrfamilienhaus mit Fenstern, die vor Schmutz blind waren.

Er stieg die Treppe zum Hauseingang hoch.

Von den drei Klingelschildern waren zwei abmontiert. Ein einziges blieb, gefüllt mit einer fein gravierten Plakette. F. Fenster stand darauf.

»Je länger man vor der Tür zögert, desto fremder wird man.« Das hatte nicht Ferenc, sondern Kafka gesagt.

So lange hatte er nichts von seinem Onkel gehört, hatte er selbst nichts von sich hören lassen, und jetzt stand er vor seiner Tür, zögerte das Klingeln hinaus, da schwenkte die Haustür schwungvoll nach innen auf, ein Mann erschien im Mantel, grauhaarig und gealtert, sah nach unten auf eine Armbanduhr, die er am Bändchen zwischen Daumen und Zeigefinger hielt, und konnte keine Sekunde länger verbergen, dass er Onkel Ferenc war. Onkel Ferenc, der Fensterputzer.

Auf Anhieb erkannte er seinen Neffen und breitete die Arme aus. Nie konnte Onkel Ferenc etwas überraschen. Nichts brachte ihn aus der Fassung. Sie schien ihm zu gehören, wie ihm das Geld auf seinem Konto gehörte.

Er nahm ihn in den Arm, führte ihn vom Eingang weg, spann ihn ein, mit Worten und mit Charme, so, wie man Wolle zu Garn spinnt. Der Briefträger merkte nicht, wie sie sich vom Haus entfernten, während Ferenc nicht mit treffenden Sprüchen geizte. Wortgewandt beschrieb er das Wetter, zungenfertig schrieb er dem versoffenen Mofa Charakter zu und malte ihm eine Weltreise in die Zukunft. Er zupfte ihm den verrutschten Schal zurecht, zog diesen dann aus, wickelte ihn in einer fließenden Bewegung um den Hals des Briefträgers.

Mit einem Schnippen seines Zauberonkels war der Briefträger wieder zum Kind geworden, umsorgt und sorgenlos.

Stumm forderte Ferenc seinen Neffen zum Sprechen auf. Als dieser den Anfang nicht fand und sicherheitshalber schwieg, fragte Ferenc: »Was führt dich her?«

Nach einem letzten Moment des Drucksens platzte es aus dem Briefträger heraus, und er fiel, wie man so sagt, mit der Tür ins Haus. Welche Worte er aufsagte, könnte er heute nicht mehr sagen. Jedenfalls lachte sein Onkel lauthals auf. Aber nicht so, als würde er den Briefträger auslachen. Er musste tatsächlich nur über die Ironie der ganzen Sache lachen und nicht über das Pech des Briefträgers und sein bemerkenswert schlechtes Timing.

»Vor weniger als einer Woche habe ich mein gesamtes Vermögen verschenkt!«, sagte Ferenc.

Das klang nicht nach einer Behauptung, sondern nach einer selbstlosen, noblen Geste. Da konnte man nichts machen. Schon gar nicht des Onkels Ehrlichkeit anzweifeln. Das gehörte sich nicht. Speziell nicht, wenn man jemanden um Geld angepumpt hat, also ließ es der Briefträger bleiben.

War es zu glauben? Warum musste Onkel Ferenc seinen letzten Hosenknopf genau dann verschenken, als seine Geldnot so groß war, dass er sich keinen einzigen Tropfen Sprit leisten konnte? Aber Ferenc strahlte über beide Ohren. Alles Geld habe er weggegeben, Leuten, die es brauchten, so wie er es hätte gebrauchen können, als er damals aus Ungarn flüchten musste und nichts hatte außer zwei Händen, die Fenster putzen konnten wie keine zwei anderen.

Vor dem Briefträger standen ein Mofa mit leerem Tank und ein beschwerlicher Heimweg. Wenn es geradeaus ging, trat er in die Pedalen und kam kaum voran. Bergab ging's im federnden Sattel und mit steifen Bremsen. Bergauf schob er und schwitze. Mitten in der Nacht kam er mit zitternden Beinen und klammen Fingern nach Hause.

Hinter ihm lag ein verlorener Sonntag, mehr noch, einer, der ihm die letzte Hoffnung geraubt hatte, mit einem blauen Auge aus dieser Sache herauszukommen.

NACHTGEDANKEN

Manzinis Schuldenberg überstieg mittlerweile ihr Jahreseinkommen. Luigi und Marta hatten das Wochenende über Pläne geschmiedet, wie sie dem finanziellen Ruin noch entkommen könnten.

Eigentlich konnte Marta gut rechnen, und eigentlich konnte Luigi gut Ordnung schaffen. Also machte er sich über die gestapelten Rechnungen her, sortierte nach Datum, nach Dringlichkeit, paarte Rechnungen mit Mahnungen. Pfändungen legte er auf einen separaten Stapel. Er schob alles bündelweise Marta zu. Sie hackte mit dem Zeigefinger auf den Taschenrechner ein und hängte einen Zettel an die Wand. Darauf schrieb sie eine rote Zahlenreihe, die nach unten immer größer wurde, bis sie an die Begrenzungen des Zettels stieß.

Sie brauchten einen Tag dafür. Papiere bedeckten den Fußboden wie im Garten das nicht gerechte Laub den Rasen. Wie Störche suchten sie nach freien Flecken, wo sie ihre Füße platzieren konnten. Dann riss Marta der Geduldsfaden. Aus dem Keller holte sie nigelnagelneue Archivboxen. Fünf, sechs Stück davon.

»Woher hast du die?«, fragte Luigi.

Marta zeigte auf den dritten Papierstapel von links, dritte Reihe, da lagen die Rechnungen vom März und vom April.

Luigi schüttelte den Kopf wie einer, der vorzugeben versucht, fassungslos zu sein. Er legte sich seine Worte zum Angriff zurecht.

Marta kam ihm zuvor. Mit übertriebener Sachlichkeit sagte sie: »Die liegen seit Wochen unten im Keller. Direkt neben deinem Modellflugzeug. Weißt du, das eine, das neue: Du hast es nicht mal ausgepackt.«

So begann es, so ging es hin und her, die ganze Nacht. In jedem Zimmer brannte Licht. Von außen sah ihr Häuschen aus wie eine hell erleuchtete Schachtel. Darin bückten sich geschäftig die Schatten von Marta und Luigi. Jemand, der vorbeiging, musste denken, sie läsen endlos lange Kinderspielzeug vom Boden auf. Oder Scherben. Das Haus rumorte und fieberte, während es draußen still war wie im Paradies.

Mitten in der Nacht setzten sich Luigi und Marta vor ihrem Reihenhäuschen auf den Treppenabsatz. Sie rauchten schweigend und fröstelnd Zigaretten und waren bankrott.

Die Nacht tat so, als wolle sie die baldige Dämmerung verkünden. Sie log, denn es war kaum zwei Uhr und würde noch stundenlang stockfinster bleiben. Luigi und Marta lauschten dem Schlaf ihrer Nachbarn. Konnte es denn sein, dass Manzinis die Einzigen mit Sorgen waren?

Der Zigarettenrauch kräuselte sich und stank. Hoffentlich findet er kein gekipptes Fenster, dachte Marta. Sie wartete auf die Müdigkeit. Von ihr erhoffte sie sich Beruhigung.

»Nur noch eine«, sagte er leise, zu sich oder zu Marta, egal. Er zündete sich eine neue Zigarette an und zog so fest daran, dass der orange glimmende Punkt seine Nasenspitze erhellte.

Er strengte sich an und verkrampfte sein Gesicht. Er presste Kiefer lückenlos auf Kiefer und schaffte es trotzdem nicht, seinem Gehirn die Idee für den Ausweg aus ihrer aussichtslosen Situation abzuringen. Er kniff die Augen zusammen und starrte in die dunklen Gärten. Er wusste selber, dass es illusorisch war, dort Hinweise zu suchen, wo die Nachbarn im Gemüsebeet jäteten.

Marta tastete nach seiner Hand und sagte: »Hauptsache, wir haben uns.«

Luigi ließ seine Hand ergreifen, zu passiv, sagte nichts, vorerst. Zu lange sagte er nichts. Als er ansetzen wollte zu seiner Antwort, da entzog ihm Marta ihre Hand, zog sie zurück, als hätte sie sich verbrannt oder gestochen, und fiel ihm ins Wort, das er noch nicht begonnen hatte.

Sie sagte: »Sag nichts.«

Sie wollte aufstehen und gehen, da berührte er sie am Oberarm.

Marta ließ es sein, aufzustehen. Sie blieb neben ihm auf der Treppe sitzen, wandte sich aber leicht ab, ein paar Grad nur, wandte ihm in einer rein vegetativen Bewegung den Rücken und die herbstnachtkalte Schulter zu.

Ihre Körperposition reichte, um Luigi zu treffen, wo ihn Marta treffen wollte, im Oberbauch nämlich, und wenn da das schlechte Gewissen nicht bereits gesessen hätte, säße es da spätestens jetzt.

In Luigi regte sich etwas, wollte zu Bewegung werden, selbsttätig, automatisch, reflexhaft, aber keineswegs absichtslos. Das, was sich regte, was in ihm aufstieg, wollte zu einer Bewegung werden, zu einer abwinkenden, einer die Hände verwerfenden, einer Kopf schüttelnden Bewegung. Luigi wollte eine Geste produzieren, die sein Missfallen ausdrückte, die Augen verdrehen etwa oder mit der Zunge schnalzen. Er wollte ihr eine ebenso kränkende Regung zuteilwerden lassen, wie sie ihm eine zugeworfen hatte.

Er dachte nach, und es fiel ihm nichts ein. Zeit und Zeitpunkt für seinen Konter kamen ihm abhanden. Im untätigen Verstreichen des Zeitfensters fand er so zufällig, wie die Intuition eben sein kann, die stärkste Waffe der Kränkung überhaupt: das vorwurfsvolle Schweigen.

Luigi sagte: »Es ist besser, ich sage jetzt nichts.«

Aber stimmte das? Er fragte sich, ob es nicht besser wäre, alles zu sagen, was ihm auf der Zunge lag.

Er dachte: Entschuldigen kann man sich später immer.

Marta fragte ihn: »Kann man ehrlich sein, wenn man schweigt?«

Die nächtliche Stille pochte ihr ans Trommelfell.

Still warten die Einsamen, bis es Morgen wird.

Marta legte Luigi flüchtig eine Hand auf die Schulter. Luigi wollte Marta berühren, aber sie wendete sich ab und sagte: »Es ist frisch geworden.«

Dann stand sie auf und ging hinein. Ruhig und wortlos schloss sie die Tür hinter sich. Das Knarren der Treppe verriet, dass sie in den oberen Stock stieg. Unhörbar und unsichtbar für Luigi legte sie sich aufs Bett, mit allen Kleidern.

Gesicht voran vergrub sie sich im Kissen und atmete schwer und schluchzend durch den Widerstand der Daunen.

Es hatte zu regnen begonnen. Luigi blieb sitzen, bis er nass war durch und durch. Das macht man einmal im Leben. Der Wind rüttelte am Baum. Er konnte die Bewegung davon an den schwankenden Schatten ablesen. Schließlich ging auch er hinein. Sein Hemd klebte eisig am Oberkörper, obwohl es zwanzig Grad waren in der Wohnung. Er zog seine Kleider aus und hängte sie über alle freien Stuhllehnen. In den Unterhosen ging er die Treppe hinauf. Er fand die Schlafzimmertür geschlossen, drückte die Türfalle nach unten, bemerkte den Widerstand, Marta hatte abgeschlossen. Leise klopfte er, aber Marta antwortete ihm nicht. Er sprach ihren Namen aus, weich und ruhig. Mehrmals. Im Zimmer regte sich nichts.

Luigi hatte keine Geduld mehr und gab es auf. Er vermied jedes weitere Wort, sagte Marta nicht, dass er gekommen war, um trockene Kleider aus dem Schrank zu holen, dass er sie in Ruhe lassen werde.

Er ging ins Wohnzimmer, zog die Unterhose aus und setzte sich nackt aufs Sofa. Er schaltete den Fernseher ein, zugedeckt mit einer kratzenden Wolldecke, die er nie gemocht hatte.

Er dachte: Wir haben uns ruiniert mit all dem Scheiß, den wir gekauft haben, aber nicht mal eine flauschige Decke haben wir im Haus.

Marta fand ihn zusammengerollt auf der Couch.

Sie sagte: »Luigi, wir müssen reden.«

»Worüber müssen wir reden?« fragte er, und sie sagte nur: »Über Geld.«

Keiner von beiden wollte über Geld reden.

Luigi sagte: »In Ordnung, reden wir über Geld«, und Marta sagte: »Es bringt nichts, darüber zu reden.«

Natürlich hatte sie damit recht. Luigi stand auf und schaute aus dem Fenster. Er konnte sich am besten über Marta aufregen, wenn er alle Energie darauf verwendete, äußerlich ruhig zu bleiben.

Vor dem Fenster war der Jakob-Peter-Weg nass und glänzend. Der Briefträger fuhr mit Mofa und Anhänger vors Haus, sein Helm hing am Lenker, eingehängt am offenen Visier.

Er sah ihn halten und dachte: Der führt was im Schilde.

Der Briefträger sprang vom Mofa, schlug die Plane des Anhängers zurück, nahm die bereitgelegten Sendungen für die Häuser Jakob-Peter-Weg 21 bis 27 aus dem Anhänger, fächerte durch die Post, hatte nichts für die 21, Spießer wohnen da, kriegen nie Post, warf auch bei der 23, bei Manzinis nichts ein, aber nur, weil er ein Einschreiben hatte und so alles an der Tür übergeben konnte. Es konnte nichts Gutes bedeuten, so ein Einschreiben. Es war keine Rechnung und auch keine Mahnung, sondern eine Pfändung, nein, sogar zwei. Aber fair war es: Eine für Luigi und eine für Marta. Einmal im Betrag von 1250 Franken und einmal über etwas mehr als 1000 Franken. Eine vernachlässigbare Differenz. Da waren sie in etwa quitt, also als Eheleute untereinander, nicht mit den Gläubigern.

Dem Briefträger tat es leid. So schien es zumindest Luigi, als er ihm die eine Unterschrift auf den Block kritzelte. Marta stand direkt hinter ihm und hielt ihn an der Schulter. Sie stand so eng hinter ihm, dass ihre Brust seinen Rücken berührte. Sie trug nur ein Nachthemd und fror deshalb.

Marta musterte den Briefträger, der weiter vor ihnen stehen blieb, unten am Treppenabsatz, auf dem sie letzte Nacht gesessen waren. Er stand dort, während Luigi hustete, schniefte und einen Brief aufriss. Im Beisein des Briefträgers las Luigi, was er schuldig war beziehungsweise was seine Frau schuldig war, und der Briefträger stand wie angewurzelt da, weil er noch nicht entlassen worden war, von Manzinis versteht sich.

Peinlich berührt, wippte er auf den Fersen, sichtlich, wirklich sichtlich, aber Luigi ließ ihn nicht gehen, gab Marta die erste Pfändung weiter und öffnete den zweiten Brief. Er wusste wohl, was ihm blühte. Er tat es mechanisch und ergeben.

Seine Haltung bedeutete dem Briefträger: »Du bleibst.«

Hoffnung, getarnt als ein Funken eines Lächelns, huschte über Martas Gesicht.

Dem Briefträger entging es nicht, und er befürchtete das Schlimmste.

»Aber das kann gar nicht sein«, sagte sie.

»Was?«, knurrte Luigi.

Marta ließ ihn stehen, ließ alle beide stehen, huschte ins Haus und kramte in Papieren. Sie hörten es, während sie draußen auf sie warteten und sich musterten, ohne sich anzusehen.

Aus dem Haus klang ihre Stimme: »Ich sage, es kann gar nicht sein!«, und sie klang aufgeregt, nicht erstaunt. Sie kam zurück mit Papieren. In der einen Hand die Pfändung, in der anderen Papiere, drei, vier Blätter, der Briefkopf einer Firma war darauf, welcher, ist egal, es ging darum, dass es immer der gleiche war.

Triumphierend sagte Marta: »Auf der Pfändung sind Rechnungen drauf, die wir nie bekommen haben!«

»Zeig her«, sagte Luigi, nahm ihr die Papiere aus der Hand, sagte: *»Ja, aber ...«*

»Mach es doch nicht so spannend!«, sagte sie.

Ein weiteres »Ja, aber ...« würde sie nicht ertragen.

»Auf dieser Pfändung fehlen aber auch Rechnungen, die wir hier im Stapel haben«, sagte Luigi.

Mit der anderen Pfändung war es das Gleiche. Ihr war ein Auszug des Kundenkontos beigelegt. Da waren Rechnungen als bezahlt gelistet, die sie nie und nimmer beglichen hatten. Und da waren zwei Rechnungen, die im Stapel fehlten.

Sie blieben unauffindbar, auch nachdem der

Briefträger weitere fünfzehn Minuten vor dem Haus gewartet hatte, während Luigi und Marta suchten. Marta im Morgenmantel, Luigi vom Fieber geheilt, zumindest vorübergehend. Das Adrenalin hatte es vertrieben.

Der Briefträger wartete weiter artig darauf, dass Luigi und Marta die Rechnungen finden würden, von denen er wusste, dass von ihnen einzig die abgerissenen Einzahlquittungen übrig geblieben waren. Sie lagen bei ihm zu Hause in einer Kartonschachtel.

Und dann musste er doch noch weiter. Unten auf der Straße stand Schweizer und sagte: »Hier sind Sie also. Mit Ihnen habe ich mehr als ein Hühnchen zu rupfen!«

KEINE AUSREDEN MEHR

Alles hätte harmlos ausgehen sollen. Jetzt aber stand Schweizer vor ihm auf der Straße, aufgewühlt, erregt, voller Körperspannung. Seine Halsschlagader pochte vor Wut. Die Polizei war in aller Morgenfrühe bei ihm aufgekreuzt. So früh, dass die beiden Polizisten noch mit Nebel um Schulter und Polizeimütze ankamen. So, als brauchten sie den Nebel als Mantel für ihre Operation gegen Schweizer. Er half ihnen, verborgen bis zu seinem Haus vorzudringen und ihn kurz vor halb acht aus der Küche zu klingeln. Er strich sich gerade ein Butterbrot.

»Wie einen Verbrecher musste ich mich behandeln lassen«, sagte Schweizer zum Briefträger. Nicht die Polizisten behandelten ihn, er musste sich behandeln lassen.

»Sagen Sie jetzt nichts! Ich bin noch nicht fertig! Noch lange nicht«, sagte Schweizer viel zu laut. Er stand kaum zwei Meter von ihm entfernt.

Der Briefträger wollte sich eine Antwort auf die Frage zurechtlegen, warum er es getan hatte, Vorladungen zurückzuhalten, Eingeschriebene für Empfänger zu quittieren. Vor ihm baute sich Schweizer immer größer auf.

Gab es denn keinen anderen Ausweg mehr? Eine Ausrede vielleicht? Nein. Keine Ausreden mehr. Die Last der Indizien war doch überwältigend. Dass mal eine Postkarte fehlt oder ein Brief, kein Problem, nur eine Ungeschicklichkeit. Mit allem könnte man davonkommen, aber nicht damit, nicht mit gefälschten Unterschriften für eingeschriebene Briefe. Die Polizei war da, hat mitgeteilt, was Schweizer hätte erhalten sollen. Und er als ehemaliger Schalterchef, wie hätte er nicht wissen sollen, wie solche Post zugestellt werden muss, wo nachzuschauen ist, wenn etwas nicht ankommt, wo sich zweifelsfrei herausstellt, wer schuld ist, weil das System der Zustellung eines eingeschriebenen Briefs nicht versagen kann, solange der Briefträger nicht versagt.

Schweizer kam eine Treppenstufe hoch, dann eine zweite. Der Briefträger wusste, dass er nicht in Gefahr war, physisch. Er wusste, Schweizer würde ihm keine reinhauen. So was tat Schweizer nicht. Er wusste, dass er sich bis auf die Knochen ausschimpfen und blamieren lassen musste.

In der Blamage liegt die härteste aller Bestrafungen.

Irgendwie hatte der Briefträger gehofft, mit einer schallenden Ohrfeige oder einer gebrochenen Nase davonzukommen. Er wäre sogar bereit gewesen, ab jetzt mit einer krummen Nase durchs Leben zu gehen, denn was sagt eine krumme Nase schon aus? Eine krumme Nase war kein Etikett, das einem für alle Ewigkeiten anhaftete und stets an die Tage erinnerte, an denen man sich vertan hatte. Eine krumme Nase war einfach eine krumme Nase. Jeder konnte eine haben oder eine bekommen. Und deshalb war eine krumme Nase auch keine Schmach. Eine Schmach hingegen war es, dabei überführt zu werden, seinen Pflichten nicht nachgekommen zu sein. Und die größte Schmach von allen war es, eine Enttäuschung zu sein.

Das sah auch Schweizer so. Er sagte: »Obwohl ich lügen würde, wenn ich sagte, ich hätte mehr von Ihnen erwartet, bin ich von Ihnen enttäuscht.«

Er ging direkt dahin, wo's weh tat. Schweizer sprach von Pflichtverletzung, er sprach ihm Ehre und Anstand ab und schob ihm eine Schuldigkeit zu. Eine Schuldigkeit ihm, Schweizer, gegenüber. Die zu verletzen ginge ja noch. Er habe es immer vermutet, sein Bauchgefühl habe ihn auch dieses Mal nicht getrügt, »aber Ihre Pflichtschuldigkeit gegenüber der Post zu verletzen, das ist wohl das Höchste!«

Schweizer redete sich in Rage: »Verstehen Sie mich nicht falsch. Mehr noch als der Post stehen Sie Ihrem Amt und Ihrem Berufsstand gegenüber in der Schuld! Wissen Sie eigentlich, was Sie all den ehrenvollen Kolleginnen und Kollegen antun, deren Ruf Sie mit Ihrem Verhalten beschmutzen? Und nicht mal das«, sagte er, »trifft es im Grunde präzise.« Von der Pflichtschuldigkeit hänge alles ab. Also von der Anerkennung und vom Erfüllen der eigenen Pflichtschuldigkeit.

»Werte stehen über allem«, sagte er.

Das sei nicht zu diskutieren, so sonnenklar sei das. Und wenn er, der Briefträger, mit seinem Verhalten diese Werte mit Füßen trete, dann sei das quasi der Anfang vom Ende.

Er benutzte viele große, schwere Wörter. »Wo käme man denn da hin?«, wetterte er. »Wenn sich da die anderen erst ein Beispiel dran nehmen!«, donnerte er. Während er sprach, zeigte er mit dem Finger auf den Briefträger.

Er sagte: »Sie leben in der besten Stadt im besten Land der Welt!«

Er sagte: »Das alles hier«, und präsentierte mit einer ausholenden Armbewegung den paradiesischen Friesenberg, »das alles hier funktioniert nur, weil wir alle unsere Pflichten erfüllen. So, wie es von uns erwartet wird. Sonst ...«

»Sonst was?«, fragte Jozo.

Er stieß nicht dazu, um den Briefträger zu

retten, sondern rein zufällig, wie eben Dinge rein zufällig passieren.

Schweizer ließ sich sofort von Jozo provozieren. Dazu brauchte es nichts, denn Schweizer war frisch von der Leber weg und trug sein Herz auf der Zunge. Jozo fand es lustig. Der Briefträger hatte sich mehr Hilfe von ihm erhofft. Jozo aber wartete ab und beobachtete, was weiter geschehen würde. Schweizer packte den Briefträger am Arm und zog ihn auf die Straße. Der Briefträger leistete erst keine Gegenwehr, plötzlich aber blieb er bockstill stehen und entriss sich Schweizers Oberarmgriff. Er stand neben seinem Mofa, der Schlüssel steckte, der Helm hing am Lenker. Er hätte es geschafft, das Mofa rennend anzuwerfen und zu entkommen, aber dafür hatte er sich nicht Schweizers Griff entwunden.

Er klappte die Plane zurück, und Schweizer krächzte: »Ich will jetzt die Post, die mir zusteht!«

Der Briefträger machte sich an seinem Anhänger zu schaffen.

»Die Polizisten waren bei ihrer Operation gegen mich an Grobheit und Unfreundlichkeit nicht zu übertreffen«, behauptete Schweizer.

In Tat und Wahrheit versuchte Brunner, einer der beiden Polizisten, speziell leise zu klingeln. Schließlich war es morgens um halb acht, und da gehörte es sich nicht, Leute und Puls unnötig aufzuscheuchen.

»Die wollten die Sache doch tatsächlich vor der Haustür verhandeln«, behauptete Schweizer,

»erniedrigend war das gewesen. Was sollten die Nachbarn denken?«

Tatsächlich baten die Polizisten Schweizer darum, hereinkommen zu dürfen. Brechbühl, der andere Polizist, hatte sich bei der Begrüßung extra an die Mütze gefasst und genickt.

Einleitend hatte er gesagt: »Bitte entschuldigen Sie die Störung, Herr Schweizer.«

Schweizer ließ sie draußen stehen, drängte ihre Schultern in den Nebel und unterbrach ständig ihre Schilderung über den Grund ihres Kommens.

Schweizer sagte: »Ich als ehemaliger Schalterchef der Post Wiedikon muss mir doch von Ihnen nicht ...«, und hatte damit die freundliche Kampfeslust von Polizist Brunner geweckt.

Der sagte: »Aber Ihnen als ehemaligem Schalterchef muss man doch nicht erklären, dass ...«

So ging es hin und her.

»Sicher eine halbe Stunde«, behauptete Schweizer.

Brechbühl tippte sich nach exakt drei Minuten und elf Sekunden wieder an die Mütze und sagte zu Schweizer: »Dann hätte sich das dann wohl geklärt«, und schickte sich an, zu gehen.

Schweizer rief aus: »Aber Sie können mich doch nicht einfach so stehen lassen?«

Brunner konnte sich den Witz nicht verkneifen.

Er sagte: »Sollen wir Sie jetzt verhaften oder was?«, und dachte gleichzeitig, er hätte sich besser in die Lippe gebissen. Brechbühl gab Brunner einen Knuff und einen Seitenblick. Er ging nicht auf Schweizer oder auf Brunner ein und sagte: »Alles Weitere dann auf schriftlichem Weg.«

Schweizer wollte den beiden hinterher, konnte aber nicht, weil er Socken trug und die Gartenplatten nass waren und die Straße auch. Und in Socken ging Schweizer nicht auf die Straße, egal, ob sie nass oder trocken war. Da müsste wirklich etwas Außergewöhnliches passieren, damit doch. Vor Wut war sein Gesicht feuerrot und brutzlig geworden, und er war so aufgebracht, dass er dachte, er würde gleich aus den Ohren zu pfeifen beginnen wie eine Teekanne. Aber das reichte nicht, um in Socken auf die Straße zu gehen.

Schweizer war enttäuscht. Nie kam genug zusammen, um aus dem Geflecht an Regeln und Normen, Werten und Prinzipien auszubrechen, das ihm wie ein Korsett die Luft abschnürte und ihn daran hinderte, in Socken den Polizisten nachzulaufen. Genug wovon? Genug Wut, genug Empörung, genug Enttäuschung, genug Gefühle, genug was auch immer.

Stapelweise billiges, durchscheinendes Papier, bunter und praller Glanz, verborgen unter einer Siebdruckplatte. Schweizer, Jozo, der Briefträger, sein Anhänger, aufgereiht im Halbkreis wie ein Bühnenbild. Kinder rennen vorbei unter ihrem eigenen Gelächter, auf dem Heimweg von der Schule, merken, dass hier etwas vor sich geht, was es sonst nicht gibt hier, nämlich offene Aufregung mit Erwachsenen. Sie werfen sich ins Gebüsch, von wo aus sich am besten beobachten lässt, wer gleich drankommt. Sie bleiben aus am Mittagstisch und trommeln so das halbe Viertel zusammen.

Der Briefträger war drauf und dran, Jozo und Schweizer den doppelten Boden seines Anhängers zu präsentieren, der bis an den Rand mit Reklame gefüllt war, denn er wollte endlich reinen Tisch machen.

Jeder weiß: Erwischt zu werden, tut gut. Die Schuld ist leichter als das Gewissen.

Schweizer wiederholte, was er eben gekrächzt hatte: »Ich will jetzt endlich die Post, die mir zusteht!«

Bevor der Briefträger die Platte in seinem Anhänger abmontieren konnte, kam Caluori angehastet, verheult und *ungestrählt*. Die Zwillinge leisteten Begleitschutz.

»Was ist denn hier los?«, rief sie und gleich nochmals, »was ist denn hier los?«

Sie raffte ihren Rock, um schneller huschen zu können. Mit der anderen Hand winkte sie, als wollte sie jemanden am Abfahren hindern. Dabei standen doch alle still. Wie die Zeit, wenn alles miteinander passiert. Alle riefen durcheinander, und alle fielen einander ins Wort wie bei der Freitagsrunde. Alle wollten Antworten vom Briefträger, jetzt auch Luigi und Marta, ihre offene Haustür lag keine zwanzig Meter vom Showdown entfernt.

Der Briefträger wusste nicht, wo anfangen. Am besten beim doppelten Boden. Er würde erklären, dass ... Was würde er mit dem doppelten Boden erklären? Dass er Reklame vor ihnen versteckte? Da würde doch jeder fragen: Aber wieso?

Weil die Leute keine Reklame mögen, deshalb, könnte er antworten. Niemand gäbe sich mit dieser Antwort zufrieden. Das ist doch kein Grund.

Aber wieso?, würden sie erneut fragen.

Und dann würden sie all die anderen Fragen stellen, die mit aber beginnen: Aber wo sind unsere Rechnungen abgeblieben? Aber was ist mit meiner Vorladung? Aber was haben Sie denn mit der Reklame gemacht? Aber was haben Sie denn davon? Aber, aber, aber ...

Caluori ließ vorübergehend die Zwillingsschwestern los. An jeder Hand hatte sie eine festgehalten, als flögen sie sonst davon wie windgepustetes Zeitungspapier. Jetzt hatte sie die Hände frei für unterstützende Gestik. Sie verschaffte sich Aufmerksamkeit und sagte zum Briefträger: »Wir zwei haben etwas unter vier Augen zu bereden.«

»Es scheint, als hätten wir das alle hier«, sagte Schweizer.

»Wo sind unsere Rechnungen abgeblieben?«, fragte Luigi.

Und Schweizer fragte Luigi: »Er hat ihnen die Rechnungen gestohlen? Und Sie beschweren sich? Mir hat er die Polizei eingebrockt, in aller Herrgottsfrühe!«

»Und mir hat er Pfändungen eingebrockt!«, rief Luigi.

Marta versuchte, ihn zu stoppen. Sie drückte ihm seine Hand wie einen Schraubstock, damit er aufs Maul hocke, aber zu spät.

»Was hast du mit den Rechnungen gemacht, Briefträger?«, sagte Luigi.

Der Briefträger starrte zu Boden, alles um ihn herum verschwamm.

Er stammelte: »Bezahlt.«

»Bezahlt? Bezahlt sagst du? So einen Blödsinn habe ich noch nie gehört!«, sagte Luigi.

Caluori fragte bei den Zwillingen nach: »Was hat er gesagt? Ich hab's nicht gehört!«

»Bezahlt habe er, hat er gesagt«, sagten die beiden, einstimmig wie ein gut geölter Chor.

»Blödsinn«, sagte Caluori und schüttelte den Kopf.

VEHEMENT

Vehement. Jozo liebte dieses Wort.

»Vehement!«, sagte er, »vehement muss ich doch bitten!«

Als hätte er das Wort eben neu gelernt, als wollte er es voller Stolz vorführen. Während alle auf den Briefträger einredeten und Schweizer wieder und wieder davon sprach, dass es sich hier um eine größere Sache handele, versuchte Jozo, die Gemüter zu beruhigen. Er forderte Schweizer auf, fair zu bleiben.

»Das gilt für alle Parteien«, sagte er, »wir

müssen dem Mann doch die Möglichkeit geben, sich zu erklären!«

Aber es half alles nichts. Der Briefträger kam doch nicht zu Wort und war nicht unglücklich darüber. Das war jetzt wohl die Schelte, und so schlimm war sie gar nicht. Er ließ sie über sich ergehen und merkte, dass sie ihn kaum streifte.

Schweizer sah Jozo mit giftigen Augen an, seine Lippen waren spröde Schlitze. Jozo hielt ihm stand. Schweizers Antipathie stachelte ihn an. Als Reaktion setzte er eine provokant ruhige Miene auf. Er demonstrierte Überlegenheit. Manche Gegensätze sind Naturgesetze.

Erneut fielen sich alle ins Wort, und es schien, als gerate die Aufregung zum Selbstzweck. Je länger der Disput andauerte, desto mehr Zeit hatte das halbe Viertel, sich am Ort des Geschehens einzufinden.

Schweizer hatte sich bereits wieder dem Briefträger zugewandt und wollte von ihm wissen, wo seine Briefe waren.

»Die können doch nicht einfach verschwunden sein!«, rief er.

In der größten Stadt geht es zu wie im kleinsten Dorf. Tratschen, gaffen und spitzeln, das tun die anderen, während einem selber höchstens zu Ohren gekommen ist; es einem immer schon seltsam vorgekommen sei; man es immer schon geahnt habe, dass ...

Zwei Lager hatten sich gebildet. Alle, die neu dazukamen, stellten sich in die Runde und gesellten sich zur einen oder anderen Seite. Schweizer blieb der Anführer. Ein Recht, das dem Lautesten gebührt.

Erst wollte Schweizer wissen, wo seine Briefe geblieben waren.

»Wie kommen Sie dazu, Ihre Pflicht zu verletzen?«, sagte er, ohne eine Antwort abzuwarten. Dann sagte er, es spiele keine Rolle, welcher Brief wann nicht zugestellt worden sei. »Es geht ums Prinzip«, sagte Schweizer.

Seine Seite nickte. Seine Seite stand, sie war zahlenmäßig gut bestückt. Sie gesellten sich zu Schweizer, nun auch physisch.

Caluori widersprach Schweizer, stahl ihm damit die Show. Das passte ihm nicht. Sie schwang sich zur faltenrocktragenden Anführerin der Gegenseite auf.

»Es geht nicht um irgendwelche Prinzipien«, sagte sie. Sie war der Meinung, dass es sehr wohl darauf ankomme, welcher Brief wann nicht zugestellt worden sei, oder in welcher Form, denn es gehe um den Inhalt, um die Botschaft.

»Wir sind nämlich vor und nach dem Erhalt eines Briefes nicht mehr derselbe Mensch.«

Jozo pflichtete ihr bei.

»An den Briefen, die ich erhalte, hängen Leben, hängen Schicksale«, sagte er, wieder vehement, »hier geht es nicht um banale Rechnungen oder einen Strafbefehl, hier geht es um Leben und Tod.«

»Und was ist mit Liebesbriefen?«, warf jemand ein.

Schweizer hatte ein abfälliges Schnalzen dafür übrig, Luigi ein Lachen. Es verging ihm, als Marta ihn kniff.

»Wir wissen doch gar nicht mehr, was wir nicht wissen, wenn wir nicht wissen, was wir nicht bekommen haben!«, sagte Caluori.

Niemand ging darauf ein. Auch der Briefträger nicht. Er versuchte auch nicht, zu Wort zu kommen, was hätte er denn sagen können, er stand einfach da, in der mittleren Traube, in der Menschenmenge. Von allen Seiten hagelte es Einwände und Anekdoten. Jedem fiel ein Tag ohne Post im Briefkasten ein. Man malte sich aus, was einem damit vorenthalten wurde.

Dann verschaffte sich Caluori die Aufmerksamkeit, hatte die Erinnerung an das Vogelgezwitscher und die Zwillinge und den abgehackten Anruf ihrer Tochter beiseiteschieben können: »Wieso haben Sie mir die Briefe meiner Tochter vorenthalten?«

Sie wollte wissen, was in den Briefen ihrer Tochter stehe, jetzt wollte sie es wissen, jetzt, nicht mehr unter vier Augen, jetzt unter aller Augen.

Jedem, der etwas dazwischenrief, befahl sie, still zu sein. Sie hatte ihn am Haken und ließ nicht locker. Der Briefträger spürte, dass er nicht länger davonkommen würde, ohne selbst ein Wort zu sagen.

Man kann der Konfrontation ewig lange aus dem Weg gehen, hatte seine Mutter gesagt. Damit erreiche man aber nur, dass sie an jeder Ecke lauere.

Caluori fixierte ihn mit festem Blick. Sie wich keinen Zentimeter aus.

Alles, was sie zu sagen brauchte, war: »Ich warte.«

Und wieder, zum wiederholten Mal, zum wievielten Male war der Briefträger in die Ecke gedrängt und kurz davor auszupacken? Er wollte die Sache endlich hinter sich lassen, er war verkrampft im Nacken, im Kiefer, die Zunge presste er an den Gaumen: Ist ja gut, ich geb ja alles zu.

Der Briefträger wollte sagen, was für ein Waschlappen er sei, alles loswerden, atemlos Sünden beichten, die großen und die kleinen. Er sah sich Dinge aufzählen, die hier nichts verloren hatten. Dass er den Unfall im Farbenlager auch ein bisschen extra verursacht hatte, das hatte er nie jemandem erzählt. Auch das war er jetzt bereit zu beichten.

Es gibt keine gute Erklärung dafür. Dem Chef eine reinwürgen wollte er damit. Es gibt nie eine gute Erklärung für irgendwas. Ein bisschen Spaß hatte es ihm gemacht, und es fühlte sich ziemlich genau so an, wie er es sich vorgestellt hatte.

»Aber wieso?«, würden ihn alle wieder fragen.

Die Konsequenzen waren ihm egal gewesen. Damals wollte er ein bisschen Dampf ablassen. Jetzt wollte er es sich zusammen mit allem anderen von der Seele reden. Der Briefträger freute sich auf die abgefallene Last. Das ist wie Skischuhe ausziehen und die Zehen bewegen.

Er würde gleich auch zugeben, dass er in

Lauriane verknallt war. Lauriane Steinbrecher, die er noch nie außerhalb ihrer Wohnung gesehen hatte, nicht mal außerhalb des Fenstervierecks ihrer Küche, das war die Frau, in die er sich verliebt hatte, und er würde es zugeben, wenn er danach gefragt würde, so wie er alles andere zugeben würde, aber womit nur beginnen?

Caluori wartete beharrlich, als hätte sie die Geduld höchstpersönlich erfunden.

Schweizer, Mornar, Kneževic, Henry Thalmann, Luigi und Marta, Schmid, Keller und Wiederkehr, alle waren da, nur Kälin fehlte, sie hatte es in den Gelenken, und dann tauchte Lauriane auf, endlich, welch langer Spannungsbogen.

»Lasst ihn in Ruhe!«, rief Lauriane.

Dave begleitete sie. Er sah übel aus und hatte kaum die Kraft, Laurianes Rollstuhl zu schieben. Sie hatte alles von ihrem Küchenfenster aus mitangesehen.

Sie wusste mittlerweile, wann sich Schweizer über eine ungemähte Wiese beschweren würde, bevor es ihm selbst in den Sinn kam. Und sie wusste, warum die Manzinis in Mahnungen ertranken. Kein Wunder bei all dem Plunder, den die bestellten.

Vor sechs Jahren hatte sie einen Autounfall gehabt, Dave auf dem Beifahrersitz, sie am Steuer. Dann das Koma, zwei Tage nur, das ist wenig im Vergleich, hieß es zumindest. Dann die Reha, sie gab Dave nie den Hauch einer Schuld, denn nicht für jedes Unglück kann man das schwarze Familienschaf verantwortlich machen.

Von ihrem Platz aus sah sie den Briefträger zu ihr hochsehen. Sie versteckte sich hinter der Spiegelung der Scheibe. An seinen zusammengekniffenen Augen konnte sie sehen, dass ihre Tarnung funktionierte. Sie sah ihn in seinem Anhänger graben, ein Brett anheben, etwas darunter verstauen und wusste, dass da etwas faul war. Sie war ihm auf die Schliche gekommen und hatte nie etwas gesagt. Was auch?

Mit Dave war es bergab gegangen. Er war Haut und Knochen und Stoppeln und Stiche. Er stützte sich auf die Griffe des Rollstuhls, und Lauriane blickte hoch zu ihm, es tat ihr leid, dass sie ihn leise zurückwies, und er richtete sich auf, schwankend, mit schweifendem Blick, aber sie musste es tun, denn er stank gewaltig.

Wieder sagte sie: »Lasst ihr ihn wohl endlich in Ruhe.«

Alle starrten auf das ungleiche Geschwisterpaar. Die Rollen waren klar verteilt. Es gab keine zwei Meinungen, wem das Mitleid zustehen sollte.

Caluori stellte sich vor Lauriane hin und sagte: »Aber wir müssen doch wissen, warum und wieso er es getan hat.«

Sie zeigte auf den Briefträger, ohne ihn anzusehen, und ihm war selbst, als wäre er gar nicht da, als wäre er eine wehrlose Romanfigur. Über ihn und um ihn herum wurde gesprochen, während er auf seine nächste Textstelle wartete.

»Der bringt keinen Ton raus«, sagte Schweizer. Er würdigte den Briefträger keines Blickes.

Dave hüstelte und suchte einen Ort, wo er sich hinsetzen konnte.

Der Briefträger wollte etwas sagen, endlich würde er zu Wort kommen, hatte sich die lapidarste aller Begründungen zurechtgelegt, wenigstens ein Satz müsse ihm schon über die Lippen kommen, dachte er.

Er war drauf und dran zu sagen: Es war doch alles nur gut gemeint. Aber Dave und Lauriane hatten ihn komplett aus dem Konzept gebracht.

Dermaßen blass war Dave. So was hatte er noch nie gesehen. Dave hatte nicht mal mehr einen Hauch Lebensfarbe im Gesicht und taumelte bedrohlich, wie ein Kreisel, der taumelt, weil er zu viel Schwung verloren hat. Ein Kreisel taumelt, bevor er fällt.

Dave versuchte, sich an irgendetwas festzuhalten.

Aber das ging eigentlich alles noch, Dave, wie er leibt und lebt halt, aber Lauriane erst, sie saß im Rollstuhl, das brachte den Briefträger vollends durcheinander. Endlich bekam er sie zu Gesicht. In voller Größe und nicht nur von der Brust an aufwärts. Er fragte sich, wie sie es anstellte, gelähmt und im Rollstuhl in einer Dreizimmerwohnung im ersten Stock ohne Lift zu leben, und er konnte nichts anderes tun, als ständig zu sagen: »Es tut mir leid, es tut mir leid.«

Zuerst leise, dann lauter, er wiederholte die

einzigen Worte, die etwas erklären konnten, sagte »es tut mir leid«, und das machte Schweizer fuchsteufelswild und Caluori erst recht.

»Es tut Ihnen leid? Es tut Ihnen leid, was? Was soll das denn heißen?« riefen die beiden durcheinander.

Der Briefträger ging nicht darauf ein, er hatte Lauriane im Sinn und sagte zu ihr: »Wenn ich gewusst hätte, dass du ...«

Er sprach es nicht aus, er musste es nicht aussprechen, die Leerstelle, mit der sie sich abgefunden hatte, vor einiger Zeit, aber er noch nicht, wie auch, es wurde ihm schlagartig bewusst, welches Unglück über Lauriane hereingebrochen sein musste, und ihm drückte das Mitleid die Kehle zu und wässerte ihm die Augen, ihm wurde Laurianes Schicksal soeben erst bewusst, ihn lähmte es, hinderte ihn am Sprechen, er fühlte sich lächerlich, ihm kam alles, was er die letzten Monate getan hatte, lächerlich vor, die kleinen Sorgen der Menschen, alle lächerlich, und die Wut schlug in Traurigkeit um, schlagartig, innerhalb einer Sekunde, alles miteinander, wie gesagt, reinrassige Emotionen, die gibt's nicht.

»Was dann?«, fragte jemand, »wenn du gewusst hättest? Was dann?«

»Wenn ich gewusst hätte, dass du ...«

Sich direkt in die Augen zu schauen, ist so wahnsinnig anstrengend, so entlarvend, man fühlt sich so schrecklich nackt und gegenständlich dabei.

Er überwand sich, schaute Lauriane in die Augen, versank darin und taumelte. Was er sah, war, dass nie einer den anderen verdient und dass es der Liebe nicht auf Karmapunkte ankommt, im Gegenteil, die sind ihr scheißegal.

Nun wusste er, was er sagen wollte: »Wenn ich gewusst hätte, dass du im Rollstuhl sitzt, hätte ich dir die Post jeden Tag bis an die Tür raufgebracht.«

IMMER DREHT SICH ALLES UM DAVE

Als Dave in sich zusammensackte, gab er keinen Laut mehr von sich. Im Fallen blähte sich sein Mantel mit einem Schlag wie ein sich öffnender Fallschirm. Es folgte ein dumpfes, nahezu unhörbares Geräusch, das Aufprallen seines Körpers am Boden. Er stieß sich die Schläfe an der Gartenmauer. Blut sickerte stoßweise aus der aufgeplatzten Wunde. Blut lief ihm ins Gesicht und wusch ihm den kalten Schweiß von der Stirn.

Wie kann so viel Blut aus einem so bleichen Menschen kommen?

Es lief ihm übers Gesicht, es tropfte auf den ausgebleichten Teer, ließ etwas nach, tröpfelte in die gewachsene Blutlache neben seinem Kopf. Dave lag reglos da.

Lauriane versuchte, zu Dave zu kommen, rempelte Kneževic mit dem Rollstuhl an. Henry Thalmann war damit beschäftigt, seinen Hund

Hearts zurückzuhalten. Er zerrte ruckartig an der Leine, aber Hearts ließ sich nicht von seinem Plan abbringen, Daves Gesicht abzulecken. Er wedelte in heiterer Aufregung mit seinem Schwanz und wollte sich um jeden Preis zu Dave vorkämpfen. Henry war stärker und zog ihn davon. Er schimpfte mit Hearts. Der Hund winselte und hüpfte, am Halsband fortgezogen, traurig, widerwillig trippelnd, blickte sich immer wieder nach Dave um, der auf dem Boden lag und keinen Atemzug mehr tat. Hearts ließ auch nach zwanzig Metern nicht von seinem Ziel ab. Darüber war Henry froh. Es gab ihm einen Grund, sich zu entfernen.

Lauriane versuchte in der Zwischenzeit, Dave zu wecken. Sie rief seinen Namen, zuerst fragend, dann bestimmt, dann verärgert, und als er noch immer keinen Wank machte und weiter Blut verlor, da rief sie immer zorniger und lauter seinen Namen. Dann konnte sie ihren Ärger nicht mehr verbergen. Immer musste sich alles um ihn drehen.

Da Lauriane an den Rollstuhl gefesselt nicht konnte, kniete sich Jozo neben Dave hin. Er tätschelte diesem die Wange. Er hielt ihn am Kinn fest und dachte, dass das fremde Kinn sich wie hartes Gummi anfühlte, wie ein Autoreifen ohne Profil, dafür mit Stoppelbart.

Schweizer holte ein Stofftaschentuch aus seiner Tasche, frisch im Quadrat gefaltet, seine Initialen in Schnörkelschrift in einer Ecke. Er streckte es Jozo hin. Jozo nahm es, ohne nachzudenken, ohne es auseinanderzufalten, und drückte es auf die Wunde. Er sprach ihn mit seinem Namen an, aber Dave reagierte nicht. Jozo gab ihm ein paar Ohrfeigen, immer auf die gleiche Backe.

Daves Regungslosigkeit machte Jozo zusehends nervös. Luigi nahm seine Hände aus den Hosentaschen, das gehörte sich nicht beim Zusehen. Marta versteckte sich halb hinter ihm, sah ihm über die Schulter.

Schmid konnte kein Blut sehen, murmelte vor sich hin: »Ich muss hier weg, ich muss hier weg«, und ging beschämt davon.

Dann fand der Briefträger seine Sprache. Er zwängte sich an Lauriane vorbei und kniete sich neben Jozo hin. Lauriane sah hinunter auf die Briefträgerjacke, die sich über seinen Rücken spannte. Jozo packte Dave am Kragen. Der Briefträger krempelte die Ärmel hoch. Er fragte Jozo, was er tun könne, aber Jozo war damit beschäftigt, Dave zu ohrfeigen und zu schütteln.

Unter seinem knöchellangen, dunkelgrauen Mantel trug Dave ein kariertes Hemd. Am Mantel fehlten ein paar Knöpfe. Am Hemd war der oberste Knopf offen.

Während Jozo Dave schüttelte, sprang ein weiterer Hemdknopf davon, über den Bordstein in die Erde unter der kahlen Hecke. Marta entwand sich Luigis Arm, spähte ins Gebüsch, ging in die Hocke, abgestützt auf drei Fingern, das eine Knie Zentimeter über dem Boden, so, dass ihr Strumpf trocken blieb, und suchte nach dem Knopf.

Sie war froh um die Ablenkung, froh, etwas tun zu können, ohne sich direkt um Dave kümmern zu müssen. Sie fand den Knopf, hob ihn auf, hielt ihn auf der Handfläche. Niemand beachtete sie, da schloss sie die Hand und blieb wie angewurzelt stehen, in der Faust den Knopf. Sie würde auf ihn aufpassen, so lange, wie es eben nötig war.

In Ermangelung einer Anweisung drückte der Briefträger Zeige- und Mittelfinger in die Kuhle am Hals, direkt unter dem Kieferknochen, und suchte Daves Puls. Er verschob die Position seiner Fingerspitzen immer wieder. Er fand nicht das geringste Pochen.

Weil er keine Panik verursachen wollte, sagte er nichts und suchte weiter. Bestimmt fand er den Puls nicht, weil er an der falschen Stelle suchte. Er hatte so etwas noch nie gemacht. Lauriane ahnte, was los war.

Sie fragte den Briefträger: »Was ist los? Atmet er? Sag doch! Atmet Dave?«

Der Briefträger ließ von Daves Hals ab und nahm seine Hand. Sie war nicht kalt, nur knochig. So schnell erkaltet kein Körper. Er zog daran und hielt den Mantelärmel fest, legte das Handgelenk frei und suchte mit seinen Fingern die Pulsadern. An seiner eigenen Hand sah er das verschmierte, angetrocknete Blut von Daves Kopf. Er tastete am Handgelenk nach Daves Puls.

Wieso, verdammt nochmal, hat er keinen Puls?, dachte er. Er wischte sich mit dem Handrücken eine Locke aus der Stirn, die ihn da gekitzelt hatte. Jetzt hatte auch er eine blutverschmierte Stirn.

Lauriane rief verzweifelt: »Atmet er? Atmet er?«

Ihr oblag die schwere Aufgabe, zum Zuschauen verdammt zu sein.

Jozo hörte auf mit dem Schütteln und dem Ohrfeigen, er legte sein Ohr nah an Daves Mund und Nase. Er befahl »still!«, und alle blieben wirklich still. Die gesamte Nachbarschaft schien mitzumachen. Trotz Mittagszeit kam nicht mal ein fernes Pfannengeschepper daher, keine gehende Tür, kein Piepsen eines rückwärtsfahrenden Lastwagens. Alle stoppten für eine Weile den eigenen Herzschlag, alle hielten den Atem an. Aber es half nicht, Atem und Puls bei Dave wieder in Gang zu bringen.

»Nichts«, sagte Jozo. Er blickte erstaunt auf. »Wie nichts?«, rief Lauriane.

»Er atmet nicht mehr«, sagte Jozo mit einer dermaßen überraschten Stimme, als sei Dave der erste Mensch der Welt, der mit Atmen aufgehört habe.

Schweizer, Luigi, Wiederkehr, alle kamen gleichzeitig auf die Idee, ins Haus zu gehen und einen Krankenwagen zu rufen. Sie gingen in die drei Richtungen ihrer Häuser zurück, wandten sich nochmals um, sahen die jeweils anderen zwei davon gehen, hielten deswegen inne, ich rufe an, rufst du an, soll ich anrufen?

»Jetzt macht endlich was«, herrschte Lauriane.

Jozo zerrte an Daves Beinen, weil er dafür sorgen wollte, dass dieser flach auf dem Rücken lag. Er wusste nicht, was er tat, aber begann damit, sich rhythmisch auf Daves Brustkasten zu stützen und ihm eine Herzmassage zu geben.

Der Briefträger kniete daneben. Seine Hosen sogen sich von den Knien her mit Wasser voll. Der körnige, raue Teer presste durch die durchnässten Hosenbeine Berge und Täler in die Haut.

Der Briefträger sah auf Daves blutiges, eingefallenes Gesicht. Er nahm ihm das blutgetränkte Taschentuch von der Schläfe und versuchte, damit Mund und Nase zu putzen. Aber er machte es nur noch schlimmer und verschmierte ihm das halbe Gesicht. Dann wollte er sich überwinden. Die Übelkeit, die ihm in den Rachen gestiegen war, wollte er wieder herunterschlucken. Jozo lief der Schweiß herunter. Sein Kopf dampfte in der frischen Luft. Er pumpte ohne Unterlass.

Der Briefträger fragte ihn: »Musst du die Herzmassage unterbrechen, wenn ich ihn beatme?«

Jozo wusste es nicht, er massierte immer weiter.

Der Briefträger holte tief Luft und hielt Dave mit Daumen und Zeigefinger die Nase zu.

Voller Entsetzen kreischte Ruth Caluori dazwischen: »Nicht, nicht!« Sie nahm ihre Hände von den Augen der Zwillinge, die jetzt nicht länger nur durch die Zwischenräume zwischen Caluoris Fingern spähten, die jetzt freie Sicht auf Dave hatten.

»Sie können ihn so nicht beatmen! Er ist voller Blut. Der kommt sicher direkt vom Platzspitz!«

Der Briefträger zuckte zurück. Natürlich hatte Caluori recht. Jozo massierte. Am Platzspitz konnte man sich mit allem Möglichen anstecken. Er vertrieb die Namen der Krankheiten sofort wieder, Hepatitis, Aids, der Ekel aber blieb, die Blockade auch, die Caluori in ihn hineingerufen hatte.

Seine Hände waren voll von Daves Blut, seine Kleider auch, er hatte das Verlangen, seine Hände zu waschen, sofort, aber er konnte hier nicht weg. Nicht während Jozo massierte. Nicht während Lauriane apathisch auf ihren Bruder blickte und nichts mehr sagte. Nicht unter den Augen aller Anwesenden.

Er dachte daran, das Blut von Daves Gesicht zu waschen und dann mit der Beatmung zu beginnen. Er sah jetzt seine spröden Lippen, die gelblich verklebten Mundwinkel, umrahmt von Bartstoppeln, grau und weiß, auf der Wange geplatzte Äderchen wie ein violettes Flusssystem aus der Vogelperspektive. Erst jetzt fiel ihm auf, dass Dave die Augen weit aufgerissen hatte, verdreht, sodass man von den Pupillen nur noch Viertelmonde sah. Das Augenweiß war gelb und trocken, der Glanz war verschwunden. Die Augen waren so weit aufgerissen, dass jederzeit etwas hineinfallen konnte.

Hinter dem Ohr hatte Dave Schorf, an der Seite des Kopfes, nicht an der jetzt blutenden, an der anderen. Lange Schrammen, wie von einem Metallrohr, am Hals und am Kiefer überall Schwielen und Schwären, von den Einstichstellen, vom ewigen Juckreiz, vom Kratzen die ganze Zeit. Die Fingernägel waren lang und spitz wie bei einem Vampir, dreckig, teils blutverkrustet, Nietnägel, Hautfetzchen standen von jedem Finger ab.

Der Briefträger hielt Dave immer noch die Nase zu. Es kam ihm so absurd vor, dass er das tat. Er hielt einem halbtoten Mann die Nase zu. Sie fühlte sich nicht an wie ein Körperteil, sondern eher wie ein Hebel, wie ein unbelebtes Ding.

Marta wollte wissen, wann endlich der Krankenwagen komme.

Sie sagte: »Unten an der Einfahrt zum Jakob-Peter-Weg steht doch dieser Metallpfosten. Den muss man erst mit einem Vierkantschlüssel umlegen, sonst kommt der Krankenwagen nicht vorbei!«

»Von der anderen Seite her kann man reinfahren«, sagte jemand.

»Warum dauert das dann so lange?«, sagte jemand, immer wieder.

Der Briefträger beatmete Dave noch immer nicht.

Schweizer kam zurück und berichtete, 144 sei alarmiert.

Jozo wechselte die Position, sein Bein krampfte.

Auch dem Briefträger taten die Knie weh. Er harrte aus. Druckstellen an den Knien schienen ihm eine gerechte Bestrafung für sein untätiges Zögern. Mit geschlossenen Augen wollte er die Kräfte sammeln, die die Überwindung kostete. Er fragte sich, wie lange Dave schon ohne Luft lag, ab wann irreparable Schäden im Hirn zu erwarten waren. Er wusste es nicht. Es würde auch keine Rolle mehr spielen, wenn er nicht bald mit dem Beatmen beginnen würde.

Er holte tief Luft. Er hatte sich so weit, dass er die Augen wieder öffnen konnte. Das Zeitfenster war kurz, wie beim Sprung vom Zehnmeterbrett. Entweder man tut es jetzt, in diesem Moment, ohne Aufschub, oder man steigt die Leiter rückwärts wieder hinunter.

Er neigte sich über Dave und konnte seinen Gestank riechen. Schweiß. Zwiebeln und Zigarettenrauch.

Das Zeitfenster schloss sich, umgeben von absoluter Stille, von absoluter Leere, nichts geschah in diesem Augenblick. Dann spürte er auf seiner Schulter eine Hand, er wollte es wahrnehmen, darauf reagieren, wusste, die Hand war da, aber es war, als wäre er selber ohnmächtig. Die Hand auf seiner Schulter hielt ihn nicht zurück, und sie trieb ihn nicht an. Es war einfach eine Hand auf seiner Schulter, sie gehörte ebenso gut dahin, wie sie nicht dahin gehörte, so wie ein Fuß in einem Schuh steckt oder auch nicht. Es war Laurianes Hand.

Mit ihrer Berührung nahm sie ihm alles ab, vor allem jede Verantwortung. Sie ließ ihre Hand auf seiner Schulter, einen Moment länger als nötig, zum Glück, denn er wäre glatt davongeflogen wie ein losgelassener Heliumballon.

Jozo hörte leicht irritiert auf zu massieren und blickte sich um.

Lauriane saß im Rollstuhl, dicht hinter Dave, ihre Hand auf der Schulter des Briefträgers, so, als beherrsche sie ihn mit liebevoller Geste, mit weicher Hand. Er wunderte sich, wie dünn ihre Beine waren, abgewinkelt und starr. Sie saß aufrecht im Rollstuhl, wie reingesetzt und unverrückt. Die Füße standen in perfekter Haltung auf den Fußstützen, ohne das minimalste Knicken, keine Torsion im Gelenk, die Schuhe gebunden mit exakt geschnürten Bändeln, je zwei Schlaufen wie identische Hasenohren.

Die Zwillinge standen vor Frau Caluori, ohne Körperspannung, hier gab es nichts zu sehen, bei einer bewegten sich fein die Finger, als übe sie Fingersätze, die andere knackte sich den Nacken.

Caluori wich Jozos Blick aus, besah sich den Briefträger.

Jozo schüttelte den Kopf und machte ein grimmiges Gesicht. Er wandte sich wieder Dave zu, vehementer als vorher setzte er die Herzmassage fort.

Niemand konnte sagen, wie viel Zeit vergangen sein musste, als der Krankenwagen um die Ecke bog.

Schweizer winkte das Fahrzeug näher, wollte einweisen. Es brauchte ihn nicht hierfür, denn der Jakob-Peter-Weg war breit genug und der Fahrer des Krankenwagens geübt. Schweizer tat es trotzdem, gab sogar das Zeichen zum Stopp. Der Fahrer hielt dort, wo er es für richtig befand. Schweizer war trotzdem zufrieden mit sich. Er gab sich den Anstrich, als hätte er die Rettung alleine organisiert, also konnte er aufrecht stehen mit geschwellter Brust und zurückgedrückten Schultern. Aber nicht zu viel, denn immerhin lag ein Halbtoter auf dem Zement, dem man nicht die Show stehlen wollte.

Die Sanitäter stiegen aus und verströmten Gelassenheit. Sie setzten Dave eine Beatmungsmaske auf. Der Sanitäter hatte nur kurz aufgeblickt und gesagt: »Würden Sie bitte?«

Schweizer mischte sich ein, übersetzte, obwohl es nichts zu übersetzen gab. Er sagte: »Macht doch ein bisschen Platz ... hier ... geht doch alle ein bisschen zurück.«

Er packte Laurianes Rollstuhl an den Griffen und wollte sie zur Seite schieben. Ein Blick von ihr reichte, dass er die Griffe losließ, als wären es glühende Eisen. Caluori verdrehte die Augen. Schweizer keifte sie an. Kneževic ging. Hier gab es wirklich nichts mehr zu tun für ihn. Auch Luigi und Marta gingen.

Jozo und der Briefträger standen jetzt auf, lehnten sich ans Mäuerchen, Jozo steckte sich eine Zigarette in den Mund, zündete sie aber nicht an. Der Briefträger schaute auf Dave hinab und schmiedete kleine Pläne für die Zeit nach seiner Rettung, dann, wenn der Krankenwageneinsatz nur noch ein »Weißt du noch?« sein wird.

So was kann auch Anlass für eine Wende zum Guten sein.

Die Sanitäter massierten Daves Herz. Lauriane sah ihnen dabei zu, sagte nichts, was auch, sie wusste, was kam.

Einer der Sanitäter nahm die Bahre aus dem Fahrzeug und schob sie mit scheppernden, schlingernden Rädchen zu Dave hinüber. Jozo und den Briefträger wies er an zu helfen. Jozo steckte sich die Zigarette hinters Ohr. Als sie ihn auf der Bahre absetzten und ins Fahrzeug hievten, zitterte Daves Wange, als lebte er. Die Sanitäter machten die Türen zu. Sie fuhren eine Ewigkeit lang nicht los. Dann öffnete sich die Hecktüre wieder, und ein Sanitäter stieg aus.

Er fragte: »Sie sind die Schwester, haben Sie gesagt?«

Mehr brauchte er nicht zu sagen. Lauriane blieb ernst und stumm, und ihre Augen blieben trocken. Der Sanitäter sagte es doch: »Es tut mir leid.«

DIE HOFFNUNG STIRBT NACH MIR

Der Briefträger hatte Lauriane nach Hause gebracht, als wäre es das Natürlichste der Welt.

Er war jetzt alles miteinander: aufgewühlt von Daves Tod, verliebt in Lauriane, erleichtert, dass irgendwie alles herausgekommen war, dass irgendwie alles auseinandergebrochen und dabei im Grunde gar nichts kaputtgegangen war.

Schwer zu erklären so was, dachte sich der Briefträger. Immer ist alles schwer zu erklären. Nie gibt es für etwas Worte.

Keines seiner Probleme war gelöst, nur weil er jetzt bei Lauriane am Küchentisch saß.

Oben brach Jozo in Jubelstürme aus. Er tanzte durch die Wohnung, dass die Teller im Geschirrschrank schepperten. Aufgeregt und laut und in einem verrückten Durcheinander rief er ins Telefon: »Was sagen Sie da? Wie viel? Kein Versehen? Unmöglich!«

Lauriane und der Briefträger verstanden jedes Wort durch Wand und Fußboden. Sie schwiegen, ohne sich dabei anzusehen. So miteinander zu schweigen, das können ganz wenige.

Jozo hetzte zwanzigmal die gleichen Wortfetzen in die Telefonleitung. Ungläubige Fragen. Dann verabschiedete er sich hastig und mit überschäumender Munterkeit. Er stand mit dem Hörer in der Hand und mit sperrangelweit geöffnetem Mund neben dem Apparat. Die Dämmerung hing wie ein Tuch in der Krone der Vorgartenbirke.

Der Briefträger war Lauriane näher als zuvor. Jetzt, gerade in diesem Moment. Aber unter welchen Umständen? Nicht als Held, nicht als Freund, aber als was denn?

Seinem Hilfswerk war eine große Spende zugegangen, und Jozo bekam das beseelte Grinsen nicht aus dem Gesicht. Nicht bei dieser Abenddämmerung vor seinem Fenster. Nicht nach so einem Tag. Dass jetzt alles eine gute Wende nehmen würde, hatte sich tatsächlich nicht abgezeichnet. Alles? Gute Wende? Eine sehr große Spende war eingegangen, anonym. Kann man sich das vorstellen? Vollkommen unmöglich. Keine Ahnung, woher dieser Mensch von seinem Hilfswerk wusste. Der Bankmensch hatte ihn angerufen und ihm von seinem neuen Kontostand berichtet.

Lauriane machte sich einen Tee und für den Briefträger auch einen. Er nahm den heißen Tee, trank einen Schluck davon, viel zu früh, viel zu heiß, er trank doch nie Tee. Lauriane war nicht traurig, sondern still. Sie setzten sich ins Wohnzimmer, er auf die Couch, sie auf einen Sessel, und sie hievte ihre Beine über die Lehne des Sessels, lag halb versunken im Polster.

Jozo hatte das Schlimmste befürchtet, als sich der Bankmensch am anderen Ende der Leitung meldete.

Im Nu war Lauriane eingeschlafen. Alles hatte Jozo erwartet.

Bevor der Bankmensch das erste Wort loswerden konnte, gingen Jozo alle möglichen Gründe für den Anruf durch den Kopf. Raus aus dem Minus kommen, müsse er ... so gehe es nicht weiter ... die Bank könne nicht länger ...

Lauriane schlief ohne ein Zucken hinter den Lidern, ohne sichtbares Atmen. Diese Intimität war dem Briefträger plötzlich unangenehm. Er stand auf und deckte sie zu. Die Decke half ihm nicht über sein Unbehagen hinweg. Er fühlte sich als Voyeur in einer fremden Wohnung. Draußen dämmerte es. Das verschlimmerte alles.

»Wie viel?«, fragte er nochmals, zur Sicherheit.

»Ganz sicher«, sagte der Bankmensch, »vierzehn Millionen und ein paar Zerquetschte hat man dem Hilfswerk vermacht.«

Jozo rief Samia an. Und das um diese Zeit.

Vielleicht schläft sie noch? Oder sie macht sich gerade bereit für die Nachtschicht im Altersheim, dachte Jozo.

Als der Briefträger Laurianes Nähe nicht mehr aushielt, ging er leise zurück in die Küche. Er schob sich mit seinem Stuhl nahe an den Küchentisch heran. Sein Bauch berührte die Tischplatte. So manifestierte sich seine Körperlichkeit. Von seinem Platz am Küchentisch konnte er aus dem Fenster sehen, die Ellenbogen schwer auf der Tischplatte, sodass das Gewicht seines Oberkörpers in seinen Schultern zog.

Der frühe Abend war für Samia, was für andere Leute der frühe Morgen ist. Sie schälte sich aus dem Nest, sie starrte im Spiegel Augenringe an, die nicht die eigenen sein konnten, dieses schwärzliche Blau, diese kraftlose Hässlichkeit, es erschreckte sie täglich aufs Neue.

In der Küche stapelte sich Geschirr, daneben kochte der Kaffee in der Espressokanne, dort krümelte Vollkornbrot unter einem schlecht geschliffenen Brotmesser.

Sie musste los, ab in den Stollen, ins Altersheim. Das Letzte, was sie brauchte, war ein klingelndes Telefon, einen Dieb der knappen Zeit.

Der Briefträger sah aus dem Fenster. Hinunter auf die drei Briefkästen des Hauses, er sah Schweizer, da war ein vergangener Schatten von Schweizer, er ließ ihn daneben stehend Briefe einwerfen. Dahinter standen kahle Hecken im Dämmerlicht, ein stilles Baumgerippe, wendige Schwalben.

Schwalben noch so spät im Jahr, dachte der Briefträger. Aus heiterem Himmel begannen ihre Bäuche rötlich zu schimmern. Schwalbenflug vor Abendrot, das gibt's doch nicht, dachte er.

Es muss Jozo sein, dachte Samia.

Jozo wollte nicht einsehen, dass für ihn bei ihr kein Platz mehr war. Bestimmt hatte er etwas zu erzählen, von einem Exilanten aus Argentinien oder Australien. Er war einer der Guten. Aber sie verstand nie, weshalb er nicht unmittelbar etwas tun konnte, in der Nachbarschaft, im Ehebett. Wieso konnte er mit seinem Helfersyndrom nicht auch im Altersheim arbeiten und gut ist? Da brauchen sie Leute wie ihn, Jugos sowieso, da kann er jeden Tag vom Morgen bis zum Abend helfen bis zum Umfallen und die Nachtschicht obendrauf übernehmen. Und auch am Tag darauf wird es noch Alte geben. Alte gibt es immer. Denen muss man die Medikamente richten. Denen muss man Gesellschaft leisten.

Lauriane wachte auf und rief den Briefträger bei seinem Vornamen. Wann hatte ihn das letzte Mal jemand beim Vornamen gerufen? Sich beim Vornamen zu nennen, ist fast wie heiraten. Er wollte ihr aufhelfen, aber natürlich kam sie gut alleine zurecht. Ehe er im Gang war, knallte sie die Badezimmertür hinter sich zu.

Samia ließ Jozos Anruf leerlaufen und machte sich fertig. Für wen schminkte sie sich überhaupt? Wem sonst wollte Jozo denn die frohe Botschaft überbringen? Wem sonst, wenn nicht Samia? Jedem Einzelnen aus der Diaspora? Für die tat er es doch? Für all jene, die nicht fortkonnten, und für die, die noch nicht gemerkt hatten, dass sie fortsollten, im Spätherbst 1991, für die, die nie, nie, nie fortgehen würden, weil sie angebunden waren an Land und Licht und Geruch und einmal diejenigen gewesen sein werden, die ausgeharrt haben.

»Sorry, die Türfalle ist mir abgerutscht«, rief Lauriane durch die geschlossene Tür. Der Briefträger öffnete ein Fenster und streckte den Kopf in die Luft, hoffte, kein Plätschern und kein Furzen aus dem Bad zu hören, das brächte ihn nur in Verlegenheit.

Lauriane duschte sich und bot dem Briefträger dann die Dusche an und ein paar von Daves Sachen.

Jozo rief sie noch einmal an, er ließ es wieder klingeln, aufdringlich, ununterbrochen.

Lauriane hielt ihm Boxershorts hin, sie hingen an ihrem Zeigefinger, und in der anderen Hand hielt sie ein Shirt. Der Briefträger nahm die Sachen und fühlte sich alles andere als wohl dabei.

Wenn nur Samia es wüsste! Sie wäre stolz auf ihn. Und Schweizer erst! Der käme aus dem Staunen nicht mehr heraus. Ihm bliebe das Herz stehen vor lauter Missgunst.

Das würde ich ihm zwar nicht wünschen, dachte Jozo, aber zutrauen würd ich's ihm. Der missgönnt einem Kind noch, wenn es einen *Zwänzger* auf dem Trottoir findet.«

»Die Hoffnung stirbt nach mir« stand auf Daves Shirt geschrieben. Der Briefträger sah es im Spiegel, frisch geduscht mit nassen Haaren. Er hatte ihr Duschmittel benutzt. Sie würde es sofort riechen, wenn er ihren Duft verströmte, im Gang, aus dem dampfigen Badezimmer, ein frisches Frotteetuch um die Hüften. Daves karierte Boxershorts passten ihm wie angegossen.

Jozo versuchte noch einmal, Samia zu erreichen. Ihr wollte er es zuerst sagen. Dann würde er die Verbundenen informieren. Die mit dem Hilfswerk Verbundenen. Anrufen konnte er sie nicht alle.

»Gehst du nachher noch rüber zu Frau Kälin und bringst ihr ihren letzten Brief?«, fragte Lauriane.

Jozo tat, was er tat, weil er zum Helfen geboren war. Aber seine Hilfe war nichts wert, wenn sie nicht bis zu Samias Herz vordringen konnte. Und er selbst konnte nur genug Kraft aufbringen, die vierzehn Millionen sinnvoll auszugeben, wenn Samia es sah, wenn sie anerkannte, dass das, was er tat, richtig war, wenn sie es guthieß, denn sie war die entscheidende Instanz, sie war sein Kompass, der ausschlug, wenn er vom Weg abkam.

In der Küche aßen Lauriane und der Briefträger Butterbrote mit Salz und Pfeffer und Salatgurkenscheiben. Sie schälte die Gurke nicht.

Noch nie schmeckte eine Gurke wie heute, dachte er, noch nie war ein Abendessen ein Abendessen, so wie heute. So ein Abendessen wird's nie mehr geben.

Samias Leitung klingelte und klingelte und den Rest kann man sich denken. Samia blieb dabei. Sie zog sich ihre Schuhe an, umwickelte den Hals mit einem Halstuch, hinter sich schloss sie die Haustür, sie ging zur Arbeit. Die Alten warten. Jozo muss warten.

Der Briefträger wartete.

Lauriane zog ihn am Ärmel.

»Los jetzt«, sagte sie, »Frau Kälin wartet.«

»Begleitest du mich?«, fragte der Briefträger.

Sie schüttelte den Kopf.

»Ich bleibe hier.«

©Michael Isler

Thomas Pfenninger (*1984) wuchs in Zürich auf und lebt heute in Bern. Neben seiner Tätigkeit als freischaffender Autor und Texter arbeitete er auch als Mediensprecher oder Kommunikationsbeauftragter für verschiedene Unternehmen in Zürich, Berlin und Bern. 2017 veröffentlichte er im Eigenverlag den Gedichtband »Fragmente«. Der Roman »Gleich, später, morgen« ist sein Debüt.